O inferno, Canto 7, 1882, Gustave Doré

Outros livros da FILŌ

FILŌ

A alma e as formas
Georg Lukács

**A aventura da
filosofia francesa no século XX**
Alain Badiou

A ideologia e a utopia
Paul Ricœur

**O primado da percepção
e suas consequências filosóficas**
Maurice Merleau-Ponty

Relatar a si mesmo
Crítica da violência ética
Judith Butler

A sabedoria trágica
Sobre o bom uso de Nietzsche
Michel Onfray

Se Parmênides
O tratado anônimo De Melisso
Xenophane Gorgia
Barbara Cassin

**A teoria dos incorporais
no estoicismo antigo**
Émile Bréhier

FILŌAGAMBEN

Bartleby, ou da contingência
Giorgio Agamben

A comunidade que vem
Giorgio Agamben

O homem sem conteúdo
Giorgio Agamben

Ideia da prosa
Giorgio Agamben

Introdução a Giorgio Agamben
Uma arqueologia da potência
Edgardo Castro

Meios sem fim
Notas sobre a política
Giorgio Agamben

Nudez
Giorgio Agamben

A potência do pensamento
Ensaios e conferências
Giorgio Agamben

FILŌBATAILLE

O erotismo
Georges Bataille

A literatura e o mal
Georges Bataille

A parte maldita
Precedida de "A noção de
dispêndio"
Georges Bataille

Teoria da religião
Georges Bataille

FILŌBENJAMIN

O anjo da história
Walter Benjamin

**Baudelaire e a
modernidade**
Walter Benjamin

Imagens de pensamento
Sobre o haxixe e
outras drogas
Walter Benjamin

**Origem do drama trágico
alemão**
Walter Benjamin

Rua de mão única
Infância berlinense: 1900
Walter Benjamin

FILŌESPINOSA

**Breve tratado de Deus,
do homem e do seu
bem-estar**
Espinosa

Ética
Espinosa

**Princípios da filosofia
cartesiana e Pensamentos
metafísicos**
Espinosa

**A unidade do corpo
e da mente**
Afetos, ações e paixões em
Espinosa
Chantal Jaquet

FILŌESTÉTICA

O belo autônomo
Textos clássicos de estética
Rodrigo Duarte (org.)

**O descredenciamento
filosófico da arte**
Arthur C. Danto

Do sublime ao trágico
Friedrich Schiller

Íon
Platão

Pensar a imagem
Emmanuel Alloa (Org.)

FILŌMARGENS

O amor impiedoso
(ou: Sobre a crença)
Slavoj Žižek

**Estilo e verdade em
Jacques Lacan**
Gilson Iannini

Introdução a Foucault
Edgardo Castro

Kafka
Por uma literatura menor
Gilles Deleuze, Félix Guattari

Lacan, o escrito, a imagem
Jacques Aubert, François Cheng,
Jean-Claude Milner, François
Regnault, Gérard Wajcman

O sofrimento de Deus
Inversões do Apocalipse
Boris Gunjević, Slavoj Žižek

ANTIFILŌ

A Razão
Pascal Quignard

FILŌBATAILLE   **autêntica**

SLAVOJ ŽIŽEK
BORIS GUNJEVIĆ

O sofrimento de Deus:
inversões do Apocalipse

1ª reimpressão

TRADUÇÃO Rogério Bettoni

Copyright © 2012 Slavoj Žižek e Boris Gunjević
Publicado originalmente por Seven Stories Press, New York, U.S.A., 2012.
Esta edição é publicada mediante acordo especial com SEVEN STORIES PRESS em conjunto com o agente devidamente nomeado, VBM Agência Literária.
Copyright © 2015 Autêntica Editora

Título original: *God in Pain: Inversions of Apocalypse*

Todos os direitos reservados pela Autêntica Editora. Nenhuma parte desta publicação poderá ser reproduzida, seja por meios mecânicos, eletrônicos, seja via cópia xerográfica, sem a autorização prévia da Editora.

Os trechos da Bíblia usados como citação foram extraídos da *Bíblia de Jerusalém* (São Paulo: Paulus, 2 ed., 2003). Os trechos do Alcorão foram citados de *Tradução do sentido do Nobre Alcorão para a língua portuguesa* (Tradução de Dr. Helmi Nasr. Complexo de Impressão do Rei Fahd, [s.d.]).

COORDENADOR DA COLEÇÃO FILÔ
Gilson Iannini

CONSELHO EDITORIAL
Gilson Iannini (UFOP); Barbara Cassin (Paris); Carla Rodrigues (UFRJ); Cláudio Oliveira (UFF); Danilo Marcondes (PUC-Rio); Ernani Chaves (UFPA); Guilherme Castelo Branco (UFRJ); João Carlos Salles (UFBA); Monique David-Ménard (Paris); Olímpio Pimenta (UFOP); Pedro Süssekind (UFF); Rogério Lopes (UFMG); Rodrigo Duarte (UFMG); Romero Alves Freitas (UFOP); Slavoj Žižek (Liubliana); Vladimir Safatle (USP)

EDITORA RESPONSÁVEL
Rejane Dias

EDITORA ASSISTENTE
Cecília Martins

PROJETO GRÁFICO
Diogo Droschi

REVISÃO
Aline Sobreira
Lívia Martins

CAPA
Alberto Bittencourt
(sobre capa da edição original)

DIAGRAMAÇÃO
Christiane Morais

Dados Internacionais de Catalogação na Publicação (CIP)
(Câmara Brasileira do Livro, SP, Brasil)

Žižek, Slavoj
  O sofrimento de Deus: inversões do Apocalipse / Slavoj Žižek , Boris Gunjević ; tradução Rogério Bettoni . -- 1. ed. ; 1. reimp. -- Belo Horizonte : Autêntica Editora, 2016. -- (Filô/Margens)

  Título original : God in Pain: Inversions of Apocalypse.
  Bibliografia
  ISBN 978-85-8217-463-0

  1. Religião e política 2. Religião - Filosofia - História I. Gunjević, Boris. II. Título. III. Série.

14-10468   CDD-200.1

Índices para catálogo sistemático:
1. Filosofia e religião 200.1

GRUPO AUTÊNTICA

Belo Horizonte
Rua Carlos Turner, 420
Silveira . 31140-520
Belo Horizonte . MG
Tel.: (55 31) 3465 4500

São Paulo
Av. Paulista, 2.073,
Conjunto Nacional, Horsa I
23º andar . Conj. 2301 .
Cerqueira César . 01311-940
São Paulo . SP
Tel.: (55 11) 3034 4468

Rio de Janeiro
Rua Debret, 23, sala 401
Centro . 20030-080
Rio de Janeiro . RJ
Tel.: (55 21) 3179 1975

www.grupoautentica.com.br

7. **Introdução: Por uma suspensão teológico-política do ético**
Slavoj Žižek

7. **Introdução: A mistagogia da revolução**
Boris Gunjević

35. **1. O cristianismo contra o sagrado**
Žižek

59. **2. Virtudes babilônicas: palavra da minoria**
Gunjević

85. **3. Uma olhadela nos arquivos do islã**
Žižek

105. **4. Todo livro é como uma fortaleza: a carne foi feita verbo**
Gunjević

129. **5. Apenas um Deus que sofre pode nos salvar**
Žižek

161. **6. A emocionante aventura da ortodoxia radical: exercícios espirituais**
Gunjević

185. **7. O olhar animal do Outro**
Žižek

203. **8. Rezai e observai: a subversão messiânica**
Gunjević

227. **Referências de "A mistagogia da revolução" e dos capítulos 2, 4, 6 e 8**

Introdução

Por uma suspensão teológico-política do ético
Slavoj Žižek

Se no passado fingimos publicamente acreditar enquanto permanecíamos céticos na vida privada, ou ainda envolvidos na troça obscena de nossas crenças públicas, hoje tendemos publicamente a professar nossa atitude cética, hedonista e relaxada, enquanto na vida privada continuamos acossados pelas crenças

[*O texto de Žižek continua na página* 23]

Introdução

A mistagogia da revolução
Boris Gunjević

O caminho do homem virtuoso é sitiado por todos os lados pelas iniquidades do egoísmo e da tirania dos homens maus. Abençoado é aquele que, em nome da misericórdia e da boa vontade, conduz os fracos pelo vale da escuridão, pois é o verdadeiro guardião de seus irmãos, o descobridor das crianças perdidas. E eu derrubarei com violência e grande fúria aqueles que tentarem envenenar e destruir meus irmãos. E sabereis que Meu nome é o Senhor quando Minha vingança recair sobre vós.

Ezequiel 25, 17[1]

Em sua primeira versão, este livro foi compilado a partir de um material inédito proveniente de um debate sobre a "Monstruosidade de Cristo" entre Slavoj Žižek e John Milbank. Depois que *Bog na mukama* (Deus em sofrimento) foi publicado em croata, em 2008, alguns amigos sugeriram que o publicássemos nos Estados Unidos. Para tanto, Žižek forneceu vários ensaios novos, e essas mudanças acabaram alterando o conceito do livro, mas não sua substância. O projeto foi pensado não como uma polêmica, mas sim como uma reflexão, uma conversa entre um filósofo e um teólogo, um psicanalista e um pastor, que, à primeira vista, não têm nada em comum.

O lugar onde estou e do qual escrevo é o limiar. Este lugar – entre Oriente e Ocidente, os Bálcãs e o Mediterrâneo, a Europa e o Leste Europeu – oferece uma perspectiva específica a respeito da teologia, perspectiva sobre a qual escrevi alhures.[2] Partindo do construto ideológico conhecido como *transição* (nada mais que uma oportunidade para a violência e a pilhagem de proporções bíblicas, sob o pretexto de interesses nacionais de proteção e valores tradicionais) e de um lugar no qual católicos, ortodoxos orientais, muçulmanos e judeus viveram durante séculos sob um conflito reprimido, desejo falar abertamente junto com os indivíduos e movimentos empurrados violentamente para a margem do discurso, arrancados da história e jogados para a periferia, onde a história ridiculariza e escarnece qualquer geografia. Nesta parte do mundo, o que não faltou foram esses indivíduos e movimentos heterogêneos, sejam eles bogomilos hereges, patarenes, cristãos bosnianos, apostólicos, seguidores de John Wycliffe, seitas anabatistas radicais ou movimentos heteróclitos como os padres glagolíticos, hussitas, calvinistas e luteranos, aos quais eu mesmo pertenço. A teologia deles é escrita com o próprio sangue, do contrário não é teologia. O limiar em que me encontro, esse reino "intermediário", serviu de abrigo e proteção, durante um período relativamente breve (e digo isso sem um pingo de orgulho), para dois

---

[1] Conforme citação errada de Jules (Samuel L. Jackson) no filme *Pulp Fiction* (1994), de Quentin Tarantino.

[2] GUNJEVIĆ, Boris; MATVEJEVIĆ, Predrag. *Tko je tu, odavde je: Povijest milosti* [Os que estão aqui provêm daqui: uma história da caridade]. Zagreb: Naklada Ljevak, 2010.

aspirantes messiânicos que se diziam estar entre os seus neste recôndito psicogeográfico do mundo. O primeiro foi Fra Dolcino, um messias e progenitor dos franciscanos radicais conhecidos como apostólicos, que viveu em Split e Ulcinj, duas cidades do Mar Adriático. O outro, mais conhecido, é Sabbatai Zevi, convertido ao islã, messias judeu que praticou a fé judaica em segredo até morrer de repente entre os legendários piratas de Ulcinj.

Essa área limítrofe, esse reino "intermediário", é a manifestação do sistema de coordenadas que estabeleço entre duas histórias. A primeira diz respeito ao discurso de Lenin durante o Congresso Pan-Russo dos Trabalhadores de Transporte de Água em 1921, e a segunda é o comentário de Boccaccio sobre um sonho com Dante. Este livro surgiu numa lacuna entre o sistema de coordenadas que deve ser esboçado por meio dessas duas histórias aparentemente incompatíveis.

I

Antes de iniciar um de seus típicos discursos entusiasmados, Lenin se dirigiu aos transportadores de água fazendo um comentário digno de nota. Enquanto caminhava pelo auditório onde havia mais de mil congressistas reunidos, Lenin viu um cartaz com o seguinte *slogan*: "O reino dos operários e camponeses durará para sempre". Não foi surpresa, afirmou Lenin, que a placa tivesse sido colocada "num canto", pois os operários que a escreveram ainda estavam, *grosso modo*, confusos em relação aos fundamentos do socialismo mesmo três anos e meio depois da Revolução de Outubro. Depois da batalha final e decisiva, explicou ele, não haveria mais uma divisão entre operários e camponeses, uma vez que todas as classes seriam abolidas. Enquanto existissem classes haveria revolução. Mesmo que a placa tenha sido deixada de lado e colocada num canto, ainda havia, na visão de Lenin, uma nítida carência de entendimento manifesta no *slogan*, amplamente usado. Pouquíssimos trabalhadores entendiam contra o que, ou contra quem, eles travavam uma das últimas lutas decisivas da Revolução. Foi justamente sobre isso que Lenin falou antes do congresso.

O que vale a pena notarmos nessa digressão introdutória? Primeiro, que Lenin não conseguiu entender a mensagem mais perigosa do cartaz. Podemos interpretá-la como uma forma de subversão teológica. Que o reino dos trabalhadores e camponeses não terá fim, que esse reino será eterno, não nasce da ontologia do materialismo defensor da eterna natureza da matéria. Não, trata-se de uma clara formulação teológica da maneira como é descrita e evocada pela existência do Credo Niceno-Constantinopolitano, um dos documentos cristãos mais importantes já escritos. O Credo Niceno-Constantinopolitano é uma regra da fé e da prática cristãs com a qual os operários parecem ter sido familiarizados e que deve ter chegado até eles a partir da Rússia pré-revolucionária. A mensagem do cartaz deixa claro que os operários de fato entenderam a Revolução de maneira errada. Nesse aspecto, Lenin estava certo. No entanto, ele não entendeu completamente o que havia de errado com o entendimento deles.

Lenin estava convencido de que era preciso dizer aos transportadores o que eles deviam pensar e fazer se tivessem de servir como proletariados autênticos para o benefício da Revolução. Era necessário colocar a filosofia da revolução a serviço do proletariado que não a entendia. Pode-se demonstrar isso pelo momento mais trágico da Revolução Russa, a revolta de Kronstadt, sobre a qual Lenin fala de modo extravagante no mesmo discurso. O que houve de aniquilador na revolta não foi nada mais que uma forte sansão partidária sobre aqueles que seriam eliminados a todo custo – aqueles que pensavam diferente de Lenin. Nesse ponto, György Lukács está certo quando diz que qualquer que seja o ponto ao qual os teóricos do discurso revolucionário cheguem usando seus poderes intelectuais e seu *trabalho espiritual*, o proletário já terá atingido o mesmo ponto justamente por ser ele um membro do proletariado – partindo do princípio, é claro, de que ele se lembre de sua condição de membro de classe e de todas as consequências daí resultantes. Em outras palavras, Lukács está chamando nossa atenção para a superioridade ontológica do proletariado em relação aos intelectuais, que continuam no nível ôntico da revolução, embora possamos ter a impressão contrária. Os operários que participam diretamente, do início ao fim, do processo de produção – com a ajuda de companheiros genuínos e que vivem, como afirma Lukács, numa "comunidade espiritual" – são os únicos capazes de cumprir a missão de mobilizar as forças revolucionárias em um processo que não foi lesionado pela intriga, pela escalada social ou pela burocracia. Eles reconhecem e jogam para escanteio os oportunistas e canalhas e encorajam os indecisos.[3] Em seu discurso que explica para os transportadores o que eles deveriam pensar e fazer, Lenin faz exatamente o oposto.

---

[3] LUKÁCS, György. *Political Writings, 1919-1929: The Question of Parliamentarianism and Other Essays*. Translated by Michael McColgan. London: NLB, 1972. p. 69.

Leon Trotsky percebeu isso bem cedo, em um contexto totalmente diferente, relacionado à vida quotidiana do proletariado. Em um estudo sobre os aspectos da vida quotidiana,[4] Trotsky argumenta que o operário está preso entre a vodca, a igreja e o cinema. Embora veja as três coisas como narcóticos que prejudicam o proletariado, ele separa o cinema das duas primeiras. Comparando o cinema a frequentar uma taberna para se embebedar ou ir a uma igreja onde o mesmo drama é encenado perpetuamente por força do hábito e de rituais monótonos, Trotsky prefere o cinema, cujo papel é totalmente diferente. O encontro com a tela de cinema proporciona uma teatralidade de alcance muito maior que aquela proporcionada pela igreja, que usa milhares de anos de experiência de palco para seduzir. Trotsky afirma que o cinema suprime todo desejo de religião, que é a melhor maneira de se opor à taberna e à igreja. Ele sugere que o cinema seja assegurado como instrumento de controle da classe trabalhadora. Em outras palavras, Trotsky sente que o espetáculo sedutor é essencial para o discurso e a prática da revolução.

Em poucas palavras, esse é o argumento contra a crítica de Lenin a respeito dos cartazes no auditório do congresso. Uma vez que ele precisa explicar para os transportadores o que se espera deles, eles são efetivamente expurgados do discurso revolucionário e, uma vez purgados, devem ser substituídos por outros, pois sem operários não pode haver revolução ou história. Lenin sustenta determinada forma de pedagogia que acaba fracassando e anulando a si própria principalmente porque não consegue suscitar nenhum tipo de virtude. Esse é o erro fundamental de todo o discurso do Congresso dos Trabalhadores do Transporte, numa época em que a Revolução de Outubro, formalmente, ainda estava em processo.

A Revolução não foi bem-sucedida porque não suscitou a virtude, mas também ela não foi influenciada pela virtude. A coisa mais genérica que pode ser dita é que a própria revolução é uma forma de virtude. Tal declaração, no entanto, é quase mística, por isso só nos resta proclamar o terror revolucionário como virtude – o que é obviamente ridículo. Nesse ponto, não há razão para não concordarmos com a observação profética de Saint-Just de que aquele que não deseja nem o terror revolucionário nem a virtude volta-se inevitavelmente para a corrupção – uma consequência invariável de não se escolher entre as duas primeiras opções.

---

[4] Originalmente publicado no *Pravda*, 12 jul. de 1923. Disponível *on-line*, em inglês, em <http://www.marxists.org/archive/trotsky/women/life/23_07_12.htm>.

A única virtude da revolução é intrínseca. Como tal, ela culmina em estados extáticos esporádicos, em orgias de pura violência que não são punidas. Não raro, isso tem como consequência o abandono do ideal revolucionário, pelo qual o proletariado se desqualifica por diversas razões, tais como o estômago faminto, líderes medíocres, traquinagens no partido e da burocracia, lideranças fracas entre revolucionários autóctones que fazem manobras para conseguir uma posição dentro da nomenclatura do partido. Trotsky atribui tudo isso à vodca e à igreja.

Talvez pareça que o proletariado sem virtude é aquele que se destitui de seus privilégios e se desqualifica; mas, por outro lado, uma revolução não acontece sem o proletariado. O discurso revolucionário pressupõe um sacrifício – e se encararmos isso como uma virtude no contexto revolucionário de Lenin, é porque tudo sempre consiste em sacrificar os outros em nome de uma terceira pessoa –, por isso não admira que os "revolucionários profissionais" sejam parecidos com niilistas hedonistas frustrados. Toda revolução que careça de virtude está fadada ao fracasso, caso não tenha um ascetismo *ad hoc* que assumiria uma dimensão transcendente, uma dimensão inerente de exercício espiritual ou o que Michel Foucault chama de "tecnologias de si". A revolução sem virtude fica necessariamente presa entre a insanidade orgíaca violenta e o autismo estatista burocratizado.

Parece que Trotsky estava certo quando disse que o homem não vive apenas de política, fazendo uma clara alusão à história da tentação de Jesus no *Evangelho de Mateus*, visto que o homem não vive apenas de pão, mas também de cada palavra pronunciada pela boca de Deus. Desse modo, ficamos somente com duas opções: a taberna, a igreja e o cinema, ou "O reino dos trabalhadores e camponeses durará para sempre". Está claro que Lenin não entendeu as implicações do cartaz dos transportadores e por isso deixou passar a mensagem teológica que ali espreitava; do contrário, ele não teria limitado sua crítica à questão da classe. Parece que, ao criticar o cartaz, Lenin mostrava sua própria ignorância em relação às referências religiosas elementares que permeavam a consciência e formavam o hábito dos trabalhadores. Em particular as dos transportadores, que, como nômades modernos, carregam bens e produtos para o Estado, unindo capital, trabalho e mercado de uma maneira que talvez seja a mais íntima.

Essa é a primeira história que serve como subtexto para este livro.

II

A segunda história é sobre Giovanni Boccaccio e concerne a Dante Alighieri. Ela é muito mais romântica e certamente mais importante.

Tomando Dante como exemplo, Boccaccio pretende mostrar como a poesia e a teologia são a mesma coisa e, mais que isso, que a teologia não é nada mais que poesia divina. Pela mesma lógica, ao "desconstruir" o *Decameron*, ele julga que quando se diz que Jesus é um leão, um cordeiro ou uma rocha nos Evangelhos, isso não é nada mais que ficção poética. Além disso, Boccaccio afirma que há declarações na Bíblia feitas por Jesus que não fazem sentido aparente se interpretadas de maneira literal, e que por isso é melhor entendê-las alegoricamente. Disso ele conclui que poesia é teologia, e teologia é poesia. Ao descrever a vida de Dante e sua *Comédia*, Boccaccio quer substanciar sua importante constatação não só ao se basear em Aristóteles, mas também usando exemplos de *A divina comédia* em relação ao contexto político e social no qual ela foi escrita.

A divina comédia foi escrita no exílio, um produto da vida nômade de Dante. Desse modo, não admira que a própria *Comédia* descreva a jornada pelo Inferno, pelo Paraíso e pelo Purgatório na companhia de viajantes incomuns que têm um significado especial para o autor. Depois de uma cisão no partido político dos Brancos, do qual Dante era membro, e de um ataque por parte dos vassalos do papa, chamados de Negros, Dante foi banido de Florença em 1302 e subsequentemente condenado *in absentia* à morte na fogueira. Essa sentença transformou Dante em um nômade poeta e político que jamais voltaria para sua cidade natal. Depois de perambular pela Europa, ele chegou a Ravena, onde finalmente morreu. Boccaccio diz que Dante queria descrever em vulgata, e em rimas, todas as obras de todas as pessoas e seus méritos na história. Tratava-se de um projeto notadamente ambicioso e complexo, que requeria tempo e trabalho, principalmente porque Dante era um homem cujos passos eram seguidos pelo destino a cada esquina, cercados pela angústia da amargura.

A *Comédia* se tornou a obra de toda a vida de Dante. Quando opositores políticos invadiram sua casa (da qual ele fugiu de repente, deixando tudo para trás), eles encontraram partes do manuscrito num baú de viagem. Esses manuscritos foram guardados e entregues ao poeta florentino mais famoso da época, Dino Frescobaldi, que reconheceu ter diante de si uma obra-prima e acabou mandando os manuscritos para Dante por intermédio de um amigo deste, o marquês Morello Malaspina – Dante estava hospedado na casa dele. O marquês incentivou Dante a persistir, e assim ele o fez. Boccaccio nos diz que a morte de Dante o impediu de terminar sua obra-prima: ficaram faltando os últimos 13 cantos. O medo dos amigos de Dante era que Deus o tivesse proibido de viver mais tempo para completar sua obra extraordinária. Toda a esperança de recuperar os cantos finais se perdeu.

Os filhos de Dante, Jacopo e Piero, também poetas, concordaram em completar a *Comédia* do pai. Uma noite, oito meses depois da morte de Dante, Jacopo teve um sonho estranho. O filho perguntava para o pai se ele havia terminado a grande obra e queria saber onde estavam escondidos os últimos cantos. Dante respondeu que sim, a obra estava acabada, e que ele havia guardado o manuscrito na parede do quarto. Jacopo saiu naquela mesma noite para se encontrar com Piero Giardino, discípulo de Dante durante muitos anos.

Depois de acordar Giardino no meio da noite, Jacopo não teve mais como esperar. Os dois se dirigiram imediatamente à casa de Dante para vasculhar nas paredes do quarto. Havia um tapete pendurado numa das paredes, e atrás dele havia uma pequena porta. Ao abri-la, os dois encontraram os manuscritos escondidos lá dentro, cobertos de mofo e quase destruídos. Depois de encontrar os 13 cantos, eles os entregaram a Cangrande dela Scala, amigo de Dante, para quem ele havia entregado os manuscritos em partes, à medida que escrevia. Segundo Boccaccio, Dante dedicou toda a *Comédia* a Cangrande, embora cada uma das partes tenha sido supostamente dedicada a pessoas diferentes. Além disso, Dante havia dado a Cangrande uma chave hermenêutica para interpretar a *Comédia* usando uma fórmula exegética simples, mencionada pela primeira vez por Nicolau de Lira, contemporâneo de Dante, mas atribuída a Agostinho de Dácia. A fórmula – que, de acordo com Henri de Lubac, pode ser encontrada na obra *Rotulus pugillaris*, publicada por volta de 1260[5] – era claramente uma interpretação medieval da Bíblia, transmitida adiante pelos patrísticos, com raízes no texto *Peri archon*, de Orígenes. Ela diz o seguinte:

> *Littera gesta docet,*
> *Quid credas allegoria,*
> *Moralis quad agas*
> *Quo tendas anagogia.*[6]

---

[5] LUBAC, Henri de. *Medieval Exegesis: The Four Senses of Scripture*. Translated by Mark Sebanc. Grand Rapids: Wm. B. Eerdmans, 1998. v. 1. p. 1.

[6] LUBAC. *Medieval Exegesis: The Four Senses of Scripture*, p. 271, n. 1. Em tradução livre, seria mais ou menos isto: "As palavras poderosas (gesta) de Deus na história são a fundação da fé cristã. Essa fé busca a formulação de sua própria compreensão em uma doutrina (alegoria). A verdadeira crença encontra expressão moral na ação" ("o

Numa carta escrita a Cangrande, Dante explica que sua obra é polissêmica – em outras palavras, que o significado na *Comédia* é literal, alegórico, moral e anagógico, e fornece como exemplo a interpretação do primeiro verso do Salmo 114. A alegoria é uma metáfora ampliada e deve satisfazer certas condições ditadas pela tradição teológica, para que não seja arbitrária. Os significados literal e alegórico encontram-se numa relação de tensão na *Comédia*. Eles não se fundem, mas também não estão separados. Isso é o que torna o Dante de *A divina comédia* tanto um apóstolo quanto um profeta.

Os companheiros de viagem de Dante na jornada pelo Inferno, pelo Purgatório e pelo Paraíso – Virgílio, Beatriz e São Bernardo – podem ser considerados nômades eclesiais, Virgílio representando a razão, Beatriz, a misericórdia divina e São Bernardo, o amor. Depois de passar pelo Inferno e pelo Purgatório, cada estágio descrito em termos pedagógicos, Dante conversa com São Pedro no Paraíso sobre a fé, com São Tiago sobre a esperança e com São João sobre a caridade. Dessas conversas fica claro que Dante não acredita que se possa passar pelo Inferno e pelo Purgatório sem a ajuda de virtudes teológicas como a fé, a esperança e a caridade. Para isso, é preciso nos tornarmos nômades eclesiais e vivermos na virtude. Desse modo, podemos dizer que a *Comédia* é uma alegoria espiritual medieval que retrata a natureza da humanidade, sua purificação e sua renovação pelas virtudes teológicas.

Em determinados momentos, Dante brinca às escondidas com a realidade política de sua época, examinando-a em detalhes até chegar a conclusões muitas vezes provocantes. Isso fica evidente pela topografia política e espiritual na qual ele coloca os participantes de sua *Comédia*: poderíamos ter a esperança de encontrar os hereges no Inferno, por exemplo, mas Dante subverte as coisas. O papa Nicolau III, por ser vigarista e simoníaco, é colocado no Inferno, enquanto o averroísta latino Sigério de Brabante é visto no Paraíso. Sigério foi um proponente da teoria chamada de "dupla verdade" – a verdade da razão e a verdade da fé. Fortemente influenciada pelo islã, tal teoria foi considerada uma heresia. No entanto, lá está Sigério no Paraíso, ao lado de São Bernardo, que, como padre, abençoou as Santas Cruzadas e o massacre dos cátaros

---

que deveríamos fazer" – *moralia*). O significado do quarto verso, ou seja, propósito e objetivo da ação redentora divina, dá a resposta como "a fé que age pelo amor", e a ação desse tipo nos conduz adiante e acima (anagogia).

franceses. No caso de Dante, a heresia era mais inspiradora que influente: sua importância foi introduzir uma diferenciação política ligada a uma visão profética das relações sociais.

Certamente, o fato mais importante sobre *A divina comédia* é Dante tê-la pensado como uma obra instrucional e emancipatória. Sua obra-prima deveria ser prática e contemplativa, assim como toda especulação metafísica acaba se reduzindo à ação ética, e seu objetivo máximo era enaltecer os indivíduos a Deus e à unidade com uma visão abençoada da Trindade. O modo como Dante se refere à visão de Deus em *A divina comédia* é digno de nota. Talvez escape a nós, leitores ultramodernos, o fato de que Deus não é visto no Paraíso de Dante. Essa é a apoteose de sua teologia poética. Não há Deus no Paraíso porque o Paraíso está em Deus, e é por isso que a visão da Trindade importa para Dante. Ele queria articular um modelo para a transcendência ética apresentando e avaliando o lugar de cada pessoa na eternidade. Seu projeto ambicioso é de grande importância teológica para nós, hoje. Essa é a segunda história que serve de subtexto para este livro.

III

Neste ponto, será apropriado explicar por que, na introdução deste volume colaborativo, preferi não usar histórias mais próximas de nós em termos de tempo e afinidade. Eu poderia ter escolhido duas histórias menos "mitológicas" que teriam sido mais "autênticas". No entanto, todas as interpretações posteriores das histórias, não importa se acadêmicas ou profissionais, estão enraizadas no "mito" inicial. Se quisermos de fato compreender, precisamos voltar às origens e ver que tipo de conexão essas histórias têm hoje para nós. Em outras palavras, entre o discurso de Lenin para os transportadores e o comentário de Boccaccio sobre um sonho, há um sistema de coordenadas que atravessa o tempo e o espaço, e é nele que pretendo situar minha própria visão teológica. A cartografia dessa visão começa depois da polêmica entre Slavoj Žižek e John Milbank publicada em *A monstruosidade de cristo*.[7] Em minha opinião, essa polêmica ainda não acabou, embora as coisas pareçam ter chegado a uma conclusão lógica. Podemos interpretar o debate entre eles de duas maneiras compatíveis e igualmente plausíveis:

---

[7] Ver ŽIŽEK, Slavoj; MILBANK, John. *A monstruosidade de Cristo: paradoxo ou dialética?* Tradução de Rogério Bettoni. São Paulo: Três Estrelas, 2014.

A primeira leitura é possível com a ajuda da chave de Martinho Lutero – a distinção entre a teologia da cruz e a teologia da glória. Nesse caso, Žižek seria o teólogo materialista da cruz (depois do próprio Lutero, Jakob Böhme, G. W. F. Hegel, Karl Marx, Jacques Lacan), enquanto Milbank seria o teólogo tomista da glória (depois de Agostinho, do neoplatonismo teúrgico, Nicolau de Cusa, Félix Ravaisson, Sergius Bulgakov, G. K. Chesterton, Henri de Lubac, Olivier-Thomas Venard). Tal afirmação procede da insistência de Žižek e Milbank na importância da obra (proto)"moderna" de Mestre Eckhart, que os dois consideram crucial e influente, embora a interpretem de maneiras diametralmente opostas. Milbank chega ao ponto de afirmar que Eckhart assentou a base de um caminho para um "modernismo alternativo", em contraste ao caminho que foi realmente tomado na esteira de Duns Escoto e Guilherme de Ochkam.

A segunda leitura do debate baseia-se na distinção de Dante entre tragédia e comédia: a tragédia começa de forma lenta, imperceptível e quase "aleatória", como uma promessa maravilhosa; contudo, ela termina de maneira trágica, com violência. A comédia, ao contrário, começa com uma realidade cruel e acaba mais feliz e mais jubilosa do que começou. Essa proposta de leitura requer uma justaposição entre o discurso revolucionário e o discurso teológico, entre revolução e teologia. A revolução começa "de maneira lenta, imperceptível" e acaba na tragédia violenta, enquanto a teologia, como a comédia, começa com um ato cruel de encarnação, mas acaba de maneira feliz na Nova Jerusalém. Essa leitura, no entanto, não é tão simples quanto parece. Na verdade, muita coisa nela precisa ser criticada.

O aspecto trágico da teologia consiste em suas incontáveis tentativas de interpretar a violência que perpassa o Novo Testamento, em que até mesmo aquele fim jubiloso na Nova Jerusalém é precedido pelo terror cósmico da retaliação do anticristo e suas legiões de anjos. Na revolução, a situação é invertida: começa com o fervor revolucionário e uma visão jubilosa da transformação universal. A revolução, no início e até meados dela, é gerada por esse entusiasmo, que a move até chegar ao fim – inevitavelmente trágico.

Meu intuito no restante desta introdução é descrever minha própria trajetória teológica usando uma "poética da observação e da descrição minuciosas" do que está "no intermédio". Para tal, devo investigar o que está "no intermédio" – entre a teologia da cruz e a teologia da glória, a tragédia e a comédia, a revolução e a teologia – dentro do paradoxo de uma relação de tensão, pois a tensão é considerada a categoria teológica primordial, e a palavra "tensão" sugere uma intensidade que considero crucial em minhas próprias investigações teológicas. Talvez pareça que meu intuito em justapor Lenin e Dante seja de alguma maneira escarnecer tanto o discurso revolucionário quanto o discurso teológico. Mas não há nada mais distante da verdade. De fato, são o próprio tratamento dado por Žižek aos textos revolucionários de Lenin (e ao terror de Stalin) e a comparação feita por Graham Ward entre *Teologia e teoria social,* de John Milbank, e *A divina comédia* que possibilitam essa justaposição paradoxal.[8] Quero mostrar que o debate entre Žižek e Milbank não acabou porque, como acontece com todas as polêmicas, ele termina reduzindo os argumentos e as conclusões fundamentais envolvidos. Este livro pode ser concluído, mas o debate não será encerrado. Isso fica mais claro à luz de alguns trechos da correspondência entre os dois que não foi incluída no livro. São fragmentos que demonstram como um debate pode resvalar para um rumo diferente. Estou particularmente interessado nessas passagens não publicadas e nesses fragmentos descartados. Depois de diversas idas e vindas na formalidade das respostas às teses iniciais esboçadas no texto, Milbank diz o seguinte:[9]

>Minha resposta à resposta da resposta seria:
>
>"Mas eu não aposto num Deus punitivo. Aposto no Deus de São Paulo, Orígenes ou Gregório de Nissa, que no fim vai redimir a todos. Sem essa crença, não se pode ter a esperança de que um dia o ser coincidirá com o bem. Isso, na verdade, resultaria em apenas uma "moralidade" – apenas o gesto desesperador de tentar deter a morte durante um tempo. Apenas uma disputa infindável sobre como repartir recursos escassos e danificados. Em contrapartida, apenas o cristianismo permite ter a esperança de trabalhar para a realização infinita de tudo em harmonia com tudo."

---

[8] Ao falar de *Teologia e teoria social*, Graham Ward o considera uma obra épica e heroica, insinuando que o livro de Milbank é uma versão pós-moderna de *A divina comédia*. Ver WARD, Graham. John Milbank's Divina Commedia. *New Blackfriars*, n. 73, p. 311-318, 1992.

[9] Essas respostas não incluídas no texto do livro foram publicadas em artigos separados. Ver MILBANK, John; DAVIS, Creston; ŽIŽEK, Slavoj. *Paul's New Moment: Contintental Philosophy and the Future of Christian Theology.* Grand Rapids: Brazos, 2010; MILBANK, John. Without Heaven There is Only Hell on Earth: 15 Verdicts on Žižek's Response. *Political Theology*, v. 11, n. 1, p. 126-135, 2010; ŽIŽEK, Slavoj. The Atheist Wager. *Political Theology*, v. 11, n. 1, p. 136-140, 2010.

Žižek, mais uma vez, tenta concluir, dizendo que o debate entre os dois se tornou uma sucessão de monólogos:

> Hora de concluir.
>
> Quando, no início da resposta dele à minha resposta, Milbank diz que, em minha resposta anterior, eu nada mais que reiterei meus muitos argumentos sem me envolver propriamente com os argumentos dele, minha reação é dizer que é exatamente isso que ele está fazendo em sua segunda resposta – um nítido sinal de que nossa conversa já esgotou seus potenciais. Então, como estamos os dois reduzidos à reiteração de nossas posições, para mim a única solução apropriada é concluir a conversa.[10]

Considero esses trechos importantes, mas embora pareçam ser conhecimento inútil e comum, do tipo que é sempre melhor evitarmos, o conhecimento comum deve ser rearranjado, e o material a partir do qual ele se constrói deve ser reagrupado. Isso me lembra de como podemos nos sentir quando somos chamados para escrever um livro sobre Veneza, quando há pelo menos 50 livros publicados todo ano sobre o assunto, cada um deles mencionando o Palácio do Doge, a Igreja de São Marcos, Casanova, Ticiano, Tintoretto e os viajantes do mundo todo que apareceram por lá, intencionalmente ou não, como Goethe, Ruskin, Wagner ou Rilke. Predrag Matvejević foi chamado para escrever sobre a cidade e recusou, é claro, justamente por essa razão. Seguindo a sugestão de Joseph Brodsky, os líderes culturais de Veneza convidaram Matvejević para passar algumas semanas na cidade; se algo o intrigasse, deveria ser este o motivo de sua escrita. Ao aceitar o convite, Matvejević fez uma coisa que considero muito importante e intimamente ligada ao modo como vejo o papel da teologia no contexto, como um todo, da economia humana do conhecimento e da prática.

IV

Com uma arqueologia mental sutil, Predrag Matvejević se esforça para tornar visíveis os fatos esquecidos do que torna a cidade aquilo que ela é, enterrada sob camadas de preconceitos. Ele se depara com um cemitério para cães e gaivotas e com plantas peculiares, desconhecidas até mesmo para os botânicos mais destacados. Descreve jardins

---

[10] Os dois trechos são de um *e-mail* de John Milbank para o autor, enviado em 16 de setembro de 2008.

escondidos e negligenciados; superfícies cobertas de ferrugem, pátina e rochas. Descreve monastérios antigos e abandonados escondidos nos canais, manicômios, pontes de pedra em ruelas afastadas, muros com rachaduras das quais brotam as plantas mais estranhas, usadas em tempos remotos para tratar das cordas vocais de cantores de ópera. Matvejević também escreve sobre apostadores, especuladores, confabuladores, ventríloquos, caça-dotes, caloteiros, charlatões e diversas tribos de escravos que definharam a bordo de galés venezianos. Ele até se refere à história do pão veneziano, entrelaçada ao pano de fundo de toda a história veneziana, sem o qual não haveria Veneza, frota marítima, política ou arquitetura.[11]

Considero crucial uma de suas descobertas: um depósito negligenciado há muito tempo de uma oficina de cerâmica. Cacos de cerâmica, fragmentos do que outrora formou vasos e pratos belíssimos, foram descartados lá. Todos esses pedaços de cerâmica rejeitada são chamados de *cocci*, e venezianos criativos os levaram para suas casas e para a fundação de palácios. De modo geral, eles carregavam os *cocci* até o depósito, e depois de um tempo os pedaços defeituosos eram transportados de balsa como material de construção. Os pedreiros misturavam os pedaços com argamassa e areia e os colocavam nas pontes que ligam a cidade e nas fundações de fortalezas que protegiam a cidade. Hoje essas fortalezas não conseguem proteger a si próprias da ruína, embora os *cocci* ainda desafiem o ataque do tempo, da umidade e da pátina.

Esses pedaços de cerâmica com traços de homens e mulheres venezianos, santos, anjos, Madona e Cristo hoje são raridade. São preciosos e difíceis de encontrar. O que era lixo há 500 anos é agora apreciado em museus e coleções particulares, exibido em primeiro plano em expositores pomposos. O fato de serem raros é o que os torna muito mais cobiçados que cerâmicas produzidas em massa. Esses fragmentos, cacos, pedaços que podem ser recuperados na lama, no mato e na areia da praia, lavados pelas ondas do tempo atrás e arremessados de um lado para o outro pelo mar, representam minha visão do discurso teológico.

---

[11] MATVEJEVIĆ, Predrag. *Between Exile and Asylum: An Eastern Epistolary*. Translated by Russell Scott Valentino. Budapest: Central European University Press, 2004; MATVEJEVIĆ, Predrag. *Mediterranean: A Cultural Landscape*. Translated by Michael Henry Heim. Berkeley: University of California Press, 1999; MATVEJEVIĆ, Predrag. *The Other Venice: Secrets of the City*. Translated by Russell Scott Valentino. London: Reaktion Books, 2007.

O que costumávamos considerar até pouco tempo como lixo e refugo pode servir para construir relações sociais e o mundo que nos cerca de uma maneira totalmente diferente.

É impossível sabermos a quantidade desses extraordinários *cocci* que continua enterrada, esperando ser descoberta. Essa perece ser uma das tarefas da teologia. Desenterrar esses cacos de centenas, até milhares, de anos de idade e usá-los nas próprias fundações de nossa existência e dos lugares que nos moldam é outra tarefa da teologia. Pois são exatamente esses fragmentos que constroem uma nova imagem da realidade e mudam a percepção das relações, lembrando-nos de nossa própria fragilidade. Está longe de ser coincidência que Antonio Negri tenha dado a um de seus livros recentes o título de *A fábrica de porcelana*. Assim como a cerâmica e os *cocci*, trabalhar com porcelana requer uma mão gentil, firme e cautelosa, algo bem parecido com a contemplação e os exercícios espirituais. A teologia é o que manipula os fragmentos frágeis de lixo e refugos para criar, usando as Escrituras, um mosaico esplêndido para um rei, como diz Irineu em seu discurso contra o gnosticismo. Por mais que esses cacos tenham sido descartados como imprestáveis, seu valor é incalculável.

Mas aqui, como acontece com toda alegoria, não se trata apenas de uma questão de oposição arbitrária que não segue regra nenhuma. Irineu criticou bastante os gnósticos, mas principalmente por sua excessiva arbitrariedade em não serem guiados pela "regra da fé". Em vez de formarem um mosaico esplêndido de pedras preciosas para um rei, os gnósticos fizeram um mosaico que retrata um cão ou uma raposa, e isso era feio. Ao reorganizar os capítulos das Escrituras da maneira que consideravam apropriada, como se fossem histórias da carochinha, os gnósticos alteraram palavras, frases e parábolas para que conviessem às profecias que eles mesmos confabularam. Para evitar se perder num gnosticismo popular e num elitismo dos seletos, Irineu chama nossa atenção para que resistamos ao sistema gnóstico de pensamento, baseado, nessas circunstâncias, em coisas que os profetas não previram, em coisas que Jesus não ensinou e em coisas que os apóstolos não disseram. O conhecimento perfeito não é elitista. Ele é perfeito simplesmente por ser acessível a todas as pessoas, de todas as épocas, enquanto resiste ao chamariz do populismo.

Por isso embarcamos numa aventura, coletando fragmentos descartados que servem como metáforas para uma prática eclesial da qual participa o coletivo apocalíptico que chamamos de Igreja, uma reunião dos radicalmente iguais. Isso é o que Cristo nos diz com seu exemplo, sua vida e suas parábolas. Essa é a via da vida litúrgica conformada pelo *logos* (a lógica de *latreia*, *Romanos* 12, 1-2), a qual Paulo pôs em prática de uma maneira específica nas comunidades que estabeleceu na Ásia Menor, colocando radicalmente em questão a realidade política do Império Romano. Na medida em que a teologia é uma deliberação sobre a prática eclesial à luz da palavra de Deus, essa prática deve ser moldada pelas virtudes teológicas da fé, da esperança e da caridade, sempre pronta para transmitir a liberdade, a igualdade e a fraternidade.

Além disso, considero a teologia como o único discurso adequado que pode oferecer recursos e ferramentas encarnacionais para mudar o mundo. Edvard Kocbek, refinado poeta esloveno e socialista cristão, que participou ativamente do movimento de libertação nacional, discutiu cristianismo e comunismo em meados de 1943 com Josip Vidmar, revolucionário comunista autodidata.[12] Vidmar disse a Kocbek que o cristianismo não conseguiu transformar o homem e o mundo – o que é o programa, o requisito e a inclinação do cristianismo – porque não ofereceu "recursos encarnacionais adequados". Vidmar sentia que o comunismo era agora necessário porque só ele poderia satisfazer as condições necessárias para fomentar as qualidades espirituais do homem. Por mais que essa discussão pareça divertida no meio das operações de combate na Eslovênia, Vidmar tinha algo de importante a dizer – que o cristianismo não forneceu os "recursos encarnacionais" necessários. Essa é a chave para a visão teológica que defendo. Somente a teologia pode fornecer os recursos encarnacionais corretos, as ferramentas para a construção das qualidades espirituais necessárias para transformar a percepção do indivíduo e transformar a comunidade. Em meu próximo capítulo, discutirei as ferramentas encarnacionais e as práticas eclesiais que o cristianismo, de uma forma ou de outra, oferece-nos.

---

[12]KOCBEK, Edvard. *Svedočanstvo: dnevnički zapisi od 3. maja do 2. Decembra 1943*. Tradução para o croata de Marija Mitrović. Belgrade: Narodna Knjiga, 1988. p. 122.

[Continuação da página 7]

e proibições severas. Nisso consiste, para Jacques Lacan, a consequência paradoxal da experiência de que "Deus está morto":

> O pai só proíbe o desejo com eficácia porque está morto, e, eu acrescentaria, porque nem ele próprio sabe disso – ou seja, que está morto. Tal é o mito que Freud propõe ao homem moderno, considerando que o homem moderno é aquele para quem Deus está morto – isto é, que julga sabê-lo.
>
> Por que Freud envereda por esse paradoxo? Para explicar que o desejo, com isso, será apenas mais ameaçador, e, logo, a interdição mais necessária e mais dura. Deus está morto, nada mais é permitido.[1]

Para entender apropriadamente essa passagem, é preciso lê-la em conjunto com (pelo menos) duas outras teses lacanianas. Essas declarações dispersas, portanto, devem ser tratadas como peças de um quebra-cabeça que serão combinadas numa proposição coerente. É somente sua interconexão mais a referência implícita ao sonho freudiano do pai que não sabe que está morto que nos permite desenvolver a tese básica de Lacan em sua inteireza:

> (1) Pois a verdadeira fórmula do ateísmo não é que *Deus está morto* – mesmo fundando a origem da função do pai em seu assassínio, Freud protege o pai – a verdadeira fórmula do ateísmo é que *Deus é inconsciente*.[2]
>
> (2) Como vocês sabem, [...] Ivan o conduz [seu pai, Karamazov] pelas avenidas audaciosas por onde envereda o pensamento de um homem culto, e em particular, ele diz, *se Deus não existir...* – *Se Deus não existir*, diz o pai, *então tudo é permitido*. Noção evidentemente ingênua, pois, nós, analistas, sabemos muito bem que se

---

[1] LACAN, Jacques. *O triunfo da religião, precedido de Discurso aos católicos*. Tradução de André Telles. Rio de Janeiro: Jorge Zahar, 2005. p. 30.

[2] LACAN, Jacques. *O seminário, livro XI: os quatro conceitos fundamentais da psicanálise*. Tradução de M. D. Magno. 2 ed. Rio de Janeiro, Jorge Zahar, 1996. p. 60.

Deus não existir então absolutamente mais nada é permitido. Os neuróticos nos demonstram isto todos os dias.[3]

O ateu moderno pensa que sabe que Deus está morto; o que ele não sabe é que, inconscientemente, ele continua acreditando em Deus. O que caracteriza a modernidade não é mais a figura-padrão do crente que nutre em segredo dúvidas íntimas sobre sua crença e se envolve em fantasias transgressoras. O que temos hoje é um sujeito que se apresenta como hedonista tolerante dedicado à busca da felicidade, mas cujo inconsciente é o lugar das proibições – o que está reprimido não são desejos ou prazeres ilícitos, mas as próprias proibições. "Se Deus não existir, então tudo é permitido" significa que quanto mais você se percebe como ateu, mais seu inconsciente é dominado por proibições que sabotam seu gozo. (Não podemos nos esquecer de complementar esta tese com seu oposto: "se Deus existir, então tudo é permitido" – não seria essa a definição mais sucinta do apuro em que se encontra o fundamentalista religioso? Para ele, se Deus existe plenamente, ele percebe a si mesmo como instrumento de Deus, e é por isso que pode fazer o que quiser, pois seus atos são redimidos de antemão, uma vez que representam a vontade divina...)

É nesse pano de fundo que podemos situar o erro de Dostoiévski. Dostoiévski é responsável pela versão mais radical da ideia de que "Se Deus não existir, então tudo é permitido" em "Bobók", seu conto mais esquisito, que ainda hoje continua causando perplexidade em seus intérpretes. Seria essa "mórbida fantasia" bizarra simplesmente o produto da própria doença mental do autor? Seria um sacrilégio cínico, uma tentativa abominável de parodiar a verdade da Revelação?[4] Em "Bobók", um erudito bêbado chamado Ivan Ivánitch está sofrendo de alucinações auditivas:

> Começo a ver e ouvir umas coisas estranhas. Não são propriamente vozes, mas é como se estivesse alguém ao lado: "*Bobók, bobók, bobók!*". Que *bobók* é esse? Preciso me divertir.
>
> Saí para me divertir, acabei num enterro. (p. 18)[5]

---

[3] LACAN, Jacques. *O seminário, livro 2: o Eu na teoria de Freud e na técnica da psicanálise*. Tradução de Marie Christine Lasnik Penot e Antonio Luiz Quinet de Andrade. Rio de Janeiro: Jorge Zahar, 1985. p. 165.

[4] DOSTOIÉVSKY, Fiódor. "Bobók", disponível online (em inglês) em <http://classiclit.about.com/library/bl-etexts/fdost/bl-fdost-bobok.htm>.

[5] Para a edição brasileira, usamos a tradução de Paulo Bezerra, indicando a página no final de cada trecho. Ver DOSTOIÉVSKI, Fiódor. *Bobók*. Tradução, posfácio e notas

Ele participa do enterro de um parente distante; permanecendo no cemitério, ele começa a escutar sem querer a conversa cínica e frívola dos mortos:

> E como foi acontecer que de repente comecei a ouvir coisas diversas? A princípio não prestei atenção e desdenhei. Mas a conversa continuava. E eu escutava: sons surdos, como se as bocas estivessem tapadas por travesseiros; e, a despeito de tudo, nítidos e muito próximos. Despertei, sentei-me e passei a escutar atentamente. (p. 21-22)

Escutando essas conversas, ele descobre que a consciência humana continua existindo durante algum tempo depois da morte do corpo físico, e permanece até a total decomposição deste, o que os personagens falecidos associam ao terrível murmúrio onomatopeico *"bobók"*. Um deles comenta:

> O principal são os dois ou três meses de vida e, no fim das contas, *bobók*. Sugiro que todos passemos esses dois meses da maneira mais agradável possível, e para tanto todos nos organizemos em outras bases. Senhores! proponho que não nos envergonhemos de nada. (p. 34)

Os mortos, ao se darem conta de sua completa liberdade das condições terrenas, decidem se divertir contando casos de quando eram vivos:

> Mas por enquanto eu quero que não se minta. É só o que quero, porque isto é o essencial. Na Terra é impossível viver e não mentir, pois vida e mentira são sinônimos; mas, com o intuito de rir, aqui não vamos mentir. Aos diabos, ora, pois o túmulo significa alguma coisa! Todos nós vamos contar em voz alta as nossas histórias já sem nos envergonharmos de nada. Serei o primeiro de todos a contar a minha história. Eu, sabei, sou dos sensuais. Lá em cima tudo isso estava preso por cordas podres. Abaixo as cordas, e vivamos esses dois meses na mais desavergonhada verdade! Tiremos a roupa, dispamo-nos! (p. 35)

Ivan Ivánitch sente um mau cheiro horrível, mas não é o cheiro de corpos em decomposição, e sim um cheiro moral. Então, Ivan Ivánitch espirra de repente, e os mortos ficam em silêncio; o feitiço acaba, estamos de volta à realidade ordinária:

---

de Paulo Bezerra; desenhos de Oswaldo Goeldi; texto de Mikhail Bakhtin. São Paulo: Editora 34, 2012. (N.T.)

> E eis que de repente espirrei. Aconteceu de forma súbita e involuntária, mas o efeito foi surpreendente: tudo ficou em silêncio, exatamente como no cemitério, desapareceu como um sonho. Fez-se um silêncio verdadeiramente sepulcral. Não acho que tenham sentido vergonha de mim: haviam resolvido não se envergonhar de nada! Esperei uns cinco minutos e... nem uma palavra, nem um som. (p. 37)

Mikhail Bakhtin viu em "Bobók" a quintessência da arte de Dostoiévski, um microcosmo de toda sua potência criativa que representa seu motivo central: a ideia de que "tudo é permitido" se não há nem Deus nem a imortalidade da alma. No submundo carnavalesco da vida "entre as duas mortes", todas as regras e responsabilidades estão suspensas. Podemos demonstrar de maneira convincente que a principal fonte de Dostoiévski foi *O Céu e as suas maravilhas e o Inferno segundo o que foi ouvido e visto por Emanuel Swedenborg* (traduzido para o russo em 1863),[6] de Emanuel Swedenborg. Segundo Swedenborg, depois da morte a alma humana passa por diversos estágios de purificação de seu conteúdo interno (bom ou mau) e, como resultado, encontra sua merecida recompensa eterna: o paraíso ou o inferno. Nesse processo, que pode durar de alguns dias a alguns meses, o corpo revive, mas somente em consciência, na forma de uma corporeidade espectral:

> Quando, nesse segundo estágio, os espíritos tornam-se visíveis naquela mesma forma que assumiram enquanto estavam no mundo, o que então fizeram e disseram em segredo agora torna-se manifesto; pois agora eles não estão reprimidos por nenhuma consideração exterior, e portanto o que disseram e fizeram em segredo agora dizem e realizam abertamente, sem ter mais medo de perder nenhuma reputação, como aquela que tinham no mundo.[7]

Os mortos-vivos agora podem deixar de lado toda a vergonha, agir de maneira insana e rirem-se da honestidade e da justiça. O horror ético dessa visão é que ela mostra o limite da ideia da "verdade e reconciliação": e se tivéssemos um criminoso para quem a confissão pública de seus

---

[6] VINITSKY, Ilya. Where Bobok Is Buried: Theosophical Roots of Dostoevskii's "Fantastica Realism". *Slavic Review*, v. 65, n. 3, p. 523-543, Autumn 2006.

[7] VINITSKY. Where Bobok Is Buried: Theosophical Roots of Dostoevskii's "Fantastica Realism", p. 528.

crimes não só não lhe provocasse nenhuma catarse, mas ainda gerasse um prazer repulsivo adicional?

A situação "não morta" dos defuntos é oposta à situação do pai num dos sonhos relatados por Freud – o pai que continua vivendo (no inconsciente do sonhador) porque não sabe que está morto. Os defuntos na história de Dostoiévski têm plena ciência de que estão mortos – é essa consciência que lhes permite se livrarem da vergonha. Então, qual o segredo que os mortos escondem com todo o cuidado de cada um dos mortais? Em "Bobók", não tomamos conhecimento de nenhuma verdade vergonhosa – os espectros dos mortos recuam no momento exato em que finalmente iriam "cumprir com o prometido" ao ouvinte e contar seus segredos sujos. E se a solução for a mesma que aquela no final da parábola da porta da lei em *O processo*, de Kafka, quando, em seu leito de morte, o homem do campo descobre que a porta estava ali só para ele? E se, também em "Bobók", todo o espetáculo dos cadáveres que prometem revelar seus segredos mais sujos for representado somente para atrair e impressionar o pobre Ivan Ivánitch? Em outras palavras, e se o espetáculo da "veracidade vergonhosa" dos cadáveres vivos for apenas uma fantasia do ouvinte – e de um ouvinte *religioso*, ainda por cima? Não devemos nos esquecer de que a cena retratada por Dostoiévski *não* é a cena de um universo sem Deus. O que os cadáveres falantes experimentam é a vida depois da morte (biológica), o que é, em si, uma prova da existência de Deus – *Deus está lá, mantendo-os vivos depois da morte, e é por isso que podem dizer tudo.*

O que Dostoiévski retrata é uma fantasia *religiosa* que não tem absolutamente nada a ver com uma posição verdadeiramente ateísta – embora ele a retrate para ilustrar o apavorante universo sem Deus em que "tudo é permitido". Desse modo, qual é a compulsão que incita os cadáveres a se envolverem na sinceridade obscena de "dizer tudo"? A resposta lacaniana é clara: o *supereu* – não como agente ético, mas como a injunção obscena ao gozo. Isso nos faz entender o que talvez seja o maior segredo que os defuntos querem guardar do narrador: o impulso de contar toda a verdade sem nenhuma vergonha não é livre, a situação não é "agora podemos finalmente dizer (e fazer) tudo que nos era proibido dizer (e fazer) pelas regras e limitações da vida normal". Em vez disso, o impulso é sustentado por um supereu imperativo cruel: os espectros têm de fazê-lo. No entanto, se o que os obscenos mortos-vivos escondem do narrador for a natureza compulsiva de seu gozo obsceno, e se estamos lidando com uma fantasia religiosa, então há mais uma conclusão a ser tirada: *que os "não mortos" estão sob o feitiço compulsivo de um Deus maligno.* Nisso consiste a mentira suprema de Dostoiévski: o que ele apresenta como a fantasia apavorante de um universo sem Deus é efetivamente a fantasia gnóstica de um Deus maligno obsceno. Podemos tirar uma lição mais geral desse caso: quando autores religiosos condenam o ateísmo, eles constroem muitas vezes a visão de um "universo sem Deus" que é a projeção do submundo reprimido da própria religião.

Usei aqui o termo "gnosticismo" em seu sentido preciso, como a rejeição de uma característica-chave do universo judaico-cristão: a *exterioridade da verdade*. Há um argumento muito claro para a ligação íntima entre o judaísmo e a psicanálise: em ambos os casos, o foco está no encontro traumático com o abismo do Outro que deseja, com a figura apavorante de um Outro impenetrável que quer algo de nós, sem deixar claro que algo é esse – o encontro do povo judeu com Deus, cujo Chamado impenetrável descarrila a rotina da existência humana; o encontro da criança com o enigma do gozo (nesse caso, parental) do Outro. Em nítido contraste com a noção judaico-cristã da verdade que se baseia num encontro traumático externo (o Chamado divino ao povo judeu, o chamado de Deus a Abraão, a Graça inescrutável – tudo totalmente incompatível com nossas qualidades inerentes, mesmo com nossa ética inata), tanto o paganismo quanto o gnosticismo (como reinscrição da instância judaico-cristã no paganismo) concebem a via para a verdade como uma "jornada interna" da autopurificação espiritual, como um retorno ao verdadeiro Eu Profundo, a "redescoberta" do eu. Kierkegaard estava certo quando mostrou que a oposição central da espiritualidade ocidental se dá entre Sócrates e Cristo: a jornada interna da recordação *versus* o renascimento pelo choque do encontro externo. No universo judaico-cristão, *Deus é o molestador supremo*, o intruso que perturba de maneira brutal a harmonia de nossa vida.

Há traços do gnosticismo claramente discerníveis até mesmo na atual ideologia do ciberespaço: o sonho do tecnófilo com um Eu puramente virtual, separado de seu corpo natural, capaz de flutuar de uma corporificação contingente e temporária para outra, não seria a realização científico-tecnológica final do ideal gnóstico da Alma liberta da queda e da inércia da realidade material? Não admira que a filosofia de Leibniz seja uma das referências filosóficas predominantes entre os teóricos do ciberespaço: Leibniz concebia o universo como um composto harmonioso de "mônadas", substâncias microscópicas que vivem, cada uma delas, em seu próprio espaço interno fechado, sem janelas para o que há em volta. Não podemos nos esquecer da estranha semelhança entre a "monadologia" de Leibniz e essa nova comunidade do ciberespaço em que a harmonia global e o solipsismo extraordinariamente coexistem. Ou seja, nossa imersão no ciberespaço não caminha lado a lado com nossa redução às mônadas leibnizianas, que, apesar de "não terem janelas" que se abririam diretamente para a realidade externa, refletem dentro de si próprias o universo inteiro? Não somos cada vez mais monádicos nesse sentido, sem janelas voltadas para a realidade, interagindo apenas com a tela do computador, tendo encontros apenas com simulacros virtuais, e no entanto imersos mais que nunca numa rede global, comunicando-nos de modo sincrônico com o mundo inteiro?

E esse espaço em que os (não) mortos podem falar sem restrições morais, como imaginado por Dostoiévski, não prefigura esse sonho gnóstico-ciberespacial? Nisso consiste a atração do cibersexo: como lidamos apenas com parceiros virtuais, não há assédio. Esse aspecto do ciberespaço encontra sua expressão máxima numa proposta para se "repensar" os direitos dos necrófilos que reapareceram recentemente em alguns círculos "radicais" nos Estados Unidos. A ideia era que do mesmo modo que as pessoas permitem que seus órgãos sejam usados para propósitos médicos depois da morte, elas poderiam ter a permissão de ceder por escrito seus corpos para o gozo de necrófilos frustrados. Essa proposta é o exemplo perfeito de como a posição politicamente correta do antiassédio concretiza a velha constatação de Kierkegaard, segundo a qual o único próximo bom é o próximo morto. O próximo morto – um cadáver – é o parceiro sexual ideal para o sujeito "tolerante" que tenta evitar qualquer tipo de assédio. Por definição, um cadáver não pode ser assediado; da mesma maneira, um corpo morto *não goza*, portanto a ameaça perturbadora do mais-gozar do outro deixa de existir para o sujeito que transa com o cadáver.

O espaço ideológico dessa "tolerância" é delineado por dois polos: a ética e a jurisprudência. Por um lado, a política – tanto na versão liberal-tolerante quanto na "fundamentalista" – é concebida como a realização de posicionamentos éticos (sobre direitos humanos, aborto, liberdade, etc.) que preexistem à política; por outro (e de maneira complementar), ela é formulada na linguagem da jurisprudência (como encontrar o equilíbrio apropriado entre os direitos dos indivíduos e das comunidades, etc.). É aqui que a referência à religião pode ter um papel positivo de ressuscitar a dimensão própria do que é político, da política repolitizante: ela pode fazer com que os agentes políticos rompam o emaranhado ético-legal. O velho sintagma "teológico-político" adquire aqui uma nova relevância: não só que toda política é fundada numa visão "teológica" da realidade, mas também que toda teologia é inerentemente política, uma ideologia do novo espaço coletivo (como as comunidades de fiéis no início do cristianismo, ou os *umma* no início do islã). Parafraseando Kierkegaard, podemos dizer que, hoje, nós precisamos é de uma suspensão *teológico-política* do ético.

Na proliferação atual de novas formas de espiritualidade, costuma ser difícil reconhecer os traços autênticos de um cristianismo que continua fiel a seu próprio núcleo teológico-político. Uma pista nos foi dada por C. K. Chesterton, que modificou a (má) percepção comum segundo a qual a atitude pagã antiga é uma das afirmações jubilosas da vida, ao passo que o cristianismo impõe uma ordem sombria de culpa e abdicação. Na verdade, é a posição pagã que é profundamente melancólica: ainda que ela pregue uma vida prazerosa, é no modo do "aproveite-a enquanto durar, porque, no fim, sempre existe a morte e a queda". A mensagem do cristianismo, ao contrário, é de júbilo infinito por baixo da superfície enganadora da culpa e da abdicação:

> O círculo externo do cristianismo é uma proteção rígida de abnegações éticas e sacerdotes profissionais; mas dentro dessa proteção desumana você encontrará a velha vida humana dançando como dançam as crianças e bebendo vinho como bebem os homens; pois o cristianismo é a única moldura para a liberdade pagã.[8]

O senhor dos anéis, de Tolkien, não seria a maior prova desse paradoxo? Somente um devoto cristão poderia ter imaginado um universo pagão tão magnificente, confirmando assim que o *paganismo é o sonho cristão supremo*. Por isso os críticos cristãos conservadores, que expressam sua preocupação quanto ao modo como *O senhor dos anéis* solapa o cristianismo com seu retrato da magia pagã, não capta o principal, ou seja, a perversa conclusão inevitável aqui: você quer gozar do sonho pagão de uma vida prazerosa sem pagar por isso o preço da tristeza melancólica? Então escolha o cristianismo!

É por isso que a visão de Nárnia, de C. S. Lewis, acaba sendo uma farsa: ela não funciona, porque tenta impregnar o universo mítico pagão com motivos cristãos (o sacrifício do leão, a exemplo de Cristo,

---

[8] CHESTERTON, G. K. *Ortodoxia*. Tradução de Almiro Pisetta. São Paulo: Mundo Cristão, 2008. p. 258.

no primeiro romance, etc.). Em vez de cristianizar o paganismo, tal iniciativa paganiza o cristianismo, reinscrevendo-o no universo pagão ao qual ele simplesmente não pertence – o resultado é um falso mito pagão. Aqui, o paradoxo é exatamente o mesmo que o da relação entre *O anel do Nibelungo* de Wagner, e sua ópera *Parsifal*. A afirmação comum de que *Anel* é um épico do paganismo heroico (uma vez que seus deuses são nórdico-pagãos) e que *Parsifal* realiza a cristianização de Wagner (sua genuflexão diante da cruz, como diz Nietzsche) deve ser invertida: é em *Anel* que Wagner se aproxima mais do cristianismo, enquanto *Parsifal*, longe de ser uma obra cristã, representa uma retradução obscena do cristianismo no mito pagão da renovação circular da fertilidade via recuperação do Rei.[9] É por isso que podemos facilmente imaginar uma versão alternativa de *Parsifal*, uma direção diferente dada ao enredo bem no meio, que, de certa forma, também seria fiel a Wagner – um tipo de *Parsifal* "feuerbachianizada", em que, no Ato II, Kundry *conseguisse* seduzir Parsifal. Longe de entregar Parsifal nas garras de Klingsor, esse Ato livra Kundry do domínio de Klingsor. Desse modo, no final do Ato, quando Klingsor se aproxima do casal, Parsifal faz exatamente o mesmo que na versão verdadeira (ele destrói o castelo de Klingsor), mas parte para Monte Salvat *com* Kundry. No final alternativo, Parsifal chega nos últimos segundos para salvar Amfortas, mas dessa vez com Kundry, proclamando que a estéril regra masculina do Graal não existe mais e que a feminilidade deve ser renovada para que se restabeleça a fertilidade da terra e o equilíbrio (pagão) entre Masculino e Feminino. Parsifal, então, assume o controle como o novo rei, tendo Kundry como rainha, e, um ano depois, nasce Lohengrin.

É comum que não se note o fato, difícil de ser percebido em sua própria obviedade, de que *Anel*, de Wagner, é a obra de arte paulina suprema: a preocupação central em *Anel* é o fracasso do Estado de direito, e a passagem que envolve melhor a amplitude de *Anel* é a passagem da Lei para o amor. Em *Crepúsculo dos deuses,* Wagner supera sua própria ideologia (feuerbachiana "pagã") do amor do casal (heteros)sexual como

---

[9] Em conversas particulares, Wagner foi bastante explícito quanto à obscenidade pagã subjacente de *Parsifal* – numa recepção particular na véspera da primeira apresentação, ele a "descreveu como uma missa negra, uma obra que representa a Santa Comunhão [...] 'todos vocês que estão envolvidos no espetáculo devem se assegurar de que têm o mal dentro de si, e todos vocês que estão presentes como espectadores devem garantir que acolherão o diabo em seus corações!'". Citado por: KOHLER, Joachim. *Richard Wagner: The Last of the Titans*. New Haven: Yale University Press, 2004. p. 591.

paradigma do amor: a última transformação de Brünhilde é a transformação de *eros* em ágape, do amor erótico em amor político. Eros não pode superar verdadeiramente a Lei na condição de transgressão momentânea da lei; ele só pode rebentar numa intensidade pontual, como a chama de Siegmund e Sieglinde que se destrói instantaneamente. Ágape é o que resta depois que assumimos as consequências do fracasso de *eros*.

Há, com efeito, uma dimensão um tanto cristã na morte de Brunhilde – mas apenas no sentido preciso de que a morte de Cristo marca o nascimento do Espírito Santo, a comunidade de fiéis unida pelo ágape. Não admira que uma das últimas falas de Brunhilde seja "*Ruhe, Ruhe, du Gott!*" ("Morra em paz, Deus!") – seus atos realizam o desejo de Wotan de assumir livremente sua morte inevitável. Depois do crepúsculo, o que permanece é a multidão humana observando em silêncio o evento cataclísmico, uma multidão que, na montagem precursora de Chereau e Boulez, continua olhando para o público quando a música acaba. Tudo agora repousa sobre a multidão, sem nenhuma garantia de Deus ou de qualquer outra figura do grande Outro – cabe à multidão agir como Espírito Santo, praticando o ágape:

> O tema da Redenção é uma mensagem transmitida para o mundo inteiro, mas como toda pitonisa, a orquestra é incerta, e há diversas maneiras de interpretar sua mensagem. [...] Será que ninguém a ouve, será que ninguém deveria ouvi-la, com desconfiança e ansiedade, uma desconfiança que se igualaria à esperança ilimitada que esta humanidade nutre e que sempre esteve em jogo, silenciosa e invisivelmente, nas batalhas atrozes que dilaceraram os seres humanos em todo o *Anel*? Os deuses viveram, os valores de seu mundo têm de ser reconstruídos e reinventados. Os homens estão ali como se estivessem na beira de um abismo – escutam, tensos, ao oráculo que ribomba das profundezas da terra.[10]

Não há nenhuma garantia de redenção pelo amor: a redenção é simplesmente dada como possível. Desse modo, estamos no núcleo do cristianismo: é o próprio Deus que faz uma aposta de Pascal. Ao morrer na cruz, ele executa um gesto arriscado sem nenhum resultado final garantido; ele fornece para nós – a humanidade – um S_1 vazio, um Significante-Mestre, e cabe a nós complementá-lo com a cadeia do S_2. Longe de

---

[10]CHEREAU, Patrice citado por CARNEGY, Patrick. *Wagner and the Art of Theatre*. New Haven; London: Yale University Press, 2006. p. 363.

fornecer o ponto conclusivo no "i", o ato divino, ao contrário, representa a abertura de um Novo Começo, e cabe à humanidade colocá-lo em prática, decidir seu significado, fazer dele alguma coisa. Assim como ocorre com a Predestinação, que nos condena à atividade frenética, o Acontecimento é um *signo-puro-vazio*, e precisamos trabalhar para gerar seu significado. Nisso consiste o terrível *risco da revelação*: "Revelação" significa que Deus assumiu para si o risco de colocar tudo em risco, de "engajar-se existencialmente" e por completo ao se colocar, por assim dizer, em seu próprio quadro, tornando-se parte da criação, expondo-se à completa contingência da existência. A verdadeira Abertura não é a da indecidibilidade, mas a de viver na esteira do Acontecimento, de tirar conclusões – mas conclusões de quê? Precisamente do novo espaço aberto pelo Acontecimento. A angústia da qual fala Chereau é a angústia do ato.

A propaganda de hoje – não só no sentido político estrito – é voltada para a própria possibilidade dessa Abertura: ela luta para combater algo de que não tem conhecimento, algo para o qual é estruturalmente cega – não suas contraforças efetivas (oponentes políticos), mas a *possibilidade* (o utópico potencial revolucionário e emancipatório) imanente à situação:

> O objetivo de toda propaganda inimiga não é aniquilar uma força existente (essa função costuma ser deixada para as forças políticas), mas sim aniquilar uma *possibilidade não notada da situação*. Essa possibilidade também não é notada por quem conduz a propaganda, uma vez que suas características devem ser simultaneamente imanentes à situação e não aparecer nela.[11]

É por isso que a propaganda contra a política emancipatória radical é cínica por definição – não no sentido simples de não acreditar em suas próprias palavras, mas num nível muito mais básico: ela é cínica precisamente na medida em que *acredita* em suas próprias palavras, pois sua mensagem é uma convicção resignada de que o mundo em que vivemos, se não for o melhor de todos os mundos possíveis, é o pior deles, de modo que toda mudança radical só tem a piorá-lo.

---

[11] BADIOU, Alain. Seminar on Plato's *Republic*. 13 fev. 2008. Inédito.

1. O cristianismo contra o sagrado
Žižek

Embora a declaração "Se Deus não existir, então tudo é permitido" seja comumente atribuída a *Os irmãos Karamázov*, Dostoiévski nunca a proferiu[1] (o primeiro a atribuí-la a ele foi Sartre, em *O ser e o nada*). No entanto, o próprio fato de essa atribuição equivocada ter perdurado durante décadas demonstra que, ainda que factualmente falsa, ela atinge um ponto sensível de nosso edifício ideológico. Não surpreende que os conservadores gostem de evocá-la a propósito dos escândalos entre a elite ateísta-hedonista: de milhões de pessoas mortas nos *gulags* até o sexo animal e o casamento gay, é nesse ponto que terminamos quando negamos toda a autoridade transcendente que estabeleceria os limites insuperáveis às iniciativas humanas. Sem esses limites – pelo que se diz – não há nenhuma barreira suprema que nos impeça de explorar cruelmente o próximo, de usá-lo como ferramenta para o lucro e o prazer, escravizando-o e humilhando-o, ou assassinando-o aos milhões. Então, tudo que nos separa desse vácuo moral supremo são os "pactos entre lobos", temporários e não obrigatórios, ou seja, limites autoimpostos

---

[1] Chegamos apenas a aproximações dessa declaração, como a afirmação de Dmitri em sua discussão com com Rakitin (como relata Dmitri para Alíocha): "'Mas então o que será dos homens', perguntei-lhe, 'sem Deus e a vida imortal? Então todas as coisas são permitidas, que podem fazer o que quiserem?'". Ver DOSTOYEVSKY, Fyodor. *The Brothers Karamazov*. New York: Dover, 2005. p. 672. Nesta tradução, a segunda frase começa com "Então todas as coisas são lícitas"; depois de compará-la com o original, modifiquei "lícitas" por "permitidas", *pozvoleno,* em russo.

aceitos em benefício da própria sobrevivência e bem-estar, e que podem ser violados a qualquer momento... Mas as coisas são realmente desse jeito?

Como é amplamente sabido, Jacques Lacan afirmou que a prática psicanalítica nos ensina a inverter o dito de Dostoiévski: "Se Deus não existir, então tudo é proibido". Essa inversão é difícil de engolir para nosso senso comum moral: numa resenha um tanto positiva sobre um livro de Lacan, um jornal esloveno de esquerda publicou assim a versão de Lacan: "Mesmo se Deus não existir, nem tudo é permitido!" – uma vulgaridade benevolente, transformando a inversão provocadora de Lacan na garantia modesta de que mesmo nós, ateus ímpios, respeitamos alguns limites éticos... Contudo, mesmo que a versão de Lacan pareça um paradoxo vazio, um breve exame de nossa paisagem moral confirma que é muito mais apropriado descrever o universo dos hedonistas liberais ateus: eles dedicam a vida à busca dos prazeres, mas como não há nenhuma autoridade externa que lhes garanta o espaço para essa busca, eles acabam intricados numa densa rede de regras autoimpostas e politicamente corretas, como se um supereu muito mais severo que o da moral tradicional os controlasse. Eles se tornam obcecados com a ideia de que, ao buscar seus prazeres, eles podem humilhar ou violar o espaço dos outros, por isso regulam seu comportamento em regras detalhadas de como evitar "assediar" os outros, isso sem mencionar regras menos complexas relacionadas ao cuidado de si (ginástica, alimentação saudável, relaxamento espiritual...). Na verdade, nada é mais opressor e regulado que um simples hedonista.

A segunda coisa, estritamente correlata à primeira observação, é que, hoje em dia, tudo é permitido para aqueles que se referem a Deus de uma maneira brutalmente direta, percebendo-se como instrumentos da vontade de Deus. São os chamados fundamentalistas que praticam uma versão pervertida do que Kierkegaard chamava de suspensão religiosa do ético: para cumprir uma missão de Deus, tem-se permissão para matar milhares de inocentes... Então por que testemunhamos hoje o aumento da violência justificada religiosamente (ou eticamente)? Porque vivemos numa época que se considera pós-ideológica. Como as grandes causas públicas não podem mais ser usadas como fundamentos para a violência em massa (ou guerra), isto é, como nossa ideologia hegemônica nos incita a gozar a vida e compreender nossos Eus, é difícil, para a maioria, superar essa repulsa pela tortura e pelo assassinato de outro ser humano. A grande maioria das pessoas é espontaneamente moral: torturar ou matar outro ser humano é profundamente traumático para elas. Então, para que elas o façam, é preciso uma Causa "sagrada" maior, uma Causa que faça qualquer preocupação individual mínima em relação à matança parecer trivial. A religião e o pertencimento étnico são perfeitamente compatíveis com esse papel. É claro que existem casos de ateus patológicos capazes de cometer assassinatos em massa por puro prazer, matando por matar, mas eles são raras exceções. A maioria das pessoas precisa estar anestesiada contra a sensibilidade elementar para com o sofrimento do outro. Para isso, é preciso uma Causa: sem ela, teríamos de sentir todo o peso do que fazemos, sem nenhum absoluto sobre o qual descarregaríamos nossa responsabilidade final. Os idealistas religiosos costumam afirmar que, verdadeira ou não, a religião leva pessoas geralmente ruins a fazer coisas boas. Pela experiência atual, deveríamos antes nos ater à afirmação de Steve Weinberg: embora sem religião, as pessoas boas continuariam fazendo coisas boas, e as ruins, coisas ruins, somente a religião pode levar pessoas boas a fazer coisas ruins.

Não menos importante, o mesmo parece ser válido para a demonstração das chamadas "fraquezas humanas": formas extremas e isoladas de sexualidade entre hedonistas ímpios são imediatamente elevadas a símbolos representativos da depravação dos ímpios, ao passo que qualquer questionamento, digamos, da relação entre o fenômeno muito mais comum da pedofilia entre padres e a Igreja como instituição é rejeitado como difamação antirreligiosa. A história bem-documentada de como a Igreja católica como instituição protege os pedófilos dentro de sua própria hierarquia é outro bom exemplo de como, se Deus existir, então tudo é permitido (para aqueles que se legitimam como servos de Deus). O que torna tão repugnante essa atitude protetora em relação aos pedófilos é o fato de não ser praticada por hedonistas tolerantes, mas sim – para piorar ainda mais as coisas – pela mesma instituição que posa de guardiã moral da sociedade.

Mas e quanto aos assassinatos em massa realizados pelos comunistas stalinistas? E quanto à liquidação extralegal de milhões de anônimos? É fácil perceber como esses crimes sempre foram justificados pelo próprio falso deus dos stalinistas, "o Deus que fracassou", como o chamou Ignazio Silone, um dos grandes ex-comunistas decepcionados – eles tinham seu próprio Deus, por isso tudo lhes era permitido. Em outras palavras, a mesma lógica da violência religiosa aplica-se aqui. Os comunistas stalinistas não percebem a si próprios como individualistas hedonistas abandonados à própria liberdade; não, eles se veem como instrumentos do progresso histórico, instrumentos de uma necessidade que impulsiona a humanidade para um estágio "superior" do comunismo – e é essa referência a seu próprio Absoluto (e à relação privilegiada que eles têm com ele) que lhes permite fazer o que querem (ou o que consideram necessário). É por isso que, no momento em que a rachadura aparece em seu escudo ideológico, o peso do que fizeram se torna insuportável para muitos indivíduos comunistas, pois eles têm de enfrentar suas ações como suas próprias ações, sem o pretexto de uma Razão da História superior. É por esse motivo que, depois do discurso de Khrushchev, em 1956, denunciando os crimes de Stalin, muitos oficiais cometeram suicídio: eles não aprenderam nada de novo com o discurso, todos os fatos lhes eram mais ou menos conhecidos, mas eles foram privados da legitimação histórica de seus crimes dada pelo Absoluto histórico comunista.

O stalinismo acrescenta outra virada perversa a essa lógica: para justificar seu exercício cruel do poder e da violência, os stalinistas não só tiveram de elevar seu próprio papel num instrumento do Absoluto, como também tiveram de demonizar seus oponentes, de retratá-los como a corrupção e a decadência em pessoa. Isso foi verdadeiro a um nível ainda maior de fascismo. Para os nazistas, todo fenômeno de depravação era imediatamente elevado a símbolo da degeneração judaica. Logo foi declarada a existência de uma conexão entre especulação financeira, antimilitarismo, modernismo cultural, liberdade sexual, etc., uma vez que todos eram vistos como oriundos da mesma essência judaica, o mesmo agente semi-invisível que controlava secretamente a sociedade. Essa demonização tinha uma função estratégica precisa: ela justificava que os nazistas fizessem o que quisessem, uma vez que, contra um inimigo desse tipo, no que hoje é um permanente estado de emergência, tudo é permitido.

E, por fim, mas não menos importante, devemos notar aqui a maior das ironias: embora muitos daqueles que lamentam a desintegração dos limites transcendentes se apresentem como cristãos, o desejo por um novo limite exterior/transcendente, por um agente divino que imponha esse limite, é profundamente anticristã. O Deus cristão não é o Deus transcendente das limitações, mas sim o Deus do amor imanente – Deus, afinal, é amor, ele está presente onde existe amor entre seus fiéis. Não surpreende, portanto, que a inversão de Lacan, "Se Deus existir, então tudo é permitido!", seja abertamente declarada por alguns cristãos como consequência da noção cristã da superação da Lei proibitiva em amor: se você habita no amor divino, então não precisa de proibições, pode fazer o que quiser, pois se realmente habitar no amor divino, é claro que jamais teria vontade de cometer nenhum mal... Essa fórmula da suspensão religiosa "fundamentalista" do ético já foi proposta por Agostinho quando ele escreveu: "Ame a Deus e faça o que tiver vontade". (Ou, outra versão: "Ame e faça o que tiver vontade" – da perspectiva cristã, as duas coisas acabam resultando na mesma, pois Deus *é* Amor.) A armadilha, obviamente, é que se você realmente amar a Deus, você vai querer o que ele quer – o que o agrada agradará a você, e o que o desagrada fará de você um miserável. Então não é que você simplesmente possa "fazer o que quer": seu amor por Deus, se verdadeiro, garante que você seguirá os padrões éticos mais supremos naquilo que quiser fazer. É como aquela famosa piada: "Minha noiva nunca se atrasa para um encontro, pois quando se atrasar, não será mais minha noiva" – se você ama Deus, pode fazer o que quiser, porque quando fizer alguma coisa ruim será a prova de que você realmente não ama Deus. No entanto, a ambiguidade persiste, pois não há garantia, externa a sua crença, do que Deus realmente quer que você faça – na ausência de quaisquer padrões éticos externos a sua crença em Deus e a seu amor por ele, você sempre correrá o risco de usar seu amor por Deus como legitimação para os feitos mais horrendos.

Ademais, quando Dostoiévski introduz a linha de pensamento de que "se Deus não existir, então tudo é permitido", ele não está, de modo algum, apenas nos alertando contra a liberdade ilimitada – isto é, defendendo Deus como agente de uma proibição transcendente que limitaria a liberdade humana. Numa sociedade liderada pela Inquisição, não se permite definitivamente tudo, uma vez que Deus atua aqui como um poder superior que restringe nossa liberdade, e não como a fonte da liberdade. O ponto central da parábola do Grande Inquisidor é justamente que a sociedade oblitera a própria mensagem de Cristo – se Cristo retornasse para essa sociedade, ele teria sido queimado como uma ameaça mortal à ordem pública e à felicidade, uma vez que ele levou para o povo a dádiva (que se revela como um fardo pesado) da liberdade e da responsabilidade. A afirmação implícita de que se Deus não existir, então tudo é permitido, desse modo, revela-se muito mais ambígua – vale a pena examinarmos mais de perto essa parte de *Os irmãos Karamázov*, a longa conversa no Livro V entre Ivan e Alíocha que acontece em um restaurante. Ivan conta para Alíocha uma história sobre o Grande Inquisidor que ele imaginou: Cristo volta para a terra em Sevilha na época da Inquisição; depois de realizar uma série de milagres, o povo o reconhece e o admira, mas ele logo é preso pela Inquisição e condenado à morte na fogueira no dia seguinte. O Grande Inquisidor o visita em sua cela para lhe dizer que a Igreja não precisa mais dele – seu retorno interferiria na missão da Igreja, que é levar a felicidade para as pessoas. Cristo julgou mal a natureza humana: a maior parte das pessoas não consegue lidar com a liberdade que ele lhes deu; ao dar aos seres humanos a liberdade de escolha, Cristo excluiu da redenção a maior parte da humanidade e a condenou ao sofrimento.

Para levar felicidade para as pessoas, o Inquisidor e a Igreja, portanto, agem de acordo com "o espírito sábio, o temível espírito da morte e da destruição" – o demônio, capaz de fornecer sozinho as ferramentas para acabar com todo o sofrimento humano e unir todo mundo sob o estandarte da Igreja. A multidão deveria ser guiada por aqueles poucos que são fortes o suficiente para carregar o fardo da liberdade – somente dessa maneira toda a humanidade conseguirá viver e morrer feliz na ignorância. Esses poucos fortes são os verdadeiros mártires-de-si-mesmos, que dedicam suas vidas para proteger a humanidade de ter de encarar a liberdade de escolha. É por isso que, na tentação no deserto, Cristo foi forte para rejeitar a sugestão do diabo para que ele transformasse pedras em pães: as pessoas sempre seguirão aqueles que alimentem suas barrigas. Cristo rejeita a tentação, dizendo: "O homem não vive só de pão", ignorando a sabedoria segundo a qual devemos primeiro "alimentar os homens, depois exigir deles a virtude!" (ou, como Brecht colocou em sua *Ópera dos três vinténs*: "Erst kommt das Fressen, dann kommt die Moral!").

Em vez de responder ao Inquisidor, Cristo, que se manteve em silêncio o tempo inteiro, beija-lhe os lábios. Chocado, o Inquisidor liberta Cristo, mas lhe pede para nunca mais voltar... Alíocha responde à história repetindo o gesto de Cristo: ele também beija Ivan levemente nos lábios.

O propósito da história não é simplesmente atacar a Igreja e defender o retorno da plena liberdade que nos foi dada por Cristo. O próprio Dostoiévski não poderia chegar a uma resposta direta sobre a questão. Pode-se argumentar que a história da vida de Elder Zossima, que acontece logo depois do capítulo sobre o Grande Inquisidor, seja uma tentativa de responder as questões de Ivan. Zossima, em seu leito de morte, conta como encontrou sua fé durante sua juventude rebelde, no meio de um duelo, e decidiu se tornar monge. Zossima ensina que as pessoas devem perdoar as outras reconhecendo os próprios pecados e a própria culpa perante os outros: não existe pecado isolado, por isso todos são responsáveis pelos pecados do próximo... Não seria essa a versão de Dostoiévski do "Se Deus não existir, então tudo é proibido"? Se a dádiva de Cristo é nos tornar radicalmente livres, então essa liberdade também traz consigo o fardo pesado da responsabilidade total. Essa posição mais autêntica também não implica um sacrifício? Depende do que queremos dizer com esse termo.

Em seu "Esboço de um conceito fenomenológico de sacrifício",[2] Jean-Luc Marion começa com a afirmação de que nossos tempos ímpios "aboliram toda diferença entre sagrado e profano, portanto toda possibilidade de atravessá-la por meio de um *sacrifiement* (ou, ao contrário, por uma profanação)". A primeira coisa que precisamos acrescentar aqui é a distinção feita por Agamben entre secular e profano: o profano não é o secular-utilitarista, mas o resultado da profanação do sagrado, e por isso é inerente ao sagrado. (Também devemos interpretar a fórmula do "sacralizar" de maneira literal: é o próprio sacrifício que sacraliza um objeto ordinário, isto é, não há nada de sagrado no objeto como tal, em seu ser imediato.) Marion, então, fornece uma descrição detalhada dos três modos de sacrifício:

Em primeiro lugar, há o aspecto negativo-destrutivo que sobrevive em nossa era ímpia como pura destruição (terrorista): a única maneira que ainda temos de apreender o Sagrado é pelos atos despropositados da destruição que subtraem algo do curso utilitarista-funcional das coisas. Uma coisa é "sacralizada" quando é destruída – é por isso que as ruínas do 11 de Setembro ("Marco Zero") são sagradas... (Aqui Marion acrescenta uma subdivisão a esse sacrifício negativo-destrutivo: o sacrifício ascético de todos os bens materiais "patológicos" ou todas características do Si para afirmar o próprio Si em sua autonomia autárquica. Afina, o que é sacrificado aqui é o conteúdo "patológico" não essencial, que permite a autoapropriação da autonomia autárquica do Si – ao fazer o sacrifício, eu não perco nada, ou seja, apenas aquilo que é irrelevante em si mesmo.)

Em segundo lugar, há o aspecto de troca, ou sacrifício, como dádiva condicional – nós damos algo para receber algo de volta: "o sacrifício destrói tanto quanto a dádiva oferece, pois ambos trabalham para estabelecer a troca; ou melhor, quando o sacrifício destrói e a dádiva oferece, eles trabalham exatamente da mesma maneira para estabelecer a economia da reciprocidade". Isso acaba num impasse, uma vez que o sacrifício como ato de troca anula a si mesmo:

---

[2] O ensaio inédito de Marion é baseado em seu "Esboço de um conceito fenomenológico do dádiva", publicado em OLIVETTI, M. M. (Org.). *Filosofia della rivelazione*. Roma: Biblioteca dell' Archivio di Filosofia, 1994.

> A verdade do sacrifício acaba na troca, ou seja, na não verdade do sacrifício, porque ele deve consistir justamente em dar sem obter nada em retorno; desse modo, ela também resultaria na verdade da não dádiva por excelência, ou seja, na confirmação de que toda vez que o sujeito acredita que fala de sacrifício e o faz, na verdade ele sempre espera uma troca, e uma troca que lhe dê ganhos cada vez maiores, na medida em que ele afirmou não ter perdido nada.

O problema é: essas duas dimensões do sacrifício são suficientes? Marion deixa claro que, na lógica da troca, a dimensão essencial do sacrifício, do ato de ceder puro e supérfluo, perde-se: "a dádiva pode, e por isso deve, ser libertada da troca ao deixar que seu significado natural seja reduzido à dadidade. Pois, enquanto a economia (da troca) realiza uma economia da dádiva, a dádiva, se reduzida à dadidade, inversamente se excetua da economia, libertando-se das regras da troca". Note-se aqui a exata simetria entre os dois aspectos: se o sacrifício-como-destruição acaba na autoapropriação da autonomia, o que anula a própria dimensão do sacrifício (uma vez que perdemos apenas o indiferente-inessencial), o sacrifício-como-troca também anula a dimensão da troca – na verdade eu não sacrifico ou dou nada, pois espero que aquilo que dei será retribuído pela autoridade superior para a qual eu me sacrifiquei. Em ambos os casos, a perda sacrificial é anulada.

Nessa descrição falta uma dimensão mais radical do sacrifício que seja imanente ao sacrifício-como-troca: devo, de antemão, sacrificar algo para entrar na própria instância da troca, e esse sacrifício é anterior a qualquer sacrifício particular de algum conteúdo ou objeto – é o sacrifício de minha própria posição subjetiva que faz de mim um sujeito da troca. Esse sacrifício é o preço que se paga pelo significado: sacrifico o conteúdo pela forma, isto é, entro na forma dialógica da troca. Ou seja, mesmo que meu sacrifício não tenha efeito, não posso interpretar a falta de efeito como uma resposta (negativa), pois qualquer coisa que acontecer agora pode ser interpretada por mim como uma resposta significativa – em todo caso, há alguém com quem me comunicar, alguém para quem eu posso oferecer meu sacrifício.

Em terceiro lugar, para elaborar uma noção de sacrifício que não se anule como as outras duas, Marion se concentra no paradoxo do (sacrifício como) dom, um puro ato de dar sem receber nada em troca. O paradoxo é que se a dádiva é verdadeiramente dada, fora da economia da troca, então mais uma vez ela anula a si mesma como dádiva, pois a dadidade da dádiva, e portanto seu doador, desaparece nela: "O recebedor não pode tomar por conta própria a dádiva dada enquanto ainda a vir no rosto e na força de seu detentor prévio. Esse detentor (o doador) precisa desaparecer, de modo que a dádiva comece a aparecer como dada; por fim, o doador precisa desaparecer completamente, para que a dádiva surja como definitivamente dada, ou seja, cedida". Aqui entra o sacrifício: ele torna visível a dadidade (e por isso o doador):

> O sacrifício devolve a dádiva à dadidade, da qual ela provém, retornando-a ao próprio retorno que a constitui originalmente. O sacrifício não deixa a dádiva, mas habita totalmente nela. Ele a manifesta dando novamente à dádiva sua dadidade, porque ele a repete desde sua origem. [...] Não se trata em absoluto de uma contradádiva, como se o doador precisasse recuperar o que lhe é devido (troca) ou recuperar um tributo suplementar (gratidão como salário simbólico), mas sim da reorganização da dádiva como tal, repetindo em sentido inverso o processo de dadidade, reestabelecendo a dádiva ali e resgatando-a de sua recorrência factual à classe (sem dadidade) de um objeto encontrado.

Nessa estrutura do sacrifício eu realmente não perco nada, apenas o status de dádiva do que tenho é afirmado como tal. Não admira que o principal exemplo de Marion seja o de Abraão e Isaac, no qual Abraão de fato não perde seu filho — tudo que ele tem de fazer é manifestar sua prontidão para sacrificá-lo, baseada no reconhecimento de que seu filho, antes de tudo, não é seu, mas dado a ele por Deus:

> Na condição de realmente perceber que, ao impedi-lo de matar Isaac, Deus precisamente não recusa o sacrifício de Abraão, mas anula apenas o fato de que ele seria colocado à morte, porque isso não pertence à essência do sacrifício: a efetiva morte de Isaac só cumpriria o sacrifício em sua concepção comum (destruição, privação, troca e contrato). [...] Ao poupar Isaac, dali em diante reconhecido (por Abraão) como dádiva (de Deus), Deus o dá novamente a ele, dá a ele uma segunda chance, e também ao ofertar uma dádiva por uma redundância, que o consagra definitivamente como dádiva. [...] O sacrifício duplica a dádiva e a confirma como tal pela primeira vez.

A expressão "como tal" é fundamental aqui: pela repetição, a dádiva não é mais obliterada naquilo que é dado, mas afirmada como dádiva. Então quem se sacrifica aqui? Dádiva e sacrifício são opostos: Deus dá uma dádiva, o homem sacrifica a dádiva propriamente dita para reobtê-la como algo dado. O sacrifício para no último momento, de maneira semelhante a ofertas educadas feitas para serem rejeitadas: eu ofereço (pedir desculpas, pagar a conta...), mas com a condição de que você rejeite minha oferta. No entanto, há uma diferença crucial aqui: enquanto numa oferta feita para ser rejeitada tanto o doador quanto o recebedor sabem que a oferta é feita para ser rejeitada, no sacrifício como dádiva repetida eu obtenho a dádiva de volta (ela me é dada de novo) apenas se eu *realmente* estava disposto a perdê-la. Mas o mesmo não vale para o sacrifício de Cristo, em que ele perde a vida e a recebe de volta na Ressurreição? Quem são o doador e o recebedor nesse caso? Numa tentativa rebuscada e bastante inconvincente de inserir o sacrifício de Cristo em seu esquema, Marion vê Deus-Pai como doador, Cristo como recebedor e o Espírito Santo como objeto do sacrifício que Cristo devolve ao pai e recebe de volta (na Ressurreição) como dádiva:

> A morte do Cristo realiza um sacrifício nesse sentido (mais que no sentido comum): ao devolver seu espírito ao Pai, que a ele o concedeu, Jesus incita que o véu do Templo (que separa Deus da humanidade e o torna invisível para ela) seja rasgado, e ao mesmo tempo surge como "verdadeiramente o filho de Deus" (*Mateus* 27, 51, 54), fazendo aparecer não a si mesmo, mas o Pai invisível. A dádiva dada, portanto, faz que o doador e o processo (aqui trinitário) da dadidade sejam vistos.

O sentido do sacrifício de Cristo – que é do próprio Cristo, que ao morrer na cruz dá sua vida como dádiva pura e incondicional à humanidade como recebedora – não se perdeu aqui? A leitura de Marion, nesse aspecto, não é basicamente pré-cristã, reduzindo Cristo a um medo mediador e concentrando-se no Deus-Pai como único doador verdadeiro? As coisas não são exatamente o oposto disso? Aquele que *aparece* na cruz, no sentido mais enfático, não é justamente o próprio Cristo como doador, e não o Deus-Pai que desaparece no pano de fundo da figura fascinante do Cristo sofredor? Seu ato de sacrifício não é a dádiva suprema? Em outras palavras, não seria muito mais apropriado interpretar a morte de Cristo como um sacrifício para o real: Cristo morre real e plenamente na cruz para que nós, seres humanos, obtenhamos a dádiva do Espírito Santo (a comunidade de fiéis)? Além disso, se tomamos essa dádiva em toda sua radicalidade, ela não nos obriga a interpretar seu significado como a plena aceitação do fato de que Deus está morto, que não existe grande Outro? O Espírito Santo não é o grande Outro da comunidade simbólica, mas um coletivo que *ne s'autorise que de lui-même*, na ausência radical de qualquer apoio do grande Outro. Isso significa que o sacrifício de Cristo definitivamente abole (sacrifica) a forma mais perversa de sacrifício, aquela que falta na classificação de Marion e cujo papel central foi desenvolvido por Lacan.

Para Lacan, esse sacrifício "perverso" adicional tem dois modos. Primeiro, o sacrifício representa a renegação da impotência do grande Outro: em seu aspecto mais elementar, o sujeito não oferece o sacrifício para lucrar com ele, mas sim para preencher a falta *no Outro*, para sustentar a aparência da onipotência do Outro, ou, pelo menos, a consistência. Recordemos de *Beau geste*, o clássico melodrama hollywoodiano de 1938, no qual o mais velho de três irmãos que moram com a tia benevolente, no que parece ser um gesto ingrato de crueldade excessiva, rouba um colar de diamantes extremamente caro, objeto que é motivo de orgulho da família da tia, e desaparece com ele, sabendo que sua reputação está arruinada e que será conhecido para sempre como o defraudador ingrato de sua benfeitora – então por que ele o faz? No final do filme, descobrimos que ele o faz para evitar a descoberta constrangedora de que o colar era falso: fato desconhecido de todos os outros, ele soube que, algum tempo antes, a tia teve de vender o colar para um rico marajá para salvar a família da falência e o substituiu por uma imitação barata. Antes de seu "roubo", ele soube que um tio distante, que também era dono do colar, queria vendê-lo para ganhar algum dinheiro; se o colar fosse vendido, sua falsidade sem dúvida seria descoberta, então a única maneira de proteger a honra da tia e da família era encenar o roubo... Esse é o próprio embuste do crime do roubo: esconder o fato de que, em última instância, *não há nada para roubar* – dessa maneira, a falta constitutiva do outro é oculta, isto é, manteve-se a ilusão de que o Outro possuía o que foi roubado. Se, no amor, dá-se o que não se tem, em um crime de amor rouba-se do Outro amado o que o Outro não tem... a isso alude o *"beau geste"* do título do filme. E nisso consiste também o significado do sacrifício: sacrifica-se (a própria honra e o próprio futuro na sociedade de respeito) para manter a aparência da honra do Outro, para salvar o Outro amado da vergonha.

Há uma outra dimensão muito mais estranha do sacrifício. Permita-me usar outro exemplo do cinema, o filme *Enigma* (1983), de Jeannot Szwarc, história de um jornalista dissidente que se tornou espião, imigrou para o Ocidente, foi recrutado pela CIA e enviado para a Alemanha Ocidental para se apoderar de um *chip* de codificação e decodificação cuja posse permite a leitura de todas as comunicações entre a sede da KGB e seus outros postos. Pequenos sinais dizem ao espião que há algo errado com sua missão, ou seja, que os alemães orientais e os russos ficaram sabendo da chegada dele – então o que está acontecendo? Será que os comunistas têm um informante dentro da CIA, responsável por delatar sua missão secreta? À medida que nos aproximamos do final do filme, a solução é muito mais ingênua: a CIA *já tinha* o *chip* de codificação, mas, infelizmente, os russos suspeitavam desse fato, por isso pararam de usar a rede de computadores temporariamente para suas comunicações secretas. O verdadeiro objetivo da operação era convencer os russos de que a CIA não tinha o *chip*: a CIA manda um agente para consegui-lo e, ao mesmo tempo, deixa intencionalmente que os russos tomem conhecimento de que havia uma operação acontecendo para obter o *chip*, contando, obviamente, com a possibilidade de que os russos prenderiam o espião. O resultado final será que, ao conseguirem evitar a conclusão da missão, os russos estarão convencidos de que os norte-americanos não têm o chip e que por isso é seguro usar aquela via de comunicação... O aspecto trágico da história, obviamente, é que a CIA *quer* que a missão fracasse: o agente dissidente é sacrificado em nome do objetivo maior da CIA, que é convencer o oponente de que ela não detém o segredo deste.

A estratégia, aqui, é montar uma operação para convencer o Outro (inimigo) que não se tem o que se procura – em suma, o sujeito simula uma falta, uma necessidade, para ocultar do Outro o fato de que já tem o *agalma*, o segredo mais íntimo do Outro. Essa estrutura não está de alguma maneira ligada ao paradoxo básico da castração simbólica como constitutiva do desejo, em que o objeto tem de ser perdido para ser reobtido na escala inversa do desejo regulado pela Lei? A castração simbólica costuma ser definida como a perda de algo que nunca se possuiu, isto é, o objeto-causa do desejo é um objeto que surge pelo próprio gesto de sua perda/recolhimento; no entanto, encontramos aqui a estrutura inversa do fingimento de uma perda. Na medida em que o Outro da Lei simbólica proíbe a *jouissance*, a única maneira de o sujeito gozar é fingir que carece do objeto que fornece a *jouissance*, isto é, esconder do olhar do Outro sua posse, encenando o espetáculo da busca desesperada pelo objeto.

Isso também lança novas luzes sobre o tema do sacrifício: o sujeito se sacrifica não para obter algo do Outro, mas para enganar o Outro, para convencê-lo de que ainda sente falta de algo, isto é, da *jouissance*. É por isso que neuróticos obsessivos experimentam a compulsão repetidamente para realizar seus rituais de sacrifício – para renegar sua *jouissance* aos olhos do Outro... O que essas duas versões psicanalíticas do sacrifício significam para a perspectiva teológica? Como podemos evitar sua armadilha? A resposta é esboçada em *A marca do sagrado*,[3] de Jean-Pierre Dupuy, livro situado na ligação entre sacrifício e sagrado. O livro trata do mistério supremo das chamadas ciências humanas ou sociais, o mistério das origens do que Lacan chama de "grande Outro", do que Hegel chamou de "exteriorização" (*Entäusserung*), do que Marx chamou de "alienação" e – por que não? – do que Friedrich Hayek chamou de "autotranscendência": como, a partir da interação dos indivíduos, pode haver a aparência de uma "ordem objetiva" que não pode ser reduzida a sua interação, mas é experimentada por eles como um agente substancial que determina suas vidas? É fácil demais "desmascarar" tal "substância" para mostrar, por meio de uma gênese fenomenológica, como ela gradualmente é "reificada" e sedimentada a partir da interação dos indivíduos: o problema é que o pressuposto dessa substância espectral/virtual de certa maneira é cossubstancial com a existência humana – aqueles que não conseguem se relacionar com ela dessa maneira, aqueles que a subjetivam diretamente, são chamados de psicóticos: é para os psicóticos que, por trás de cada grande Outro impessoal, há um grande Outro pessoal, o agente/mestre secreto do paranoico que controla tudo nos bastidores. (Dupuy prefere deixar em aberto a grande questão que espreita esse tema – tal substância transcendente pode surgir da interação imanente dos indivíduos ou deveria ser sustentada por uma transcendência *real*? –, enquanto nós tentaremos demonstrar que no momento em que a questão é posta, a resposta "materialista" é a única consistente.)

A grande ruptura teórica de Dupuy é conectar o surgimento do "grande Outro" à lógica complexa do sacrifício constitutivo da dimensão do sagrado, isto é, do advento da distinção entre sagrado e profano: pelo sacrifício, o grande Outro, agente transcendente que impõe limites a nossa atividade, é sustentado. O terceiro elo nessa cadeia é a hierarquia: a função suprema do sacrifício é legitimar e representar uma ordem hierárquica (que só funciona se tiver o suporte de alguma figura do transcendente grande Outro). É aqui que ocorre a primeira virada propriamente *dialética* na linha de argumentação de Dupuy: baseando-se em *Homo hierarchicus*,[4] de

---

[3] DUPUY, Jean-Pierre. *La marque du sacre*. Paris: Carnets Nord, 2008. Os números entre parênteses nas próximas páginas se referem a este livro.

[4] DUMONT, Louis. *Homo Hierarchicus: o sistema de castas e suas implicações*. Tradução de Carlos Alberto da Fonseca. 2 ed. São Paulo: EDUSP, 2008.

Louis Dumont, ele mostra como a hierarquia implica não só uma ordem hierárquica, mas também sua volta imanente ou reversão: sim, o espaço social é dividido em níveis hierárquicos superiores e inferiores, mas *no nível inferior, o inferior é superior ao inferior*. Um ótimo exemplo é dado pela relação entre a Igreja e o Estado no cristianismo: em princípio, é claro, a Igreja está acima do Estado; no entanto, como pensadores de Agostinho a Hegel deixaram claro, *dentro da ordem secular do Estado, o Estado está acima da Igreja* (isto é, a Igreja *como instituição social* deve ser subordinada ao Estado) – se esse não for o caso, se a Igreja quiser governar diretamente também como poder secular, então ela inevitavelmente se corrompe por dentro, reduzindo-se a apenas mais um poder secular que usa seus ensinamentos religiosos como ideologia para justificar seu governo secular. (Como demonstrou Dumont, essa reversão paradoxal é claramente discernível, muito antes do cristianismo, no antigo Veda indiano, a primeira ideologia da hierarquia elaborada em sua plenitude: a casta dos sacerdotes, em princípio, é superior à casta dos guerreiros, mas, na estrutura de poder efetiva do Estado, os sacerdotes são *de facto* subordinados aos guerreiros.)

O próximo passo de Dupuy, ainda mais crucial, é formular essa reviravolta na lógica da hierarquia, que é condição imanente de seu funcionamento, nos termos da autorrelação negativa entre universal e particular, entre o Todo e suas partes – isto é, como processo em que o universal encontra-se entre suas espécies na forma de sua "determinação opositiva". Voltando ao exemplo da Igreja e do Estado, a Igreja é a unidade abrangente de toda vida humana, representando sua mais alta autoridade e conferindo a todas as suas partes um lugar apropriado na grande ordem hierárquica do universo; no entanto, ela se encontra como elemento subordinado do poder estatal sobre a terra que é, em princípio, subordinada a ela – a Igreja como instituição social é protegida pelas leis do Estado e tem de obedecer a elas. Uma vez que o superior e o inferior também se relacionam aqui como o Bem e o Mal (o domínio bom do divino *versus* a esfera terrestre das lutas de forças, dos interesses egoístas, da busca de prazeres vãos, etc.), também podemos dizer que, por meio dessa volta ou virada imanente à hierarquia, o Bem "superior" domina, controla e usa o Mal "inferior", mesmo que possa parecer, superficialmente (isto é, para um olhar determinado pela perspectiva terrestre da realidade como domínio das egoístas lutas de forças e da busca dos prazeres vãos), que a religião, com seu pretexto de ocupar um lugar "superior", não passa de uma legitimação ideológica dos interesses "inferiores" (digamos, que a Igreja, em última análise, apenas legitima as relações sociais hierárquicas). Dessa perspectiva, é a religião que controla secretamente tudo nos bastidores, que continua sendo a força oculta que permite e mobiliza o Mal para o Bem maior. Somos quase tentados a usar aqui o termo "sobredeterminação": embora seja o poder secular que desempenha imediatamente o papel determinante, esse papel é, ele mesmo, sobredeterminado pelo Todo religioso/sagrado. (É claro, para os partidários da "crítica da ideologia", essa mesma noção de que a religião domina secretamente a vida social, como uma força que controla de maneira gentil e direciona sua luta caótica, é a ilusão ideológica por excelência.) Como devemos interpretar esse entretecimento do "superior" com o "inferior"? Há duas alternativas principais que correspondem perfeitamente à oposição entre idealismo e materialismo:

> (1) A matriz tradicional teológica-(pseudo-)hegeliana de conter o *pharmakon*: o Todo superior e oniabrangente possibilita o Mal inferior, mas o contém, obrigando-o a servir ao objetivo superior. Há muitas figuras dessa matriz: a (pseudo-)hegeliana "Astúcia da Razão" (a Razão é a unidade com as paixões egoístas particulares, mobilizando-as a atingir seu objetivo secreto da racionalidade universal); a "marcha da história" marxista, na qual a violência serve ao progresso; a "mão invisível" do mercado, que mobiliza os indivíduos egoístas para o bem comum...
>
> (2) A noção mais radical (e verdadeiramente hegeliana) do Mal distinguindo-se de si mesmo ao exteriorizar-se na figura transcendente do Bem. Dessa perspectiva, longe de englobar o Mal como seu momento subordinado, a diferença entre Bem e Mal é inerente ao Mal. O Bem não é nada mais que o Mal universalizado, e o Mal é, em si, a unidade de si mesmo com o Bem. O Mal controla e contém a si mesmo gerando o espectro de um Bem transcendente; no entanto, ele só pode fazê-lo ao suplantar seu modo "ordinário" do Mal com um Mal infinitizado e absolutizado. É por isso que a autocontenção do Mal pelo ato de pôr alguma força transcendente que o limita pode sempre explodir – por isso Hegel tem de admitir um excesso de negatividade que sempre ameaça perturbar a ordem racional. Todo o discurso sobre a "reversão materialista" de Hegel, sobre a tensão entre o Hegel "idealista" e o Hegel "materialista", é inútil se não for fundamentado nesse tema preciso de duas maneiras opostas e conflitantes de interpretar a autorrelação negativa da universalidade. O mesmo também pode ser dito nos termos da metáfora do Mal como uma

mancha no quadro: se, na teleologia tradicional, o Mal é uma mancha legitimada pela harmonia global, contribuindo com ela, então, de um ponto de vista materialista, o próprio Bem é uma auto-organização/autolimitação da mancha, resultado de um limite, uma "diferença mínima" no campo do Mal. É por esse motivo que momentos de crise são tão perigosos – neles, o anverso obscuro do Bem transcendente, o "lado escuro de Deus", a violência que sustenta a própria contenção da violência, surge da seguinte maneira: "Acreditava-se que o bem governa o mal, seu 'oposto', mas hoje parece que é o mal que governa a si próprio assumindo uma distância de si mesmo, pondo-se fora de si mesmo; assim 'autoexteriorizado', o nível superior surge como bem" (13).

O argumento de Dupuy é que o sagrado é, quanto a seu conteúdo, a mesma coisa que o terrível mal; sua diferença é puramente formal e estrutural – o que o torna "sagrado" é seu caráter exorbitante, que o torna uma limitação do mal "ordinário". Para entender isso, devemos não só nos concentrar nas proibições e obrigações religiosas, mas também ter em mente os rituais praticados por uma religião e a contradição, já notada por Hegel, entre proibições e rituais: "Muitas vezes, o ritual consiste em encenar a violação dessas proibições e violações" (143). O sagrado nada mais é que a violência dos seres humanos, mas uma violência "expulsada, exteriorizada, hipostasiada" (151). O sacrifício sagrado aos deuses é igual a um assassinato – o que o torna sagrado é o fato de limitar e conter a violência, incluindo o assassinato, na vida comum. Em tempos de crise do sagrado, essa distinção se desintegra: não há exceção sagrada, um sacrifício é entendido como nada mais que um mero assassinato – mas isso também significa que não há nada, não há limite exterior, que contenha nossa violência ordinária.

Nisso consiste o dilema ético que o cristianismo tenta resolver: como conter a violência sem a exceção sacrificial, sem um limite exterior? Seguindo René Girard, Dupuy demonstra como o cristianismo representa o mesmo processo sacrificial, mas com uma ênfase cognitiva crucialmente diferente: a história não é contada pelo coletivo que encena o sacrifício, mas pela vítima, do ponto de vista da vítima, cuja plena inocência é, desse modo, asseverada. (O primeiro passo para essa reversão pode ser percebido já no *Livro de Jó*, em que a história é contada do ponto de vista da vítima inocente da fúria divina.) Uma vez que a inocência da vítima sacrificial é *conhecida*, a eficácia de todo o mecanismo sacrificial de usar alguém como bode expiatório é destruída: os sacrifícios (mesmo os da magnitude de um holocausto) tornam-se hipócritos, inoperantes, falsos, mas nós também perdemos a contenção da violência encenada pelo sacrifício: "no que se refere ao cristianismo, não se trata de uma moralidade, mas de uma epistemologia: ele diz a verdade sobre o sagrado e por isso o priva de sua força criativa, para o melhor ou para o pior. Só os humanos decidem isso" (161). Nisso reside a ruptura histórico-mundial introduzida pelo cristianismo: *agora nós sabemos* e não podemos mais fingir que não sabemos. Além disso, como já vimos, o impacto desse conhecimento não é apenas libertador, mas também profundamente ambíguo: ele também priva a sociedade do papel estabilizante de usar alguém como bode expiatório e por isso abre espaço para a violência não contida por nenhum limite mítico. É desse modo que, num insight verdadeiramente perspicaz, Dupuy entende os versos escandalosos de Mateus: "Não penseis que vim trazer paz à terra. Não vim trazer paz, mas espada" (*Mateus* 10, 34). A mesma lógica vale para as relações internacionais: longe de impossibilitar conflitos violentos, a abolição dos Estados soberanos e o estabelecimento de um único Estado mundial ou poder abriria o campo para novas formas de violência dentro desse "império mundial", sem que houvesse um Estado soberano para impor a ela um limite: "Longe de garantir a paz eterna, o ideal cosmopolita, antes, seria a condição favorável para uma violência sem limite".[5]

O papel da contingência é fundamental aqui: no mundo pós-sagrado uma vez que a eficácia do Outro transcendente é suspensa e é preciso enfrentar o processo (de decisão) em sua contingência, o problema é que essa contingência não pode ser assumida totalmente, então ela tem de ser sustentada pelo que Lacan chamou de *le peu du réel*, um pedacinho do real contingente que age como *la réponse du réel*, a "resposta do real". Hegel tinha plena ciência desse paradoxo quando contrapôs a democracia antiga à monarquia moderna: os gregos antigos precisaram recorrer a práticas "supersticiosas" – como procurar sinais na trajetória de voo dos pássaros ou nas entranhas dos animais – para guiar a *polis* em suas decisões cruciais justamente por que não tinham uma figura da pura subjetividade (o rei) no topo de seu edifício estatal. Para Hegel, estava claro que o mundo moderno não podia dispensar esse real contingente e organizar a vida social apenas através de escolhas e decisões baseadas em qualificações "objetivas" (a ilusão do que Lacan posteriormente chamou

---

[5] CANTO-SPERBER, Monique. In: DUPUY, Jean-Pierre. *Dans l'oeil du cyclone. Colloque de Cerisy.* Paris: Carnets Nord, 2008. p. 157.

de Discurso da Universidade): sempre existe algo ritualístico em receber um título, ainda que a outorga do título suceda automaticamente à satisfação de determinados critérios "objetivos". Uma análise semântica, digamos, do significado de "passar nas provas com as maiores notas" não pode ser reduzida a "provar que se tem certas propriedades efetivas – conhecimento, habilidades, etc." – nesses casos, *é preciso acrescentar* um ritual pelo qual os resultados da prova são proclamados e a nota é conferida e reconhecida. Existe sempre uma lacuna ou distância mínima entre esses dois níveis: mesmo que eu tenha absoluta certeza de que respondi corretamente todas as perguntas da prova, *tem de haver* algo contingente – um momento de surpresa, a emoção do inesperado – no anúncio dos resultados; é por isso que, ao esperar o anúncio dos resultados, não podemos escapar totalmente da angústia da espera. Tomemos como exemplo as eleições políticas: mesmo que o resultado seja conhecido de antemão, sua proclamação pública é esperada com emoção – com efeito, a contingência é necessária para se transformar alguma coisa em Destino. É isso que, via de regra, os críticos dos procedimentos comuns de "avaliação" não entendem: o que torna a avaliação problemática não é o fato de que ela reduz sujeitos únicos, com uma experiência interna muito rica, a uma série de propriedades quantificáveis, mas sim que ela tenta reduzir o ato simbólico da investidura (investir o sujeito em um título) a um procedimento totalmente fundamentado no conhecimento e na medida do que o sujeito em questão "realmente é".

A violência ameaça eclodir não quando há contingência demais no espaço social, mas quando se tenta eliminar essa contingência. É nesse nível que devemos buscar o que chamaríamos, em termos bem brandos, de função social da hierarquia. Nesse ponto, Dupuy realiza outra virada inesperada, concebendo a hierarquia como um dos quatro procedimentos ("dispositivos simbólicos") cuja função é tornar a relação de superioridade não humilhante para os subordinados: (1) a própria *hierarquia* (ordem dos papéis sociais exposta externamente em claro contraste ao valor imanente superior ou inferior dos indivíduos – desse modo eu experimento minha condição social inferior como totalmente independente de meu valor inerente); (2) a *desmistificação* (o procedimento crítico-ideológico que demonstra que as relações de superioridade e inferioridade não são fundadas na meritocracia, mas são resultado de lutas sociais e ideológicas objetivas: minha condição social depende de processos sociais objetivos, não de meus méritos – como diz Dupuy de maneira incisiva, a desmistificação social "desempenha em nossas sociedades igualitárias, competitivas e meritocráticas os mesmos papéis que a hierarquia nas sociedades tradicionais" (208) – ela nos permite evitar a conclusão dolorosa de que a superioridade do outro é resultado de seus méritos e feitos); (3) a *contingência* (o mesmo mecanismo, mas sem o componente crítico-social: nossa posição na escala social depende de uma loteria natural e social – sortudos são aqueles que nascem com melhores talentos e em famílias ricas); (4) a *complexidade* (a superioridade ou a inferioridade dependem de um processo social complexo que é independente das intenções ou dos méritos dos indivíduos – a mão invisível do mercado, digamos, pode provocar meu fracasso e o sucesso do meu vizinho, mesmo que eu tenha trabalhado muito mais e fosse muito mais inteligente). Ao contrário do que pode parecer, nenhum desses mecanismos contradiz ou ameaça a hierarquia, mas sim a torna palatável, uma vez que "o que desencadeia a desordem da inveja é a ideia de que o outro merece a boa sorte que tem e não a ideia oposta que é a única que pode ser expressa abertamente" (211). Dessa premissa, Dupuy tira a seguinte conclusão (para ele, óbvia): é um grande erro pensar que uma sociedade justa e que se percebe como justa estará por isso livre de todo ressentimento – pelo contrário, é justamente nessa sociedade que as pessoas que ocupam posições inferiores só encontrarão um escoadouro para seu orgulho ferido em ataques violentos de ressentimento.

As limitações de Dupuy nesse aspecto são claramente visíveis em sua rejeição da luta de classes como determinada por essa lógica da violência movida pela inveja: a luta de classes é, para ele, o caso exemplar do que Rousseau chamou de amor próprio pervertido, em que o sujeito se importa mais com a destruição do inimigo (percebido como obstáculo a sua felicidade) que com a própria felicidade. Para Dupuy, a única saída é abandonar a lógica do complexo de vítima e aceitar as negociações entre todas as partes envolvidas, tratadas como iguais em sua dignidade:

> A transformação dos conflitos entre as classes sociais, entre capital e trabalho, no decorrer do século XX, demonstra amplamente que essa via não é utópica. Nós passamos progressivamente da luta de classe para a coordenação social, a retórica da vitimização foi quase toda substituída por negociações salariais. De agora em diante, chefes e organizações sindicais se veem como parceiros com interesses ao mesmo tempo divergentes e convergentes (224).

Mas essa é mesmo a única conclusão possível que podemos tirar das premissas de Dupuy? Essa substituição da luta pela negociação também não se baseia no desaparecimento mágico da inveja, que reaparece surpreendentemente na forma de diferentes fundamentalistas?

Além disso, deparamos-nos aqui com outra ambiguidade: não é que essa ausência de limites deva ser interpretada nos termos da alternativa-padrão: "ou a humanidade encontrará uma maneira de impor limites a si própria, ou ela perecerá por sua própria violência não contida". Se há uma lição que podemos aprender com as chamadas experiências "totalitárias" é que a tentação é justamente a oposta: o perigo de impor, na falta de qualquer limite divino, um *novo* pseudolimite, uma falsa transcendência em nome da qual eu aja (do stalinismo ao fundamentalismo religioso). Até mesmo a ecologia funciona como ideologia no momento em que é evocada como novo Limite: ela tem todas as chances de dar origem à forma predominante de ideologia para o capitalismo global, um novo ópio para as massas que substitui a antiga religião[6] ao tomar para si a função fundamental desta última, a de assumir uma autoridade inquestionável que pode impor limites. A lição que a ecologia costuma enfatizar bastante é a de nossa finitude: não somos sujeitos cartesianos extraídos da realidade, somos seres finitos enraizados numa biosfera que ultrapassa em grande medida nossos horizontes. Ao explorar os recursos naturais, estamos tomando algo emprestado do futuro, portanto devemos tratar a Terra com respeito, como algo Sagrado, em última instância, algo que não deveria ser totalmente descerrado, que deveria continuar e continuará sendo um Mistério, uma força na qual deveríamos confiar em vez de dominar.

Está na moda, em alguns círculos "pós-seculares" neopagãos da atualidade, afirmar a dimensão do Sagrado como um espaço no qual habita cada religião, mas que é anterior à religião (pode haver Sagrado sem religião, mas não o contrário). (Muitas vezes, essa prioridade do Sagrado recebe ainda um viés antirreligioso: uma maneira de continuar agnóstico enquanto, não obstante, engajado numa experiência espiritual profunda.) Na esteira de Dupuy, poderíamos modificar as coisas exatamente nesse ponto: a ruptura radical introduzida pelo cristianismo consiste no fato de que ele é a primeira religião *sem* o sagrado, uma religião cujo único feito é precisamente desmistificar o Sagrado.

Que instância prática se segue desse paradoxo da religião sem o sagrado? Há uma história judaica sobre um especialista em Talmude contra a pena de morte que, constrangido pelo fato de a pena ser ordenada pelo próprio Deus, propõe uma solução prática maravilhosa: não se deve subverter diretamente a injunção divina, o que seria blasfêmia,

---

[6] Uso aqui a expressão de Alain Badiou.

mas sim tratá-la como um ato falho de Deus, seu momento de loucura, e inventar uma rede complexa de sub-regras e condições que, embora mantenha intacta a possibilidade da pena de morte, garantiria que essa possibilidade jamais se realizasse.[7] A beleza dessa solução é que ela inverte o procedimento-padrão de proibir algo em princípio (como a tortura), mas depois inserir diversas ressalvas ("exceto em determinadas circunstâncias extremas...") para garantir que esse algo seja feito sempre que alguém de fato quiser fazê-lo. Desse modo, trata-se de um "Em princípio sim, mas na prática nunca", ou "Em princípio não, mas quando as circunstâncias excepcionais exigirem sim". Note-se a assimetria entre os dois casos: a proibição é muito mais forte quando permitimos a tortura em princípio – nesse caso, o "sim" com fundamentação teórica *nunca* tem permissão para se realizar, enquanto, no outro caso, o "não" com fundamentação teórica tem a permissão *excepcional* de se realizar... Na medida em que o "Deus que nos incita a matar" é o Deus dos nomes da Coisa apocalíptica, a estratégia do estudioso em Talmude é uma maneira de colocar em prática o que Dupuy chama de "catastrofismo iluminado": aceitamos a catástrofe final – a obscenidade das pessoas matando o próximo como forma de justiça – como algo inevitável, inscrito em nosso destino, e depois lutamos para adiá-la o máximo possível, de preferência indefinidamente. Eis como, nessa linha de raciocínio, Dupuy resume as reflexões de Guenther Anders a propósito da explosão da bomba atômica sobre Hiroshima:

> Apenas naquele dia a história se tornou "obsoleta". A humanidade foi capaz de destruir a si mesma e nada pode fazê-la perder essa "onipotência negativa", nem mesmo o desarmamento global ou a desnuclearização total do mundo. *O apocalipse está inscrito como destino em nosso futuro, e o melhor que podemos fazer é atrasar indefinidamente sua ocorrência.* Existimos em excesso. Em agosto de 1945, entramos na era do "congelamento" e da "segunda morte" de tudo que existia: como o significado do passado depende de nossos atos futuros, o tornar-se obsoleto do futuro, seu fim programado, não significa que ele nunca teve nenhum significado. (240)

É nesse contexto que devemos interpretar a noção paulina básica de viver numa "época apocalíptica": a época apocalíptica é justamente a época desse adiamento indefinido, a época do congelamento entre duas

---

[7] Devo essa história a Eric Santner.

mortes: em certo sentido, nós já estamos mortos, pois a catástrofe já existe e projeta sua sombra do futuro – depois de Hiroshima, não podemos mais jogar o simples jogo humanista da escolha que temos ("depende de nós seguirmos o caminho da autodestruição ou o caminho da cura gradual"). Uma vez que a catástrofe já aconteceu, perdemos a inocência de tal posição e só podemos adiar (talvez indefinidamente) sua nova ocorrência. De maneira homóloga, o perigo da nanotecnologia não é somente que os cientistas criarão um monstro que se desenvolverá fora do (nosso) controle: quando tentamos criar uma nova vida, é nossa meta decisiva produzir um ente que se organize e se desenvolva (43). É desse modo que, em mais uma jogada hermenêutica, Dupuy interpreta as palavras céticas de Cristo voltadas para os profetas da desgraça:

> Quando saiu do templo, um de seus discípulos lhe disse: "Mestre, vê que pedras e que construções!". Jesus lhe disse: "Vês estas grandes construções? Não ficará pedra sobre pedra que não seja demolida". Sentado no monte das Oliveiras, frente ao Templo, Pedro, Tiago, João e André lhe perguntavam em particular: "Dize-nos: quando será isso e qual o sinal de que todas essas coisas estarão para acontecer?". Então Jesus começou a dizer-lhes: "Atenção para que ninguém vos engane. Muitos virão em meu nome, dizendo 'Sou Eu'; e enganarão a muitos. Quando ouvirdes falar de guerras e de rumores de guerras, não vos alarmeis: *é preciso que aconteçam*, mas ainda não é o fim. [...] Então, se alguém vos disser 'Eis o Messias aqui!' ou 'Ei-lo ali!', não creiais. Hão de surgir falsos Messias e falsos profetas, os quais apresentarão sinais e prodígios para enganar, se possível, os eleitos. Quanto a vós, porém, ficai atentos" (*Marcos* 13, 1-23).

São versos espetaculares em sua inesperada sabedoria: eles não correspondem exatamente à posição do supracitado estudioso do Talmude? Sua mensagem é: sim, é claro, haverá uma catástrofe, mas ficai pacientemente atentos, não acreditai nela, não ficai presos em extrapolações, não vos entregai ao prazer propriamente perverso de pensar "Então é isso!" em suas diversas formas (o aquecimento global vai nos extinguir em uma década, a biogenética representará o fim da existência humana, etc., etc.). Longe de nos seduzir para um arrebatamento perverso e autodestrutivo, adotar a posição propriamente apocalíptica é, mais que nunca, a única maneira de manter a cabeça fria.

2. Virtudes babilônicas: palavra da minoria
Gunjevic

> *Como diz Santo Agostinho, os grandes reinos são apenas projeções aumentadas de pequenos ladrões. Agostinho de Hipona, entretanto, tão realista em sua ideia pessimista do poder, perderia a fala diante dos pequenos chefes do poder monetário e financeiro de hoje. De fato, quando o capitalismo perde sua relação com o valor (como medida de exploração individual e como norma de progresso coletivo), ele surge imediatamente em forma de corrupção.*[1]

Michael Hardt e Antonio Negri estão corretos quando dizem que Agostinho ficaria abismado com o nível de corrupção no Império hoje, mas ele ficaria igualmente surpreso com o modo como Hardt e Negri interpretam essa questão em sua discussão sobre as práticas imperiais. O que os dois estão fazendo, da maneira mais geral, é uma espinotização pós-moderna (independentemente do que essa famigerada noção queira dizer) de Agostinho, que parece totalmente encantadora e original. Há uma necessidade de reciprocidade nesse aspecto, o que quer dizer que Espinosa também precisa ser agostinizado. John Milbank considera esse movimento particularmente crucial para a construção de uma autêntica teologia cristã pós-moderna, o que poderia ser útil naquilo que Hardt e Negri querem realizar. A intenção deles é mostrar como a multidão se

---

[1] HARDT, Michael; NEGRI, Antonio. *Império*. Tradução de Berilo Vargas. 2. ed. Rio de Janeiro: Record, 2001. p. 413.

torna sujeito político, mas apesar de suas sérias tentativas, tal iniciativa permanece não concretizada, porque Espinosa deve ser agostinizado de uma maneira totalmente oposta à que encontramos em Hardt e Negri. É preciso reler *Império* junto com *Cidade de Deus*, de Agostinho, para mostrar do que a multidão precisa para se tornar sujeito político – a principal questão sobre a qual versa o livro deles. Hardt e Negri falam de *multidão* como uma multiplicidade irredutível de sujeitos, um conceito de classe que é, ao mesmo tempo, força ontológica. Seus críticos sentem que o conceito de *multidão* é abstrato demais, pomposo demais, enquanto Milbank o considera um conceito positivo.

Hardt e Negri tomam o conceito de multidão da "teoria política da Antiguidade", conforme descrita por historiadores como Políbio e Lívio. Maquiavel herdou o conceito de multidão de Políbio. Agostinho surge nesse quadro como crítico severo de Políbio, uma vez que ele escreve história, embora de uma perspectiva mais linear que cíclica, abordagem comum entre os historiadores da Antiguidade. O Bispo de Hipona é o primeiro escritor da Antiguidade a investir na narrativa da criação do mundo, sua existência e seu fim (ainda por vir) por meio da prática teológica da comunidade. Ao fazer isso, ele é o primeiro a descrever a história humana baseada diretamente numa filosofia da história que Hegel sequer mencionou. Agostinho escreveu uma estória sobre a história, interpolada pela encarnação de Cristo. Daí toda a história ser explicada à luz da encarnação (*logos*) e da origem da comunidade – uma continuação da encarnação no tempo. Na metanarrativa de Agostinho há um resultado simples e compreendido de imediato: *Torá + Logos = Cristo*.

Desnecessário dizer que o mundo em que vivemos difere de muitas maneiras do mundo da Antiguidade e do Império Romano, ao qual Aurélio Agostinho dirige sua crítica. Embora esses dois mundos sejam amplamente diferentes, há similaridades das quais Hardt e Negri tomam nota cuidadosamente, e por isso não admira que Agostinho seja uma de suas referências mais importantes. É por isso que os dois textos precisam ser comparados, tendo o primeiro como influência do segundo. *Império* pode ser lido, como qualquer outro livro, de diversas maneiras. Quer seja ele o Manifesto Comunista do século XXI, quer seja ou um exercício da política deleuziana, *Império* é um livro de constatações importantes e influentes. Podemos ler *Império* igualmente como uma introdução à história da teoria política ou como um comentário materialista sobre *Cidade de Deus*, de Agostinho. Em minha opinião, os dois textos devem ser lidos juntos, porque *Império*, de Negri e Hardt, baseia-se em grande medida nas conclusões de Agostinho encontradas em sua volumosa obra. Disso depreendem-se duas coisas. A primeira é que estratégias de leitura determinam a percepção da prática política; a segunda, e acredito que tão importante quanto a primeira, é construir uma crítica plausível que Agostinho teria feito de Hardt e Negri, o que eu descreveria como uma versão agostiniana de Espinosa. Vejamos, primeiro, o que Hardt e Negri têm a dizer sobre Agostinho:

> Nesse sentido, podemos nos inspirar na visão de Santo Agostinho sobre um projeto para contestar o Império romano decadente. Nenhuma comunidade limitada poderia ter êxito e oferecer uma alternativa para o domínio imperial; só uma comunidade universal, católica, reunindo toda a população e todas as línguas numa jornada comum poderia conseguir isso. A cidade divina e a cidade universal dos estrangeiros, juntando-se, cooperando, comunicando-se. Nossa peregrinação na terra, entretanto, em contraste com a de Santo Agostinho, não tem um *telos* transcendente; é e permanece absolutamente imanente. Seu movimento contínuo, reunindo estrangeiros em comunidades, fazendo deste mundo sua casa, é ao mesmo tempo meio e fim, ou melhor, um meio sem um fim.[2]

Na visão de Agostinho, como observam os autores, há uma poderosa forma de luta contra o pós-modernismo imperial, que articula seu discurso pela discórdia. Posicionar-se contra ele significa começar a descobrir as melhores maneiras de destruir a soberania imperial. Hardt e Negri afirmam com autoridade que as batalhas contra o Império são vencidas pela recusa, pela deserção, pela aceitação deliberada do êxodo, da mobilidade e do nomadismo. Resistimos aos sistemas interligados de regras e poder pela deserção, o que significa que não fazemos nada mais que abandonar deliberadamente os lugares de poder. A deserção, o êxodo e o nomadismo são as fases iniciais do princípio republicano, dizem os autores. Talvez isso pareça fazer mais sentido na fala que na prática. Como é possível desertar, se tudo que existe é o trabalho imanente nas superfícies do Império, interligado a sistemas de regras soberanas? Para onde conduzir o êxodo, se não há nada de objetivo fora de nós, e como pensar o nomadismo, se o Império mantém virtudes e prática sob controle e observa de perto as próprias margens através da racionalidade capitalista? A resposta para a pergunta colocada é mais intuitiva que

---

[2] HARDT; NEGRI. *Império*, p. 227.

intrigante. As respostas oferecidas por Hardt e Negri são mais enigmáticas que inarticuladas e estão ligadas ao modo como o sujeito político da multidão abstrata se torna um singular universal.

Segundo Hardt e Negri, a pessoa que melhor personifica a alegria da luta neocomunista contra o Império é ninguém menos que Francisco de Assis. Trata-se de uma declaração importante, e suas consequências ainda não foram totalmente compreendidas. Os autores de *Império* estão sugerindo que Francisco de Assis não é apenas um modelo de ativista político pós-moderno, mas também um modelo que personifica a multidão como sujeito político? Será que daí vem a súbita evocação de um Francisco romanticamente perigoso e seu ascetismo sem precedentes? Por mais que no início de *Império* os autores defendam a teologia nominalista franciscana de Duns Escoto, da qual, segundo eles, surgiu a complicada matriz política nominalista, o ato de evocar Francisco e seu ascetismo parece ser uma regressão a um discurso religioso sobre a imanência por falta de argumentos mais robustos. Trata-se de um caso de ascetismo (bem como de religião) que Negri abarca em princípio como interiorização do objeto como Estado constituinte que é, simultaneamente, uma transformação dos sentidos, da imaginação, do corpo e da mente. De modo geral, Negri não aceita uma forma de transcendência sequer, mas aceita o ascetismo que ele encara como necessário para uma vida de virtude, a respeito da qual ele posteriormente falará mais.

> Para viver bem e construir o que é comum, o ascetismo é sempre necessário. A encarnação como a de Cristo, que é um tipo de ascetismo, é um tipo de guia ascético, ou melhor, um caminho para a vida virtuosa – como recomendou Espinosa. É provavelmente no ascetismo secular que as singularidades e a sensualidade estejam entrelaçadas de maneira mais efetiva para construir o mundo por vir.[3]

Ao que parece, é por esse motivo que Francisco é importante para Hardt e Negri. Com seu ascetismo simples e romântico e sua imaginação infantil, Francisco se opõe ao próprio núcleo do capitalismo, surgindo de uma maneira identificada com os mais pobres e os mais oprimidos. Este, segundo os autores, é um ato inerentemente revolucionário. Francisco desapodera a si mesmo em nome da multidão, adotando a disciplina que consiste na alegria da existência para se opor à vontade de poder e rejeitar

---

[3] NEGRI, Antonio. *Negri on Negri: Antonio Negri in Conversation with Anne Dufourmantelle*. London: Routledge, 2004. p. 158.

toda forma de disciplina instrumental. Ele se afilia com toda a natureza, os animais, pássaros, o irmão Sol e a irmã Lua, em sua batalha contra a corrupção e a venalidade dos primórdios da sociedade capitalista. Em Francisco de Assis temos o símbolo da impossibilidade de se controlar a cooperação e a revolução. A cooperação e a revolução, conforme personificadas por Francisco, permanecem juntas no amor, na simplicidade, na alegria e na inocência. Tal cooperação e revolução na simplicidade são a graciosidade e a alegria irrepreensíveis de ser comunista.

Mas há algo igualmente importante aqui que não deve passar despercebido: uma leitura de Plotino que, de certa forma, tanto Agostinho quanto Hardt e Negri têm em comum, tanto em sua aceitação quanto em sua rejeição. Isso parece particularmente importante. Agostinho, no final do nono livro de *Confissões*, tenta responder a pergunta de Mônica sobre a natureza da vida eterna dos santos. Ao discutir a epístola de Paulo em *Filipenses* 3, 3, ele diz que os filipenses divagaram gradualmente na alegria, elevando-se com uma afeição mais ardente em direção a Deus, em direção ao *Mesmo*, nas palavras de Agostinho. Depois, afirma ele, os filipenses voltaram a si e lentamente se elevaram acima de todas as coisas corporais, acima da Lua, do Sol e das estrelas que brilham sobre a Terra. Depois disso, admirando a obra de Deus, chegaram a suas próprias almas, atravessando-as até atingir a experiência do divino, a plenitude inesgotável, onde a vida é sabedoria e a verdade pela qual todas as coisas criadas existem, fora da transitoriedade do tempo. Agostinho descreve como, enquanto conversavam, ofegantes pela sabedoria, eles a atingiram lentamente com todo o esforço de seus corações e experimentaram a sabedoria que é o próprio Deus.

> Suspiramos e deixamos lá agarradas "as primícias do nosso Espírito" (Romanos, 8:23). Voltamos ao vão ruído dos nossos lábios, onde a palavra começa e acaba. Como poderá esta, meu Deus, comparar-se ao vosso Verbo, que subsiste por si mesmo, nunca envelhecendo e "tudo renovando"? (Sabedoria, 7:27)[4]

Ao escrever essas linhas, Agostinho não estava apenas respondendo a sua mãe possessiva sobre um dilema teológico, tampouco estava demonstrando como o êxtase cristão que nos espera na eternidade é direcionado a todos, tenhamos ou não uma vida contemplativa, como Agostinho, ou uma vida ativa, como Mônica. Na verdade, essa era uma crítica ao

---

[4] AGOSTINHO, Santo. *Confissões*. Tradução de J. Oliveira Santos e A. Ambrosio de Pina. 2. ed. São Paulo: Abril Cultural, 1980. (Os Pensadores).

discurso filosófico místico de Plotino, segundo o qual o objetivo era o êxtase, alcançado através do ser mais íntimo e pela ascensão ao divino pela sabedoria, mas sem Cristo. O problema com o êxtase de Plotino, como mostra Agostinho, é seu limite temporal, sua brevidade, depois do qual devemos voltar para o mundo "real" e continuar vivendo – nas palavras do Bispo de Hipona, "voltamos ao ruído de nossos lábios". A crítica de Agostinho a Plotino é esta: apesar do fato de que, na eternidade, estaremos naquele estado de êxtase, isso não é possível em nossa vida terrena: aqui precisamos agir, e não apenas contemplar. O êxtase que experimentam em Óstia, do qual fala Agostinho, é na verdade uma síntese da prática eclesial, na qual ação e contemplação se misturam, como ficará claro mais tarde, no Livro XIII de *Confissões*, em seus comentários sobre o *Hexamerão*, os seis dias da criação, em que o primeiro, o terceiro e o quinto dias são para a contemplação, e o segundo, o quarto e o sexto são para a ação.

Assim como Agostinho rejeita Plotino criticamente, também o fazem Hardt e Negri, mas por uma razão totalmente diferente. Eles acreditam que não podemos nos render ao estado em que Plotino se encontrava ao chamar as pessoas para "fugir para a Pátria amada" pela contemplação mística.[5] Numa tentativa de descobrir quais são as ações da multidão que a permitem se tornar o sujeito político, não podemos, na opinião dos autores, nos render ao misticismo que as *Enéadas* de Plotino defendem. Para responder a questão de como organizar a multidão e canalizar a energia contra a permanente segmentação territorial do Império, os êxtases e as inspirações de Plotino não bastam, porque não incluem o Deus-Pai nem a transcendência, dizem Hardt e Negri. Tudo que resta para a multidão é seu trabalho imanente. Trata-se do trabalho nas superfícies do plano imanente, que gera uma insistência do direito de reapropriação, que incluiria:

- Cidadania global, vinculada à autonomia e ao direito das pessoas de controlar o próprio movimento.
- Salários sociais e renda garantida para todos, no tempo da existência coletiva dentro da multidão.
- Conhecimento, autocontrole e autoprodução autônoma, que os autores interpretam como uma tentativa de criar um novo lugar no *telos* dentro do corpo da multidão.

---

[5] HARDT; NEGRI. *Império*, p. 420.

Hardt e Negri declaram que, nesse processo de reapropriação, há em jogo uma "mitologia material da razão", que não é nada menos que uma religião material específica dos sentidos que mantém a multidão além do domínio da soberania imperial. Na verdade, isso se refere a uma mitologia da razão, que, de maneira simbólica e imaginativa, conforma a ontologia da multidão e permite que ela se expresse como ação e consciência. Trata-se de uma ontologia, na verdade, que interpreta o *telos* da cidade mundana de uma nova maneira. Ela possibilita uma estratégia pela qual a constituição absoluta do trabalho e da cooperação é realizada dentro da cidade mundana da multidão na batalha contra a violência e a corrupção sem a ajuda da mediação metafísica e transcendental. Em outras palavras, isso é o que Hardt e Negri descrevem como "teleologia teúrgica da multidão".[6] Temos aqui o problema-chave para a constituição da multidão como sujeito político, problema relacionado indiretamente a Agostinho. Isso se deve principalmente ao fato de o quadro interpretativo dos autores assumir uma teoria política nominalista que é tanto progressista nos termos do paganismo quanto furtivamente gnóstica. É preciso um quadro referencial diferente para suplantar a crítica do misticismo (proto)moderno de Plotino, à qual Hardt e Negri, na verdade, estão justapondo sua "teologia teúrgica" progressista pagã. Em outras palavras, não é possível se opor à teologia filosófica mística de Plotino usando a teologia/teleologia teúrgica e mística de Jâmblico e Proclo (eles foram os primeiros a popularizar o discurso teúrgico com Porfírio no contexto filosófico da Antiguidade, interpretando-o em bases platônicas) numa versão pós-moderna, da maneira como Hardt e Negri tratam a questão. Para a decepção dos autores, isso simplesmente não é possível.

A teurgia pode ser resumida como um (neo)platonismo religioso popularizado; por isso não admira que entre os "filósofos teúrgicos" haja um discurso não só do Uno, do Divino ou dos deuses, mas do próprio Deus, incomunicável além do Uno. A teurgia pode ser interpretada dentro do cânone da tradição filosófica platônica. Segue-se que a prática teúrgica faz lembrar, em parte, a magia que Agostinho critica

---

[6] HARDT; NEGRI. *Império*, p. 420. "A teleologia da multidão é teúrgica; ela consiste na possibilidade de dirigir tecnologias e produção para sua alegria e para o crescimento do seu próprio poder. A multidão não tem necessidade de buscar fora de sua história e de seu poder produtivo atual os meios capazes de levá-la para a sua constituição como sujeito político."

tão duramente no Livro X de *Cidade de Deus*, comparando a teurgia à adoração ao demônio.[7] Gregory Shaw, um dos comentadores mais instruídos sobre o assunto, argumenta que para compreender o platonismo de Jâmblico, é preciso examinar atentamente sua distinção entre teurgia e teologia. Para Jâmblico, a teologia é um discurso sobre "deuses", enquanto a teurgia é o trabalho dos deuses para tornar o homem Divino. Jâmblico foi o primeiro a oferecer uma fundação racional para a teurgia, mostrando como a prática teúrgica faz parte da filosofia de Platão, uma vez que a teurgia, segundo Jâmblico, cumpre o propósito daquela filosofia. A teurgia não é um começo para a filosofia como é para Porfírio, mas sim um trabalho ritual dos deuses que nos permite o encontro com o Divino e a transformação no Divino. Isso significa que, nas práticas teúrgicas, encontramos Deus não com o olhar, mas na evocação ritual do Divino; Jâmblico declara que isso faz parte do próprio cânone da filosofia platônica. Na teurgia, Deus existe para nós quando o evocamos e quando realizamos obras prescritas dos "deuses" que harmonizem com suas obras, com o intuito de receber o que os "deuses" nos dariam. O discurso neoplatônico, ao qual acrescentou-se *Oráculos caldaicos*, de Jâmblico, e o discurso neopitagórico, possibilitou que o sábio ou praticante teúrgico se tornasse, pelo ritual, mais receptivo ao Divino e capaz de agir em harmonia com os processos naturais que o cercam. É importante notar que as práticas teúrgicas transmitem o "amor divino", ou bondade, que permite que os praticantes ascendam à transcendência e se livrem da alma do mundo físico. O teúrgico parte da "descensão" Divina entre nós, o que nos dá a possibilidade de nos harmonizar com o Divino de uma maneira "ascendente" totalmente nova. Por meio desses processos de harmonização, atingimos um estado no qual nos tornamos prontos para receber o afeto de Deus sem o qual sofremos. Segundo Jâmblico, os "deuses" reúnem todos os seres consigo em uma unidade. Daí a luz do Divino iluminar, de maneira transcendente, aqueles que se reúnem pela teurgia e colocá-los em sua própria ordem cósmica do Divino, garantindo a participação destes durante toda sua existência. Dos textos escritos por Jâmblico que chegaram até nós (e dos escritos de Damáscio sobre ele), concluímos como o autor de *Oráculos caldaicos* interpretava o Uno. O Uno de Jâmblico está além de todo Bem e ainda mais além do próprio Ser. De maneira paradoxal,

---

[7] AGOSTINHO, Santo. *Cidade de Deus*. Tradução de Oscar Paes Leme. Petrópolis: Vozes, 2012. 2 v. 10:1:1-10:32;4. (Vozes de Bolso).

para além da cognição, o mundo divino descende no mundo terreno, participando dele de modo sacramental por meio de uma realidade que se mostra como o cosmos expandindo no tempo e no espaço. Os deuses e o que costuma ser geralmente chamado de multiplicidade (ou múltiplo) na metafísica continham em si uma unidade da totalidade e uma totalidade da unidade. O princípio da multiplicidade, seu meio e seu fim existem de várias formas na unidade à qual aspira a multidão, de acordo com a leitura que Jâmblico faz de Platão.

Para Jâmblico, há um "único princípio". Ele precede toda dualidade, para além do Uno que dá vida à díade. O Uno está além da contraposição entre o participativo e aquilo em que não pode haver participação. Há um absoluto na obra de Jâmblico que confirma a mediação entre essas duas origens. Essa mediação escapa à comparação, como, por exemplo, no caso do limitado e do ilimitado, do múltiplo e do Uno, do finito e do infinito. O Uno de Jâmblico não é apenas uma origem unificadora que permanece sempre alheia a tudo que se origina nele e para além de toda forma de participação.[8] Ele é imaginável, pelo menos até certo ponto, como um tipo de sacramento da terra que transcende essa distinção entre o Uno e o múltiplo (limitado e ilimitado, finito e infinito), que, numa específica "forma teúrgica de confiança", transcende a matéria e a multidão dispersa de uma maneira totalmente diferente do que sugere Plotino, por exemplo, como colocado por Pierre Hadot.[9] As investigações teúrgicas de Proclo podem ser relacionadas a essas conclusões de Jâmblico, segundo as quais se atinge a proximidade do Divino pela iniciação ao conhecimento, em contraste, por exemplo, aos ensinamentos de Paulo, o Apóstolo (e, posteriormente, de Agostinho), em que essa proximidade se dá pela fé. Mas, ao reler esses relatos textuais, nota-se certo paradoxo segundo o qual as coisas acontecem na direção contrária. O homem sábio, de acordo com Proclo, progride do conhecimento para a fé, enquanto Paulo argumenta que, para os cristãos, a pessoa atinge um estado de conhecimento imediato de Deus quando tem fé, por isso a misericórdia é inerente ao conhecimento. Não podemos desconsiderar levianamente essas conclusões por duas razões importantes.

---

[8] SHAW, Gregory. *Theurgy and the Soul: The Neoplatonism of Iamblichus*. Philadelphia: Pennsylvania State University Press, 1995. p. 143-152.

[9] HADOT, Pierre. *Plotinus, or, the Simplicity of Vision*. Chicago: Chicago University Press, 1993, p. 23-24.

A primeira é o crucial evento da encarnação, que permite a participação do finito no infinito, bem como a participação da multiplicidade dispersa que ascende ao Uno pela misericórdia que não rejeita a matéria e a corporeidade (como o faz a teurgia). A segunda é igualmente importante porque está ligada a um proclianismo cristianizado que se tornou parte inseparável da teologia cristã através das obras de Dionísio, o Areopagita, Erígena e Tomás de Aquino. A pessoa cuja grandiosa e inestimável obra se coloca entre essas duas razões é Agostinho. Por meio de suas críticas destrutivas à teurgia, por um lado ele conecta a ação encarnacional da misericórdia e a ascensão material a Deus, e por outro celebra a dedicação ritual, na verdade sacramental, do corpóreo pelas virtudes explicadas em termos de sociedade e ontologia.

A insistência de Agostinho na importância da descensão misericordiosa de Deus entre os homens (na encarnação) e da ascensão ritual eclesiástica a Deus pela virtude nos ajuda a ver a teurgia sob uma luz bem diferente, principalmente quando aplicada à liturgia. Deus mostra à comunidade humana, que foi dispersa pelo pecado, como se harmonizar com o Divino – como, pela participação na liturgia como um tipo de mistagogia, os seres humanos podem pertencer completamente a Deus. A participação na liturgia, mais uma vez, nos conduz à origem divina do homem e a expõe, além de guiar o indivíduo através da comunidade até seu *telos* divino, isto é, à deificação.[10] Em outras palavras, o paradoxo da encarnação nos mostra o exemplo divino da *kenosis*, em que o próprio Deus desce entre os homens para nos oferecer um exemplo pedagógico de como adorar a Deus. Nesse aspecto, concordo com John Milbank, que afirma que a filosofia teúrgica pagã pode nos ajudar, de uma maneira muito específica, a compreender ainda mais a relação entre encarnação e participação em termos paradoxais, enquanto, ao mesmo tempo, esclarece de uma maneira nova a importância de uma vida de virtude conforme descrita por Agostinho em *Cidade de Deus*.

---

[10] Seria possível mostrar como Jâmblico e Proclo relegaram esse discurso místico, embora não intencionalmente, à teologia cristã, que nunca "rejeitou" totalmente a teurgia, como sugerem as declarações positivas sobre o assunto nos escritos de Agostinho. A crítica de Agostinho e a modificação que ele faz das práticas teúrgicas deram origem ao discurso original e único, em seu próprio pensamento, em uma perspectiva cósmica totalmente nova. Essa perspectiva é, ao mesmo tempo, politicamente situada em termos de topografia e enquadrada por um centro teológico comum. Isso ficará evidente no rigoroso misticismo cristão de Dionísio, o Areopagita, e Máximo, o Confessor, embora aqui não tenhamos interesse nessa questão.

No quinto capítulo de *Cidade de Deus*, Agostinho *desconstrói* com muita originalidade as virtudes do Império Romano. No contexto eclesiástico da África do Norte, onde ele estava situado, o Bispo de Hipona tentou indiretamente elucidar o que provocou, depois de 800 anos, a queda de Roma. Sua leitura intertextual, tanto teológica quanto política, da história política romana pode ser aplicada de maneira crítica ao projeto de Hardt e Negri em *Império*. Os cinco primeiros livros de Agostinho são escritos como uma crítica àqueles que querem se prender à adoração de múltiplos deuses pagãos, enquanto os cinco seguintes são voltados contra esses apologistas que afirmam existir sempre males menores e maiores. Desse modo, os 10 primeiros livros são um ataque aos opositores do cristianismo. Os quatro livros posteriores descrevem a origem da cidade mundana e da cidade de Deus. Depois disso, Agostinho fala, em outros quatro livros, sobre o caminho e o desenvolvimento dessas duas cidades, ao passo que os últimos quatro livros apresentam o propósito das cidades.

O Livro V de *Cidade de Deus* serve como ponto de virada no argumento fervoroso de Agostinho contra os ataques pagãos à fé cristã. Sua réplica carrega consigo interpretações e críticas das virtudes imperiais. Agostinho observa a genealogia do Império Romano pela complexa rede de relações de poder na qual ele mesmo está imerso. Ele sabe da natureza entrelaçada da história e da política romanas e afirma que isso não é coincidência – não é obra do destino nem dos deuses pagãos. Agostinho argumenta que a censura de Rufio Antônio Agripino Volusiano, responsabilizando o cristianismo pelos flagelos da guerra que quase destruíram Roma, é irrelevante e despropositado; ele apresenta essa visão nos primeiros 10 livros de *Cidade de Deus*. Para Agostinho, essas e outras calamidades semelhantes sempre existiram, portanto esta não é exceção. O Bispo de Hipona se refere à história das guerras romanas – que não são poucas –, algumas com mais de 30 ou 40 anos de duração. Apologistas cristãos posteriores, principalmente os apologistas medievais, como seguidores da escola agostiniana, interpretaram em ampla medida as constatações apologistas de Agostinho de maneira superficial, em termos de ideologia. Justamente por essa razão, esses cinco livros deveriam ser relidos, pois eles apresentam a melhor crítica possível de *Império*, de Hardt e Negri, e, em particular, da insistência dos autores na teleologia teúrgica da multidão.

A pergunta respondida indiretamente por Agostinho é: "Por que Deus ajudou os romanos a expandirem seu Império? Em outras palavras, por que razões teológicas, políticas ou outras Deus transformou os romanos na força mais poderosa do mundo? Deus, de acordo com

Agostinho, elevou o Império Romano para que ele pudesse conformar a venalidade de muitas pessoas. Agostinho queria convencer seus leitores de que o Império Romano fora expandido como recompensa para aquelas pessoas que serviram a sua pátria por glória, honra e poder e que estavam preparadas para entregar suas próprias vidas para salvar a pátria e obter a glória. Embora isso fosse pecado aos olhos do Bispo de Hipona, o amor do louvor serve para suprimir outros vícios mais perniciosos, como a avareza e as formas mais cruéis de luta pelo poder. Essas pessoas estão longe de ser santas, mas a luxúria pela glória humana é um mal menor que outros vícios, como também argumentam Cícero e Horácio. É claro, prossegue Agostinho, é preciso resistir a esse desejo em vez de sucumbir a ele. Mas Deus recompensou os romanos com o sucesso temporal, ainda que ostentassem sua glória ao fazer o bem. Essas pessoas são recompensadas nesta vida porque elas evitam a riqueza e defendem o bem comum, sem cobiçar os prazeres ou sucumbir pecaminosamente a eles, e lutam pela glória e pela honra. Aqui Agostinho elogia, assim como Salústio, a virtude de figuras grandiosas da história romana, como Marco Catão e Caio César. Eles desejavam ardentemente o poderiam, o exército e novas guerras nas quais podiam exercer suas virtudes. Segundo Agostinho, o Império Romano se tornou grandioso por coisas simples, como o empenho das famílias e a administração justa no exterior; o espírito objetivo e livre de deliberação, não motivado pelo crime e pela injustiça; e a riqueza pessoal modesta junto a um rico tesouro público.

O Império não se tornou vasto e poderoso por causa dos aliados políticos ou das forças armadas, mas sim porque, depois de sujeitar outras nações, os romanos as incluíram no Estado romano comum. Todos tinham a garantia de direitos e privilégios iguais na comunidade de Roma, direitos e privilégios que pouquíssimas pessoas tiveram antes. A luxúria, a arrogância, o empobrecimento do tesouro público e o desenvolvimento da riqueza pessoal foram fatores muito mais responsáveis por tornar o Império politicamente instável e decadente que a distorção dos costumes romanos "benéficos". A riqueza era glorificada, o ócio era adorado, e a recompensa pela virtude era uma ambição em que não havia distinção clara entre o bem e o mal. Os cidadãos só pensavam em si mesmos; em casa eram escravos de suas paixões, mas em público eram escravos da influência e do dinheiro. Como tal, o Império se viu numa dificuldade enorme para se defender dos ataques cada vez mais frequentes dos bárbaros.

Agostinho sustenta que os romanos desejavam glória e riquezas adquiridas honestamente. Eles amavam a glória, desejavam-na e viviam por ela a nível tal que estavam prontos para morrer por ela. Sua ânsia pela glória suprimia todos os outros desejos. Ele argumenta que tanto o homem bom quanto o homem mal cobiçavam a glória, a honra e o poder; o primeiro se dedicava a estes da maneira correta, porque tinha habilidades, o que significa que era virtuoso; o segundo, por sua vez, buscava-os da maneira errada, porque não tinha habilidades, e por isso se valia da fraude e do logro. Na medida em que o indivíduo menospreza a glória, mas idolatra o poder, esse homem, segundo Agostinho, é um animal vil e malévolo. Felizmente havia poucos homens desse tipo em Roma, embora possamos citar um certo Nero. Na imaginação teopolítica de Aurélio Agostinho, Nero era retratado como a encarnação da pura cobiça pelo poder. Para Agostinho, o pináculo do vício era essencialmente uma caricatura de Nero – dotada da loucura da avareza e do poder. Ele via a mão da providência de Deus até mesmo no comportamento desses animais, uma mão que lhes permitiu governar numa época em que o Império os mereceu. Shakespeare descreve essa decadência e esse declínio de uma maneira "moderna" em sua tragédia *Júlio César*, retratando a paranoia de César e o personagem intrigante de Cássio com uma perspicácia notável. Cássio é um personagem frágil, silencioso e faminto, sendo seu maior crime pensar demais. César fala com Antônio, comentando sobre a personalidade paradigmática desse conspirador romano subversivo:

> Gostaria que ele fosse menos magro! Mas não tenho medo dele, não. E, no entanto, se no nome de César coubesse medo, não sei de outro homem que eu devesse evitar mais do que esse esquálido Cássio. Ele lê demais, é um grande observador, e enxerga por trás das ações dos homens. Não ama o teatro como tu, Antônio; ele não ouve música. Raramente sorri, e sorri de um jeito que é como se estivesse zombando de si mesmo e desprezando sua alma por ela ter se comovido a ponto de sorrir de alguma coisa. Homens como ele jamais têm o coração tranquilo enquanto têm a sua frente alguém maior e, portanto, são muito perigosos. Na verdade, estou te falando sobre o que se deve temer, e não sobre o que eu temo, pois sou sempre César. Coloca-te à minha direita, pois deste ouvido sou surdo, e dize-me verdadeiramente o que pensas dele (Primeiro Ato, Cena II).[11]

---

[11] SHAKESPEARE, William. *Júlio César*. Tradução de Beatriz Viégas-Faria. Porto Alegre: L&PM, 2009. p. 29-30.

Segundo o Bispo de Hipona, o único e verdadeiro Deus ajudou os romanos a obterem a glória e a supremacia porque, de acordo com certos padrões e certas opiniões, a supremacia mundana pode ser benevolente, e os romanos chegaram o mais próximo possível, por seu próprio mérito, do ideal da Cidade Celestial. Aqui Agostinho reconhece que não conhece outras razões para a supremacia romana, sendo essas razões uma questão de providência (mais conhecida por Deus que pela humanidade), pois embora os romanos não sejam cidadãos da Cidade Celestial, eles têm um entendimento específico da virtude, o que é muito melhor que não ter virtude nenhuma. Para os devotos que peregrinam para a Cidade Celestial, é melhor que aqueles que os cercam deixem um legado de virtude do que sejam bárbaros destituídos de toda virtude. Deus não gosta de nada que seja injusto, e foi isso que Deus quis transmitir com a história das duas cidades.

Mas a crítica de Agostinho é muito mais complexa, porque ele defende que as virtudes romanas não podem ser reconsideradas de maneira crítica sem a desconstrução do Império Romano, a comunidade que vive por essas virtudes. Daí ser tão importante o argumento de Agostinho de que os romanos não são uma nação porque não eram justos, e não eram justos porque sempre chegavam à paz pela violência, lançando-se sobre os povos sujeitados com o direito de poder. Agostinho, aqui, está fazendo uma crítica, com um toque de ironia, à definição de nação dada por Cipião (demonstrada por Cícero no perdido *De re publica*), aplicando essa crítica ao Império Romano como comunidade de nações. *Um povo*, como diz Cipião, é um "conjunto de determinado número de pessoas associadas umas às outras por concordarem com a lei e o interesse comum".[12] Agostinho, no Livro XIX de *Cidade de Deus*, oferece sua própria definição: "o povo é o conjunto de seres racionais associados pela concorde comunidade de objetos amados".[13] A definição de Agostinho é mais complexa, porque esse povo não é unido por um acordo que defina o que é justo, tampouco ele o aconselha sobre como deveria atingir esse objetivo. No centro de sua definição, Agostinho coloca o amor e o amado, ou seja, expõe o desejo. Agostinho propõe um modelo que, de certa forma, guiaria o amor ao amado eterno e universal. Em outras palavras, Agostinho diz que o importante é guiar o desejo de maneira ordenada. Guiar o desejo determina se o "con-

---

[12] CICERO. *On the Commonwealth and On the Laws*. Tradução de James E. G. Zetzel. Cambridge: Cambridge University Press, 1999. p. 18.

[13] AGOSTINHO. *Cidade de Deus*, v. 2, 19:24, p. 496.

junto" é uma comunidade unida e justa, ou seja, se tem a virtude para construir a comunidade. Nesse aspecto está em jogo a crítica indireta de Agostinho à noção estoica de desejo, que existe ou como desejo ordenado regulado pela razão ou, em contraste, como desejo excessivo governado pelas paixões pervertidas. Agostinho sabe que a própria razão poderia ser pervertida de maneira a se tornar sujeita dos desejos que escravizam e determinam a ação. Daí a razão poder desejar metas e coisas indesejáveis. Compreendida dessa maneira, a razão subjetiva abre o caminho para a perversão da pessoa e da comunidade. Além disso, os desejos que governam a razão podem desejar falsos objetivos, o que quer dizer que, ao desejar, é possível negar o objetivo de uma comunidade unida e justa, sua estrutura social e sua natureza.

A definição de comunidade dada por Agostinho é menos pessoal que a dada por Cipião. Este interpreta a comunidade romana como um *dominium* pessoalmente compreendido das virtudes heroicas da honra, da glória e do poder, e, como tal, ela jamais pode realizar o ideal de política da Antiguidade. Isso está evidente na crítica de Agostinho, no início de *Cidade de Deus*, à observação de Cícero de que todo mundo deveria ser capaz de "gozar do que é seu", e por isso a paz que o Império oferece é meramente um compromisso, atingida sempre pela violência entre vontades obstinadamente rivais. Em outras palavras, Agostinho nega a fundamentação ontológica do *dominium*, nega o poder por si só, questionando assim a qualidade absoluta do *Império*, a qualidade absoluta da propriedade privada e da competição de mercado que visa apenas ao lucro. Agostinho vê essa forma de prática imperial como errada e violenta, a começar pelo fato de que ela acarreta uma privação do ser. Ademais, uma comunidade verdadeiramente justa, segundo Agostinho, deve implicar um "consenso extático e relacional de um e todos" no que se refere ao que a comunidade deseja. Tal consenso requer, da mesma maneira, uma harmonia entre os membros da comunidade na qual o ser da comunidade é renovado. Uma comunidade concebida dessa maneira carrega consigo algo tribal, que a *polis* e a *civitas* tendem a negar. Nessa comunidade tribal, o cultivo de virtudes heroicas não é o que importa, mas sim a transmissão sempre renovada dos sinais de amor e caridade, além do nascimento de novos membros pelo batismo, com o qual se inicia o constante processo emancipatório da *paideia*. Ninguém está excluído da *paideia* (como seria o caso, por exemplo, com Platão e Aristóteles), ninguém é privado de receber o amor e a caridade divinos, não importa se o indivíduo for escravo, criança, mulher, deficiente ou pobre. Ninguém pode ser impedido de se juntar à comunidade, e essa é uma das novidades importantes da noção universalista de comunidade dada por Agostinho.

O objetivo da *polis* assim compreendido não são a glória coletiva e o poder de Roma, uma vez que a cidade não é um herói romano. Paradoxalmente falando, a *polis* se torna a sequência diferencial cuja meta além da meta é a geração de novas relações, que, por si sós, situam e definem novos indivíduos. A meta além da meta é aquela que não pode ser descrita ou imaginada em toda sua amplitude, diferentemente de uma cidade terrena que contém sua meta dentro de si e que é um vestígio do *dominium* pagão, remontando, como demonstra Agostinho, à Babilônia. A Babilônia é a metáfora para uma cidade fundada na violência da guerra civil e na qual não há metas políticas objetivas boas por sua natureza intrínseca. As virtudes babilônias servem apenas para manter o *dominium*, daí serem rejeitadas. Agostinho está convencido de que tudo que tem valor deve estar correlacionado à realidade da Cidade de Deus. Tudo que, de alguma maneira, é distinto da prática eclesial da "cidade nômade divina" indica a realidade do pecado de nossa relatividade. O que está fora da Igreja está sujeito a um poder (violência) que é sempre arbitrário e sempre excessivo. As características políticas da *civitas terrena* são escravidão, força política excessiva e compromisso entre os interesses econômicos rivais dos indivíduos. Ao mesmo tempo, é dessa maneira que a cidade terrena alcança a paz.

Uma das afirmações mais importantes de *Cidade de Deus*, habilmente destacada por Milbank, é que uma sociedade pagã deixa de considerar não só a justiça, mas a virtude em geral. Qual o fundamento dessa afirmação incomum de Agostinho, enfatizada alhures, bem como de Giambattista Vico, a sua própria maneira? Agostinho diz que os pagãos não realizavam a *latreia*, adoração de um único Deus, por isso omitiam a justiça daquele que mais a merecia. Eles negaram a Deus a honra da verdadeira e devida adoração, *latreia*, enquanto ao mesmo tempo honravam deuses pagãos que, para Agostinho, eram demônios celebrados nos rituais teúrgicos descritos anteriormente. A crítica de Agostinho é feita não só no nível da prática eclesial da liturgia, que os pagãos não realizavam de uma maneira arranjada pela caridade. Trata-se de algo muito mais complexo, porque a adoração organizada eclesiasticamente ao verdadeiro Deus (que Paulo diz ser a forma verdadeira e apropriada de adoração em *Romanos* 12, 1) leva à decodificação de antinomias políticas da Antiguidade. Agostinho sugere que, pelas práticas eclesiais, chega-se à ordem apropriada da *psyche*, *oikos*, *polis* e *cosmos*.

> Quando a alma está submetida a Deus, impera com justiça sobre o corpo e, na alma, a razão, submetida a Deus, manda com justiça a libido e as demais paixões. Portanto, quando o homem não serve a Deus, que justiça há nele? A verdade é que, se não serve a Deus, a alma não pode com justiça imperar sobre o corpo, nem a razão sobre as paixões. E, se no homem individualmente considerado não há justiça alguma, que justiça pode haver em associação de homens composta de indivíduos semelhantes? Não existe, por conseguinte, esse direito reconhecido que constitui em povo a sociedade de homens, que é o que se chama república. Que direi do interesse comum que reúne o clã dos homens, elemento que faz entrar na definição de povo?[14]

Agostinho declara que a verdadeira adoração consiste em permitir que Deus se subordine efemeramente ao que é constante e imutável. Essa subordinação é realizada primariamente na relação das almas com Deus, na qual os desejos e as paixões são terapeuticamente subordinados a Deus, que os direciona de uma maneira ordenada, efetuando assim uma "cura". Depois dessa subordinação fundamental, a alma é consecutivamente conformada pelo posicionamento correto em relação à família, da família em relação à cidade e da cidade em relação ao cosmos. O oposto dessa subordinação de todos os desejos a um único Deus é a adoração reversa aos deuses pagãos, cuja meta é transformar o *dominium* e o Império (como aquilo que é transiente) em fins em si mesmos. Nesse caso, a pessoa e a comunidade fomentam a pior forma de idolatria, a qual Agostinho equipara, é claro, com a injustiça primal. Todo desejo de tornar as autoridades pagãs seculares numa medida universal da realidade (não importa o quão justa ela possa parecer) é, em última instância, um caso de injustiça e idolatria. Em outras palavras, Agostinho vê como a falta de confiança na transcendência leva à injustiça social, porque sem a crença na transcendência a virtude – que ele define como ordem no amor – não poderia ser estabelecida. A falta de uma adoração organizada ao verdadeiro Deus leva à injustiça e nega a prática eclesial da caridade, ou seja, nega a ordem do amor.

Para os romanos, portanto, a virtude não pode ser praticada, porque eles se retiraram da relação para com a transcendência, para com a paz celestial da Cidade de Deus, atingida pela mútua absolvição. Os pagãos são injustos e não podem compreender a virtude corretamente, porque

---

[14] AGOSTINHO. *Cidade de Deus*, v. 2, 19:21, p. 488-489.

não priorizaram o perdão e a paz. Por isso eles não podem estabelecer uma ordem apropriada que relacione a alma, a família, a cidade e o cosmos, daí continuarem presos na antinomia das virtudes atingida pela violência. Na medida em que a alma subordina tanto o corpo quanto suas próprias paixões, Agostinho declara que é preciso introduzir aqui um terceiro nível inexistente entre os pagãos, um nível relacionado à *latreia,* em que a própria alma é subordinada a um Deus. Ao comentar sobre o Sermão da Montanha, Agostinho pergunta como o povo entenderá que na alma humana, independentemente do quão corrompida ela seja, haverá um resquício de razão com o qual Deus se comunica pela consciência. Prosseguindo com seu comentário, Agostinho argumenta que enquanto o Diabo possuir um resquício de razão, ele conseguirá ouvir Deus falando com ele.[15] Em outras palavras, Deus se dirige à parte racional da alma, conferindo-lhe a paz celestial. Ao fazê-lo, Deus exige que a alma primeiro se subordine a ele de maneira ordenada e harmoniosa para que depois consiga subordinar o corpo a ela. Essa estratégia depois é aplicada à família e à comunidade.

Dito de outra maneira, se a comunidade deseja ser justa, ela precisa refletir uma harmonia e um consenso social absolutos; a comunidade deve se ater à convicção da justiça infinita em cujos termos situamos o amor. A justiça infinita, assim concebida, é capaz de ordenar todas as coisas apropriadamente em termos de tempo, de modo que não haja nenhum vestígio caótico de desordem. A justiça, assim interpretada, é distinta das virtudes pagãs, que (com elementos psíquicos inerentemente perigosos, como Agostinho mostra no Livro V de *Cidade de Deus*) são comparadas ao que se coloca em oposição e ao que deve ser combatido numa luta antagônica "de fora". Daí a metáfora da virtude da Antiguidade como uma "fortaleza de guerra" (significado original da palavra *polis*) capturada de maneira militar pela virtude heroica. Numa fortaleza compreendida nesses termos, luta-se para garantir o espaço interno através da virtude heroica pelo domínio de um grupo em relação a outros, enquanto ao mesmo tempo é preciso preservar o território contra os inimigos externos para o benefício de todos. Na medida em que a cidade encoraja as virtudes dos indivíduos, essas virtudes são certamente virtudes práticas que celebram a vitória contra os rivais na cidade, e por isso está claro que as virtudes dos indivíduos estão invariavelmente relacionadas à obtenção de um controle interno sobre as paixões na luta contra os vícios, nos quais não pode haver

---

[15] AGOSTINHO, Santo. *Sermão da montanha*. São Paulo: Paulus, 1992. 2:9:32.

caridade. Para Agostinho, a caridade é a organização da atividade recíproca necessária para produzir uma ordem social e estética. Somente a caridade pode complementar a justiça e a razão, que deve assumir a prioridade ontológica da paz em oposição à violência primordial da cidade terrena, a Babilônia. Essa suposição é baseada em parábolas e signos, em um evento cuja linguagem social de absolvição do pecado e cuja caridade nos foram demonstradas por Jesus, que convida o povo para uma comunidade que antecipa a realidade da Cidade Celestial.

Para Agostinho, a absolvição dos pecados é a precondição de todos os construtos sociais e pode ser resumida da seguinte maneira: a virtude só pode funcionar plenamente se toda a comunidade a possuir e viver em conjunto uma vida de virtude. Essa posse comum da virtude influencia a ordenação das diferenças individuais e, como tal, lembra a virtude celestial da caridade. O empenho de nossas ações que mais se assemelha às virtudes celestes é o "constante empenho de compensar, substituir, e até atalhar essa total ausência de virtude", como coloca Milbank de maneira brilhante.[16] Não tomando ofensas para nós, assumindo a culpa dos outros e fazendo o que deveriam ter feito (além dos limites de qualquer responsabilidade definida por lei), chegamos a um importante paradoxo, no qual começamos a incorporar a virtude celestial, que na verdade é outro nome para fé, esperança e caridade, ou, como diz Alain Badiou, fidelidade, perseverança e amor. Esse paradoxo reside no fato de a virtude estar presente, de maneira genuína e atual, na troca e no compartilhamento, na aceitação da responsabilidade de carregar o fardo daqueles que nos são mais próximos. Não se trata de uma realização pessoal conforme os ditames da lei da comunidade, uma vez que a virtude desse tipo, segundo Agostinho, na verdade seria um vício, pois não foi atingida pelo perdão mútuo e pelo consenso social absoluto, ou seja, pela harmonia da paz celestial que nos recoloca dentro da comunidade do corpo de Cristo.

Hardt e Negri deveriam ser elogiados por sua inteligente observação de que Agostinho é um excelente interlocutor do atual debate político. Eles estão corretos quando afirmam que apenas a comunidade católica universal pode oferecer uma alternativa para as práticas do Império, que, na forma do capital que circula o mais rápido possível, celebra invariavelmente a violência e o terror que acabam levando ao niilismo. Embora pareça um autorregozijo dizer que essas afirmações do velho comunista, Negri, são

---

[16] MILBANK, John. *Teologia e teoria social: para além da razão secular*. Tradução de Adail Sobral e Maria Stela Gonçalves. São Paulo: Loyola, 1995. p. 528.

insuficiente radicais, é assim que eu as interpreto. Colocando de maneira simples, Hardt e Negri não são radicais o suficiente. Afinal, de que outra maneira poderíamos interpretar a afirmação de que uma sociedade católica de estranhos, ao se juntar, cooperar e comunicar, sabe que esse é um meio sem fim? Como interpretar a declaração de que Francisco de Assis é um modelo pós-moderno para o ativista que personifica a alegria de ser comunista? A visão neocomunista agostinianizada e espinosesca de Hardt e Negri os impede de ver além do que está imanente nas superfícies do Império. Apesar disso, a leitura que os autores fazem de Agostinho não deveria ser descartada como de todo equivocada. Justapus à crítica que os dois fazem de Agostinho a única resposta possível de uma perspectiva agostiniana. Esse duplo criticismo é uma tentativa teológica de levar Agostinho a Espinosa e Espinosa a Agostinho.

Desse modo, podemos adotar a visão agostiniana de duas cidades, apesar de seus limites não serem sempre claros e distintos, apesar de se sobreporem e continuarem irregulares. Nem sempre sabemos ao certo quem está dentro e quem está fora, embora haja sinais exteriores de participação na comunidade universal da qual fala Agostinho, meios modestos de salvação como sacramentos, orações, liturgia, leitura do Evangelho. Obviamente, esses sinais e meios foram violados muitas vezes e de muitas maneiras, por mais que sua função fosse facilitar a jornada dos nômades eclesiásticos mencionados por Agostinho. Esses meios modestos têm um efeito regenerador e terapêutico em todas as pessoas que carregam no mundo o fardo de Cristo, conforme descrito, através de um paradoxo, no trecho sobre o juízo final no *Evangelho de Mateus* (*Mateus* 25, 31-46), ou no *Evangelho de Lucas*, na parábola sobre o bom samaritano (*Lucas* 10, 29-37). Entre os nômades e desertores em êxodo permanente, há algumas pessoas que, argumenta Agostinho, embora demonstrem os aspectos "extrínsecos" de pertencer à comunidade (como batismo, leitura do Evangelho, participação na liturgia), não pertencem à Cidade de Deus, porque seu coração não está com Deus. Há também aquelas pessoas que acreditam não demonstrar nenhum aspecto extrínseco do jugo de Cristo, não são vistas em comunhão com a Igreja e mesmo assim pertencem ao povo de Deus e a sua cidade. Somente Deus sabe verdadeiramente quem pertence a ele e quem não pertence, enquanto o povo, graças a Deus, é poupado desse conhecimento. Em determinado ponto, Agostinho argumenta que aqueles que encontrarmos no céu ficarão surpresos com nossa presença, mas mais surpreendidos ainda ficaremos nós quando percebermos que lá estamos.

Como afirmei anteriormente, sustento que a crítica de Hardt e Negri a Plotino é uma opção insuficientemente radical que não será, usando a "teleologia teúrgica da multidão", o bastante para realizar, ou melhor, constituir, o sujeito político. Por mais lógica que pareça, essa proposta de que a multidão é o novo sujeito político continua incipiente. É preciso salientar sua intensidade, e os autores precisam explorar uma direção diferente da teleologia teúrgica da multidão, indo na direção das práticas eclesiais sugeridas por Agostinho, e não de sua contraposição platônica, pagã e popular-religiosa conforme exposta por Hardt e Negri. É preciso buscar práticas alternativas que possam ser justapostas às virtudes que o Império glorifica. É assim que interpreto a crítica agostiniana de Hardt e Negri. Minha conclusão é simples. A peregrinação comum da comunidade católica na terra é a única alternativa para uma metanarrativa imperial que possa formar a prática necessária para a constituição do sujeito político. Essa constituição pode ser encontrada numa única suposição.

E se existir uma meta que não podemos imaginar que exista, uma meta além da meta? Se não podemos apelar para nossa própria imaginação, que o Império está destruindo cada vez com mais vigor e clareza, então tudo que nos resta é o senso comum. Aí reside o problema, como disse G. K. Chesterton, ao descrever o louco como aquele que perdeu tudo, menos a razão (sua imaginação, sua sensibilidade, suas emoções, que aqui entendo como aquilo que permite a intensidade nas práticas eclesiais). Em sua crítica das virtudes do Império, que sempre aumentam o capital e legitimam várias formas de terror, Agostinho sugere que se removam os apoios dessas práticas decadentes e corruptas reunindo pessoas para a prática eclesial, realizando uma contraposição às virtudes imperiais que moldam o caráter dos membros da Cidade de Deus. Como vimos no Livro V (na verdade do II ao XIX) de *Cidade de Deus*, Agostinho está clamando por certa forma de deserção, êxodo e nomadismo. Ele está pedindo um asceticismo disciplinado. Isso é o que falta não só ao ativismo pós-moderno e anti-imperial de Negri, mas também à própria multidão que ele constitui como seu sujeito político. Ao contrário de Hardt e Negri, defendo que é especialmente importante considerar Francisco de Assis dentro da comunidade universal que empreende as peregrinações para a Cidade de Deus, de acordo com o modelo oferecido por Agostinho. A catolicidade, na interpretação de Agostinho, com seu conceito local do universal, é uma contraparábola subversiva à metanarrativa imperial e nos ajuda a responder a questão de como podemos entender corretamente a deserção, o êxodo e o nomadismo, que vemos aqui como uma forma específica de exercício ascético.

Em outras palavras, a irreflexão da multidão da qual falam Hardt e Negri reside no fato de não haver exercício ascético necessário para sua prática política, como notado pelo filósofo italiano. Se aceitarmos a afirmação de Walter Benjamin de que o capitalismo é uma religião, a crítica mais radical – na verdade a única crítica possível e plausível – do capitalismo não seria articulada pela religião? É por isso que, com a ajuda de Agostinho, estou trabalhando numa resposta para a questão posta. A matriz capitalista na qual as práticas imperiais funcionam só pode ser criticada de maneira relevante se a crítica adotar uma certa teologia, pois o Império, do contrário, sempre prevalecerá, como prevaleceu até agora graças a sua diabólica adaptabilidade ao mercado.

Por esse motivo, é necessária uma dose moderada de asceticismo voluntário e disciplinado, do qual fragmentos de verdades eficazes podem surgir e curar nosso desejo, como diz Agostinho, uma vez que guiaremos nosso desejo não para algo belo, desejável e transitório, mas para o Belo em si, a Verdade imutável em si e a Glória em si. É por isso que precisamos do ascetismo, pois somente ele pode redirecionar o desejo para a plenitude eterna. Afinal, o exercício ascético não é a destruição do desejo, como sugerido por diversas formas de budismo. O entendimento agostiniano da prática ascética começa com uma renúncia voluntária ao desejo pela glória e à sede por poder. Depois disso, segue-se a renúncia à submissão ao prazer, a renúncia ao enfraquecimento da alma e do corpo e a renúncia à aspiração avarenta à maior riqueza. A ânsia pela glória é um vício sórdido e um inimigo da verdadeira devoção, diz Agostinho, evocando as palavras do carpinteiro de Nazaré e dos apóstolos cuja prática era colocar o amor de Deus acima da glória humana. O exercício ascético nas práticas eclesiais é uma disciplina adotada deliberadamente em termos de uma meta que nos supera, no entanto, é também um veículo. Essa declaração é importante, porque não há radicalismo barato, e certamente não há radicalismo livre. Ser radical significa estar preparado para pagar o preço, significa fazer sacrifícios e, nesse caso, significa aceitar e adotar um ascetismo disciplinado como modo de vida. Por mais que os esquerdistas e liberais de gabinete, com salários acadêmicos generosos, o tenham atacado e ridicularizado de maneira unânime, acredito que, nesse aspecto, Slavoj Žižek estava certo. Ao falar do filme *300*, sobre a Batalha das Termópilas, Žižek, em um contexto inteiramente diferente, mostrou um fato importante ao citar Badiou:

Precisamos de uma disciplina popular. Eu ainda diria [...] que "aqueles que não têm nada têm apenas sua disciplina". Pois os pobres, aqueles destituídos de meios financeiros ou militares, aqueles destituídos de poder, tudo que eles têm é sua disciplina, sua capacidade de ação conjunta. Essa disciplina já é uma forma de organização.[17]

Dentro da matriz imperial global que oferece apenas uma taxonomia capitalista binária (incluído-excluído, dentro-fora, ricos-pobres), resta pouco espaço para a improvisação, a não ser que questionemos constantemente essa divisão com certo ascetismo, como sugere Agostinho. Podemos entender a visão agostiniana da prática eclesial, em contraste com as virtudes babilônicas, como uma síntese entre nomadismo e ascetismo, como uma jornada "terapêutica" conjunta para a Cidade de Deus. O nomadismo e o exercício ascético das práticas eclesiais, portanto, tornam-se as coordenadas fundamentais que nos ajudam a estabelecer o sujeito político, interpretando de uma maneira nova a deserção e o êxodo do qual falam Hardt e Negri. Tal sujeito político seria revolucionário, e a racionalidade capitalista não seria capaz de domá-lo. Em termos diferentes, à Badiou, a prática eclesial reconhece que "É melhor não fazer nada do que colaborar para a invenção de maneiras formais para tornar visível aquilo que o Império já reconhece como existente".[18]

---

[17] ŽIŽEK, Slavoj. The True Hollywood Left. Disponível em: <http://www.lacan.com/zizhollywood.htm>.

[18] Eu diria nesse ponto que, em uma versão posterior, Badiou modificou a formulação dessa frase. Em seu texto "Fifteen Theses on Contemporary Art" [Quinze teses sobre a arte contemporânea], publicado em *Lacanian Ink*, n. 23 (veja um trecho disponível em http://www.lacan.com/frameXXIII7.htm), a frase usada foi "que o Império já reconhece como existente". Três anos depois, em *Polemics*, livro de artigos e entrevistas, as mesmas 15 teses aparecem, mas algo modificadas e redefinidas em título e substância. O artigo em que elas aparecem se chama "Third Sketch of a Manifesto on Affirmationist Art" [Terceiro esboço de um manifesto sobre a arte afirmacionista]. Na versão editada do artigo, a palavra "Império" foi substituída pela palavra "Ocidente", então o que se lê agora é "que o Ocidente declara existir". Ver BADIOU, Alain. *Polemics*. Translated by Steve Corcoran. London; New York, 2006. p. 148. Eu prefiro a primeira versão, referindo-me às 15 teses do manifesto de Badiou (BADIOU. Fifteen Theses on Contemporary Art).

3. Uma olhadela nos arquivos do islã[1]
Žižek

---
[1] Este texto foi publicado originalmente como prefácio à segunda edição do livro *The Fragile Absolute*, lançada pela editora Verso em 2008. Nesta versão o autor fez pequenas alterações e correções bastante pontuais. (N.T.)

O que é o islã, esse excesso perturbador que representa o Oriente para o Ocidente e o Ocidente para o Extremo Oriente? Em *La psychanalyse à l'épreuve de l'Islam*, Fethi Benslama desenvolve uma busca sistemática dos "arquivos" do islã, de seu suporte obsceno, secreto, mítico, que *ne cesse pas de ne pas s'écrice* [não para de não se escrever] e que, como tal, sustenta o dogma explícito.[2] A história de Agar, por exemplo, não seria "arquivo" do islã, relacionada ao ensinamento explícito do islã, da mesma maneira que a tradição judaica secreta de Moisés se relaciona aos ensinamentos explícitos do judaísmo? Em sua discussão da figura freudiana de Moisés, Eric Santner apresenta a distinção-chave entre história simbólica (conjunto de narrativas míticas explícitas e prescrições ético-ideológicas que constituem a tradição de uma comunidade – o que Hegel chamou de sua "substância ética") e seu Outro obsceno, a história secreta irreconhecível, "espectral", fantasmática, que sustenta efetivamente a tradição simbólica explícita, mas que, para ser operante, tem de permanecer forcluída.[3] O que Freud tenta reconstruir em *Moisés*

---

[2] BENSLAMA, Fethi. *La psychanalyse à l'épreuve de l'Islam*. Paris: Aubier, 2002. [Os números indicados por Žižek entre parênteses até o final do texto se referem a esse livro, exceto quando se tratar do Alcorão.]

[3] Ver SANTNER, Eric. Traumatic Revelations: Freud's Moses and the Origins of Anti-Semitism. In: SALECL, Renata (Ed.). *Sexuation*. Durham: Duke University Press, 2000.

e o monoteísmo (a história do assassinato de Moisés, etc.) é justamente essa história espectral que assombra o espaço da tradição religiosa judaica. Tornamo-nos membros completos de uma comunidade não só por nos identificarmos com sua tradição simbólica explícita, mas também quando assumimos a dimensão espectral que sustenta essa tradição, os fantasmas que assombram os vivos, a história secreta das fantasias traumáticas transmitidas "nas entrelinhas", por meio das lacunas e distorções da tradição simbólica explícita. O apego obstinado do judaísmo ao gesto fundador violento não reconhecido – que assombra a ordem pública legal como seu suplemento espectral – permitiu que os judeus sobrevivessem durante milhares de anos sem uma terra ou uma tradição institucional comum: eles se recusaram a abrir mão de seu fantasma, a romper os laços com a tradição secreta, renegada. O paradoxo do judaísmo é que ele mantém a fidelidade ao Acontecimento fundador violento justamente por *não* confessá-lo e simbolizá-lo: essa condição "reprimida" do Acontecimento é o que dá ao judaísmo uma vitalidade sem precedentes.

A qual Acontecimento reprimido, então, o islã deve sua vitalidade? A solução é dada pela resposta a outra questão: como o islã, a terceira Religião do Livro, se encaixa nessa série? O judaísmo é a religião da genealogia, da sucessão de gerações. Quando, no cristianismo, o Filho morre na cruz, isso significa (como Hegel bem sabia) que o Pai também morre – a ordem genealógica patriarcal como tal morre, o Espírito Santo, introduzindo uma comunidade pós-paternal, não se encaixa mais na série da família. Em contraste ao judaísmo e ao cristianismo, o islã exclui Deus do domínio da lógica paternal: Alá não é pai, nem mesmo um pai simbólico – Deus é um, ele não é nascido nem dá à luz as criaturas. *Não há lugar para uma Sagrada Família no islã.* É por isso que o islã enfatiza de maneira tão severa o fato de o próprio Maomé ser órfão; é por isso que, no islã, Deus intervém precisamente naqueles momentos de suspensão – recolhimento, fracasso ou "blecaute" – da função paternal (quando a mãe ou a criança são abandonadas ou ignoradas pelo pai biológico). Isso significa que Deus continua totalmente no domínio do Real impossível: ele é o Real impossível além do pai, de modo que há um "deserto genealógico entre o homem e Deus" (320). Para Freud, esse era o problema do islã, pois toda sua teoria da religião é baseada no paralelo entre Deus e o pai. Mais importante ainda, isso inscreve a política no próprio coração do islã, visto que o "deserto genealógico" torna impossível a fundação de uma comunidade nas estruturas da paternidade ou de outros laços sanguíneos: "o deserto entre Deus e o Pai é o lugar em que o político se institui" (320). Com o islã, não é mais possível fundar uma comunidade no modo de *Totem e tabu*, pelo assassinato do pai e a culpa decorrente que une os irmãos – daí a realidade imprevisível do islã. Esse problema reside no próprio cerne da (mal-)afamada *umma*, a "comunidade dos fiéis" muçulmanos: ela explica a sobreposição do religioso ao político (a comunidade deveria ser fundada diretamente na palavra de Deus), bem como o fato de que o islã está em "sua melhor forma" quando fundamenta a formação de uma comunidade "a partir do nada", no deserto genealógico, como uma fraternidade revolucionária igualitária – não admira que o islã seja atraente para homens jovens que se veem destituídos da segurança de uma rede familiar tradicional. E talvez seja essa característica de "orfandade" do islã que explique sua falta de institucionalização inerente:

> A marca inconfundível do islã é o fato de ser uma religião que não se institucionaliza, que não se mune, como o cristianismo, de uma Igreja. A Igreja Islâmica, na verdade, é o Estado do Islã: é o Estado que inventou a chamada autoridade religiosa superior, e é o chefe de Estado que aponta o homem que ocupará esse ofício; é o Estado que constrói grandes mesquitas, que supervisiona a educação religiosa, é o Estado que, vale ressaltar, cria as universidades, exerce a censura em todos os campos da cultura e se considera guardião da moral.[4]

Aqui vemos mais uma vez como se dá a combinação entre o melhor e o pior no islã: é justamente por carecer de um princípio inerente de institucionalização que o islã foi tão vulnerável a ser cooptado por um poder estatal responsável por realizar esse trabalho de institucionalização. Nisso reside a escolha que o islã enfrenta: a "politização" direta está inscrita em sua própria natureza, e essa sobreposição de religioso e político pode ser alcançada ou na forma da cooptação estatista ou na forma de coletivos *antiestatistas*.

Em contraste ao judaísmo e ao islã, em que o sacrifício do filho é evitado no último momento (o anjo intervêm para impedir que Abraão mate Isaac), *apenas o cristianismo opta pelo sacrifício efetivo (morte) do filho* (268). É por isso que o islã, embora reconheça a Bíblia como texto sagrado, tem de negar esse fato – no islã, Jesus não morreu de fato na cruz. Como lemos

---

[4] SAFOUAN, Moustapha. *Why Are the Arabs Not Free: The Politics of Writing*. Boston, MA: Blackwell, 2007. p. 94.

no Alcorão (4, 157), disseram os judeus, em formidável infâmia: "'Por certo, matamos o Messias, Jesus, Filho de Maria, Mensageiro de Alá'. Ora, eles não o mataram nem o crucificaram, mas isso lhes foi simulado". Existe no islã, efetivamente, uma lógica antissacrificial consistente: na versão alcorânica do sacrifício de Isaac, a decisão de Abraão de matar o próprio filho é tida não como a indicação final de sua disposição para cumprir com a vontade de Deus, mas sim como consequência da *interpretação equivocada* que Abraão dá *a seu sonho*. Quando o anjo impede o ato, sua mensagem é que Abraão interpretou errado o sonho, que Deus não queria realmente que ele fizesse aquilo (275).

Na medida em que, no islã, Deus é um Real impossível, isso funciona de duas maneiras no que se refere ao sacrifício: pode funcionar contra o sacrifício (não há economia simbólica da troca entre os fiéis e Deus; Deus é o puro Um do Além), mas também a favor dele, como quando o Real divino se transforma na figura superegoica de deuses obscuros que exigem sacrifícios contínuos, como disse Lacan. O islã parece oscilar entre esses dois extremos, com a lógica sacrifical obscena culminando numa nova descrição da história de Caim e Abel. É assim que o Alcorão relata

> com a verdade, a história dos dois filhos de Adão, quando fizeram ambos a oferenda a Alá, e foi aceita a de um deles, e não foi aceita a do outro. Disse este: "Certamente, matar-te-ei". Disse aquele: "Alá aceita, apenas, a oferenda dos piedosos. Em verdade, se me estendes a mão, para matar-me, não te estarei estendendo a mão, para matar-te. Por certo, eu temo a Alá, o Senhor dos mundos. Por certo, eu desejo que tu incorras em meu pecado e eu em teu pecado: então, serás dos companheiros do fogo. E essa é a recompensa dos injustos". E sua alma induziu-o a matar o irmão; e matou-o, então, tornou-se dos perdedores (5, 27-30).

Portanto, não é só Caim que quer a morte: o próprio Abel participa ativamente desse desejo, incitando Caim a agir, de modo que ele (Abel) possa se livrar dos próprios pecados. Benslama está correto ao discernir aqui traços de um "ódio ideal", diferente do ódio imaginário da agressividade que o sujeito dirige a seu duplo (289): a própria vítima deseja ativamente o crime do qual ela será vítima, de modo que, como mártir, ela entrará no Paraíso, enquanto o perpetrador queimará no Inferno. Tendo a perspectiva atual como pressuposto, somos tentados a nos entregar à especulação anacrônica a respeito de como a lógica "terrorista" do desejo de morte do mártir já está presente no Alcorão – embora, é claro, tenhamos de situar o problema no contexto da modernização. Como é bem sabido, o problema do mundo islâmico é que, como ele foi exposto abruptamente à modernização ocidental (sem o tempo adequado para "superar" o trauma desse impacto, para construir para si uma tela ou espaço simbólico-ficcional), as únicas reações possíveis a esse impacto foram uma modernização superficial, uma imitação destinada ao fracasso (o regime iraniano de Shah Pahlavi), ou, na falta de um apropriado espaço simbólico de ficções, um recurso direto ao Real violento, uma guerra cabal entre a Verdade islâmica e a Mentira ocidental, sem espaço nenhum para a mediação simbólica. Nessa solução "fundamentalista" (fenômeno moderno sem ligações diretas com as tradições muçulmanas), a dimensão divina é reafirmada em seu aspecto supereu–Real, como explosão assassina da violência sacrificial necessária para aplacar a divindade do supereu obsceno.

Outra distinção-chave entre o judaísmo (junto com sua continuação cristã) e o islã diz respeito a suas respectivas maneiras de encarar Abraão. O judaísmo escolhe Abraão como pai simbólico, isto é, adota a solução fálica da autoridade simbólica paternal, da linhagem simbólica oficial, descartando a segunda mulher e representando uma "apropriação fálica do impossível" (153). O islã, ao contrário, opta pela linhagem de Agar, por Abraão como pai biológico, mantendo assim a distância entre o pai e Deus, preservando Deus no domínio do impossível (149).[5]

Tanto o judaísmo quanto o islã reprimem seus gestos fundadores – mas de que maneira? Como mostra a história de Abraão e seus dois filhos, nascidos de mulheres diferentes, tanto no judaísmo quanto no islã o pai só pode se tornar um pai, só pode assumir a função paternal, por intermédio de *outra* mulher. A hipótese de Freud é que a repressão envolvida no judaísmo concerne ao fato de Abraão ser estrangeiro (egípcio), não judeu – a figura paternal fundadora, aquela que traz a revelação e estabelece o pacto com Deus, tem de vir de fora. No islã, a repressão concerne a uma mulher (Agar, a escrava egípcia com quem Abraão teve seu primeiro filho): apesar de Abraão e Ismael (progenitor de todos os árabes, segundo o mito) serem mencionados dezenas de vezes no Alcorão,

---

[5] Obviamente, é possível afirmar que, já em *Gênesis*, existe uma destruição implícita de sua própria ideologia oficial, em que Deus, não obstante, intervém para salvar o filho de Agar, prometendo-lhe um grande futuro – *Gênesis* (também) assume o lado da outra mulher que foi reduzida a um instrumento de procriação.

Agar não é mencionada de jeito nenhum, foi excluída da história oficial. Como tal, no entanto, ela continua a assombrar o islã com seus traços que sobrevivem em rituais, como a obrigação dos peregrinos rumo a Meca de correr seis vezes entre as colinas de Al-Safa e Al-Marwah num tipo de repetição/reinterpretação neurótica do momento em que Agar desesperadamente procura água no deserto para seu filho.

Vejamos, no *Gênesis*, a história dos dois filhos de Abraão, essa importante ligação umbilical entre o judaísmo e o islã – primeiro o nascimento de Ismael:

> A mulher de Abrão, Sarai, não lhe dera filho. Mas tinha uma serva egípcia, chamada Agar, e Sarai disse a Abrão: "Vê, eu te peço: Iahweh não permitiu que eu desse à luz. Toma, pois, a minha serva. Talvez, por ela, eu venha a ter filhos". E Abrão ouviu a voz de Sarai.
>
> Assim, depois de dez anos que Abrão residia na terra de Canaã, sua mulher Sarai tomou Agar, a egípcia, sua serva, e deu-a como mulher a seu marido, Abrão. Este possuiu Agar, que ficou grávida. Quando ela se viu grávida, começou a olhar sua senhora com desprezo. Então Sarai disse a Abrão: "Tu és responsável pela injúria que me está sendo feita! Coloquei minha serva entre teus braços e, desde que ela se viu grávida, começou a olhar-me com desprezo. Que Iahweh julgue entre mim e ti!".
>
> Abrão disse a Sarai: "Pois bem, tua serva está em tuas mãos; faze-lhe como melhor te parecer". Sarai a maltratou de tal modo que ela fugiu de sua presença. O anjo de Iahweh a encontrou perto de uma certa fonte no deserto, a fonte que está no caminho de Sur. E ele disse: "Agar, serva de Sarai, de onde vens e para onde vais?". Ela respondeu: "Fujo da presença de minha senhora Sarai".
>
> O Anjo de Iahweh lhe disse: "Volta para a tua senhora e sê-lhe submissa". O Anjo de Iahweh lhe disse: "Eu multiplicarei grandemente a tua descendência, de tal modo que não se poderá contá-la". O Anjo de Iahweh lhe disse: "Estás grávida e darás à luz um filho, e tu lhe darás o nome de Ismael, pois Iahweh ouviu tua aflição. Ele será um potro de homem, sua mão contra todos, a mão de todos contra ele; ele se estabelecerá diante de todos os seus irmãos".
>
> A Iahweh, que lhe falou, Agar deu este nome: "Tu és El-Roí" [o Deus que vê], pois, disse ela, "Vejo eu ainda aqui, depois daquele que me vê?". Foi por isso que se chamou a este poço de poço de Laai-Roí; ele se encontra entre Cades e Barad.

Agar deu à luz um filho a Abrão, e Abrão deu ao filho que lhe dera Agar o nome de Ismael (*Gênesis* 16, 1-15).

Após o milagroso nascimento de Isaac (cuja imaculada conceição parece apontar para Cristo – Deus "visitou Sara" e a engravidou), quando a criança já tinha idade suficiente para desmamar, Abraão preparou um grande banquete:

> Sara percebeu que o filho nascido a Abraão da egípcia Agar brincava com seu filho Isaac, e disse a Abraão: "Expulsa esta serva e seu filho, para que o filho desta serva não seja herdeiro com meu filho Isaac".
>
> Esta palavra, acerca de seu filho, desagradou muito a Abraão, mas Deus lhe disse: "Não te lastimes por causa da criança e de tua serva: tudo o que Sara te pedir, concede-o, porque é por Isaac que uma descendência perpetuará o teu nome, mas do filho da serva eu farei também uma grande nação, pois ele é de tua raça".
>
> Abraão levantou-se cedo, tomou pão e um odre de água que deu a Agar; colocou-lhe a criança sobre os ombros e depois a mandou embora. Ela saiu andando errante no deserto de Bersabeia. Quando acabou a água do odre, ela colocou a criança debaixo de um arbusto e foi sentar-se defronte, à distância de um tiro de arco. Dizia consigo mesma: "Não quero ver morrer a criança!". Sentou-se defronte e se pôs a gritar e chorar.
>
> Deus ouviu os gritos da criança e o Anjo de Deus, do céu, chamou Agar, dizendo: "Que tens, Agar? Não temas, pois Deus ouviu os gritos da criança, do lugar onde ele está. Ergue-te! Levanta a criança, segura-a firmemente, porque eu farei dela uma grande nação." Deus abriu os olhos de Agar e ela enxergou um poço. Foi encher o odre e deu de beber ao menino (*Gênesis* 21, 10-19).

Em *Gálatas*, Paulo dá a versão cristã da história de Abraão, Sara e Agar:

> Dizei-me, vós que quereis estar debaixo da Lei, não ouvis vós a Lei? Pois está escrito que Abraão teve dois filhos, um da serva e outro da livre. Mas o da serva nasceu segundo a carne; o da livre, em virtude da promessa. Isto foi dito em alegoria. Elas, com efeito, são as duas alianças; uma, a do monte Sinai, gerando para a escravidão: é Agar (porque o Sinai está na Arábia), e ela corresponde à Jerusalém de agora, que de fato é escrava com seus filhos. Mas a Jerusalém do alto é livre e esta é a nossa mãe, segundo está escrito:

> "Alegra-te, estéril, que não davas à luz, põe-te a gritar de alegria, tu que não conheceste as dores do parto, porque mais numerosos são os filhos da abandonada do que os daquela que tem marido". Ora, vós, irmãos, como Isaac, sois filhos da promessa. Mas como então o nascido segundo a carne perseguia o nascido segundo o espírito, assim também agora. Mas que diz a Escritura? Expulsa a serva e o filho dela, pois o filho da serva não herdará com o filho da livre. Portanto, irmãos, não somos filhos de uma serva, mas da livre (*Gálatas*, 4, 21-31).

Paulo representa aqui um claro confronto simétrico: Isaac *versus* Ismael corresponde ao pai simbólico (Nome-do-Pai) *versus* o pai biológico (racial), "a origem por nome e espírito versus a origem por transmissão de substância de vida" (147), a criança da mulher livre *versus* a criança da escrava, a criança do espírito *versus* a criança da carne. Essa leitura, no entanto, tem de simplificar a narrativa bíblica em (pelo menos) três questões cruciais:

(1) O cuidado óbvio de Deus para com Agar e Ismael; sua intervenção para salvar a vida de Ismael.

(2) A extraordinária caracterização de Agar não apenas como mulher da carne e da luxúria, como escrava sem valor, mas sim como aquela que *vê* Deus ("Agar deu este nome: 'Tu és El-Roí' [o Deus que vê], pois, disse ela, 'Vejo eu ainda aqui, depois daquele que me vê?'"). Agar, como segunda mulher excluída, fora da genealogia simbólica, representa não só a fertilidade pagã (egípcia) da vida, mas também o acesso direto a Deus: ela vê o próprio Deus vendo, o que não foi concedido nem mesmo a Moisés, para quem Deus teve de aparecer na forma de sarça ardente. Como tal, Agar anuncia acesso místico/feminino a Deus (desenvolvido depois no sufismo).

(3) O fato (não só narrativo) de que a escolha entre carne e espírito não pode ser enfrentada diretamente como escolha entre duas opções simultâneas. Para que Sara tenha um filho, Agar deve primeiro ter o dela; em outras palavras, existe aqui uma necessidade de sucessão, de repetição, como se para escolher o espírito tivéssemos primeiro de escolher a carne – somente o segundo filho pode ser o verdadeiro filho do espírito. É nisso que consiste a castração simbólica: "castração" significa que o acesso direto à Verdade é impossível – como coloca Lacan, *la verité surgit de la méprise* [a verdade surge da equivocação], só se chega ao Espírito pela Carne, etc. Recordemos a análise que Hegel faz da frenologia,

que fecha o capítulo sobre "A razão observadora" em *Fenomenologia do espírito*. Aqui, Hegel recorre a uma metáfora que concerne precisamente ao falo, órgão da inseminação paternal, para explicar a oposição entre as duas leituras possíveis da proposição "o Espírito é um osso" (a leitura "reducionista" e materialista vulgar – a forma de nosso crânio determina, de maneira efetiva e direta, as características da mente do homem; e a leitura especulativa – o espírito é forte o bastante para afirmar sua identidade com o que há de mais interno e "suprassumi-lo", isto é, até mesmo o que há de mais interno não pode escapar do poder de mediação do Espírito). A leitura materialista vulgar é semelhante à abordagem que vê no falo apenas o órgão da micção, enquanto a leitura especulativa é capaz de discernir nele a função muito mais elevada da inseminação (ou seja, a "concepção", precisamente, como antecipação biológica do conceito):

> A *profundeza* que o espírito tira do interior para fora, mas que só leva até sua consciência representativa e ali a larga, como também a *ignorância* de tal consciência sobre o que diz são a mesma conexão do sublime e do ínfimo, que no organismo vivo a natureza exprime ingenuamente, na combinação do órgão de sua maior perfeição – o da geração – com o aparelho urinário. O juízo infinito, como infinito, seria a perfeição da vida compreendendo-se a si mesma. Mas a consciência da vida comporta-se como o urinar, ao permanecer na representação.[6]

Uma leitura mais detalhada dessa passagem deixa claro que o argumento de Hegel *não* é que, em contraste à mente empirista vulgar que só vê o ato de urinar, a própria atitude especulativa tem de escolher a inseminação. O paradoxo é que fazer a escolha direta da inseminação é a maneira infalível de deixá-la escapar: não é possível escolher diretamente o "significado verdadeiro": *temos* de começar fazendo a escolha "errada" (da micção), porque o significado especulativo verdadeiro só surge por meio da leitura repetida, como efeito secundário (ou subproduto) da primeira leitura "errada"... É como se, podemos acrescentar, Sara só pudesse ter seu filho depois que Agar tivesse o dela.

Mas precisamente onde está a castração aqui? Antes de Agar entrar em cena, Sara, a mulher fálica-patriarcal, continua infecunda, infértil,

---

[6] HEGEL, Georg Wilhelm Friedrich. *Fenomenologia do espírito*. Tradução de Paulo Meneses. 2. ed. Petrópolis: Vozes, 1992. Parte I, § 346, p. 220-221.

justamente por ser fálica e poderosa demais; desse modo, a oposição não é apenas entre Sara, totalmente submissa à ordem patriarcal-fálica, e Agar, independente e subversiva; ela é inerente à própria Sara em seus dois aspectos (arrogância fálica, serviço materno). A própria Sara é que é poderosa demais, dominadora demais, e que tem de ser humilhada por Agar para ter uma criança e assim entrar na ordem genealógica patriarcal. Essa castração é sinalizada pela mudança de nome, de Sarai para Sara. No entanto, Abraão também não é castrado? Com Agar, ele é capaz de conceber uma criança de maneira direta e biológica, mas fora da própria genealogia da linhagem simbólica; a concepção nessa linhagem só se torna possível pela intervenção externa de Deus, que "visita Sara". Essa lacuna entre paternidade simbólica e biológica é a castração.

A escolha islâmica por Agar, a vidente independente de Deus, em vez da doce esposa Sara fornece a primeira pista da insuficiência da noção-padrão do islã – a de um monoteísmo masculino extremo, de um coletivo de irmãos do qual as mulheres são excluídas e têm de ser veladas, pois sua "mostração" como tal é excessiva, tão perturbadora para os homens que os distrai de seu serviço para com Deus. Recordemos a ridícula proibição talibã de saltos de metal para as mulheres – como se, mesmo quando elas estão totalmente cobertas pela roupa, o tinido dos saltos ainda fosse provocador... Existe, contudo, toda uma série de características que perturba essa noção-padrão.

Primeiro, a necessidade de manter as mulheres veladas implica um universo *extremamente sexualizado* em que o próprio encontro com uma mulher é tido como uma provocação à qual nenhum homem será capaz de resistir. A repressão tem de ser intensa demais, porque o sexo em si é forte demais – que tipo de sociedade é essa na qual o tinido de saltos de metal pode levar os homens a uma explosão de luxúria? Há alguns anos, um jornal relatou a história de dois jovens, uma mulher e um homem, sem nenhuma relação um com o outro, que, por causa de uma falha mecânica, ficaram presos durante algumas horas numa teleférico. Embora nada tenha acontecido, a mulher se matou logo depois: a própria ideia de estar sozinha com um estranho durante algumas horas tornou impensável a ideia de que "nada aconteceu".[7] Não surpreende que, no decorrer de

---

[7] O que parece caracterizar o espaço simbólico muçulmano é uma fusão imediata de possibilidade e efetividade: o que é meramente possível é tratado (provoca uma reação) como se tivesse efetivamente acontecido. No nível da interação sexual, quando um homem se encontra sozinho com uma mulher, assume-se que a oportunidade

sua análise do famoso sonho de "Signorelli" em *Sobre a psicopatologia da vida quotidiana,* Freud relate que foi um velho muçulmano da Bósnia e Herzegovina que lhe transmitiu a "sabedoria" de que o sexo é a única coisa que faz a vida valer a pena: "Quando o homem perde a capacidade de fazer sexo, só lhe resta morrer".

Segundo, há a própria pré-história do islã, em que Agar, embora não seja mencionada no Alcorão, é a mãe primordial de todos os árabes; e também a história do próprio Maomé, sendo Cadija (sua primeira esposa) aquela que lhe permitiu traçar a linha de separação entre verdade e mentira, entre as mensagens dos anjos e as dos demônios. Há casos em que as mensagens divinas recebidas por Maomé chegam perigosamente perto de serem fabricações autosservientes; a mais conhecida diz respeito a seu casamento com Zaynab, esposa de Zayd, seu filho adotivo. Depois de vê-la seminua, Maomé começou a cobiçá-la apaixonadamente; quando Zayd soube disso, respeitosamente "repudiou" a esposa (divorciou-se dela), para que seu padrasto pudesse seguir adiante e se casar com ela. Infelizmente o direito consuetudinário árabe proibia esse tipo de união, mas – surpresa! – o filho de Maomé recebeu em tempo uma revelação segundo a qual Alá o isentava dessa lei inconveniente (Alcorão 33-37; 33-50). Existe aqui, inclusive, um elemento do *Ur-Vater* [pai primordial] em relação a Maomé, de uma figura paterna que possui todas as mulheres em sua família estendida.

No entanto, um bom argumento para a sinceridade básica de Maomé é que ele próprio foi o primeiro a duvidar radicalmente da natureza divina de suas visões, rejeitando-as como sinais alucinatórios de loucura ou como casos de completa possessão demoníaca. Sua primeira revelação ocorreu durante seu retiro de Ramadã fora de Meca: ele viu o arcanjo Gabriel, que lhe incitava: "Recite!" (*Qarā*, daí *Qur ān*). Maomé achou que estava enlouquecendo e, como não queria passar o resto da vida como "idiota do povo" de Meca, preferindo a morte à desgraça, decidiu se jogar de um alto rochedo. Mas então a visão se repetiu. Ele ouviu uma voz das alturas dizendo: "Ó Maomé, tu és o apóstolo de Deus, e eu sou Gabriel". No entanto, nem mesmo essa voz o tranquilizou, então ele voltou para casa lentamente e, em profundo desespero, disse a Cadija, sua primeira esposa: "Cubra-me com uma manta, enrole-me em uma

---

foi aproveitada, que eles "fizeram aquilo", que o ato sexual aconteceu. No nível da escrita, é por isso que os muçulmanos são proibidos de usar papel no banheiro: versos do Alcorão *poderiam ter sido* escritos ou impressos nele...

manta". Ela o cobriu, e ele lhe explicou o que havia acontecido: "Minha vida corre perigo". E Cadija respeitosamente o consolou.

Quando, durante visões subsequentes do arcanjo Gabriel, as dúvidas de Maomé persistiram, Cadija pediu que Maomé lhe avisasse quando o visitante retornasse, para que pudessem verificar se realmente se tratava de Gabriel ou apenas de um demônio comum. Assim, da vez seguinte, Maomé disse a Cadija: "Este é Gabriel, que acabou de aparecer para mim". Cadija respondeu: "Venha cá e sente-se na minha perna esquerda". Maomé o fez, e ela disse: "Você consegue vê-lo?". "Sim." "Então vire-se e sente-se na minha perna direita." Assim ele o fez, e ela perguntou: "Consegue vê-lo?". Quando ele respondeu que sim, Cadija finalmente pediu que ele se sentasse no colo dela e, depois de revelar sua figura e retirar o véu, perguntou de novo: "Consegue vê-lo?", e ele respondeu: "Não". Ela então o tranquilizou: "Alegre-se e abra seu coração, ele é um anjo e não um demônio". (Há uma outra versão dessa história em que, no teste final, além de ter se revelado, Cadija fez Maomé "entrar em sua roupa" (penetrá-la sexualmente), e em seguida Gabriel partiu. O pressuposto subjacente é que, enquanto um demônio luxurioso teria permanecido para desfrutar da visão do coito, um anjo autêntico teria educadamente se retirado de cena.) Só depois que Cadija deu a Maomé essa demonstração da legitimidade de seu encontro com Gabriel é que ele se livrou das dúvidas e conseguiu se dedicar à função de porta-voz de Deus.[8]

Maomé, portanto, primeiro vivenciou suas revelações como sinais de alucinações poéticas. Sua reação imediata a elas foi: "Agora, nenhuma das criaturas de Deus me era mais odiosa que um poeta extasiado ou um homem possuído". Quem o salvou dessa incerteza insuportável, bem como do destino de ser um pária social, foi Cadija, *uma mulher* – ou seja, a primeira pessoa que acreditou na mensagem dele, a primeira muçulmana. Na cena descrita anteriormente, ela representa o "grande Outro" lacaniano, a garantia da Verdade da enunciação do sujeito, e é apenas na forma desse suporte circular, por meio de alguém que acredita nele, que Maomé pode acreditar na própria mensagem e assim servir como mensageiro da Verdade para os fiéis. A crença nunca é direta: para que eu acredite, alguém precisa acreditar em mim, e aquilo em que acredito é essa crença do outro em mim. Recordemos o proverbial e duvidoso herói ou líder que, apesar de desesperado, cumpre sua missão porque

---

[8] A única ocasião posterior em que a intervenção demoníaca corrompe suas visões é o famoso episódio dos "versos satânicos".

os outros (seus seguidores) acreditam nele e porque ele não suporta a possibilidade de desapontá-los. Existe pressão maior que aquela que experimentamos quando uma criança inocente olha em nossos olhos e diz: "Mas eu acredito em você!"?

Anos atrás, algumas feministas (em particular Mary Ann Doane) acusaram Lacan de privilegiar o desejo masculino: somente os homens podem desejar plena e diretamente, enquanto as mulheres só podem desejar a desejar, imitando histericamente o desejo. Com respeito à crença, devemos inverter as coisas: as mulheres acreditam, enquanto os homens acreditam naqueles que acreditam neles.[9] Aqui, o tema subjacente é o do *objet petit a*: o outro que "acredita em mim" vê em mim algo mais que eu mesmo, algo de que eu mesmo não tenho ciência, o *objeto a* em mim. Segundo Lacan, as mulheres são, para os homens, reduzidas ao *objeto a*. Mas e se na verdade for o contrário? E se o homem deseja seu objeto de desejo sem saber da causa que o faz desejá-lo, enquanto a mulher é centrada de modo mais direto na causa do desejo (*objeto a*)?

Devemos dar toda a importância a essa característica: a mulher tem um conhecimento da verdade que precede até mesmo a própria compreensão do profeta. O que complica ainda mais o quadro é o modo preciso da intervenção de Cadija: o modo como ela conseguiu traçar a linha de separação entre verdade e mentira, entre revelação divina e possessão demoníaca, *apresentando-se (interpondo) a si mesma, seu corpo descoberto, como inverdade encarnada*, como uma tentação para um anjo verdadeiro. Mulher: uma mentira que, em sua melhor forma, sabe que é mentira encarnada. O oposto de Espinosa, para quem a verdade é indício de si própria e da mentira – aqui a mentira é indício de si própria e da verdade.

É dessa maneira que a demonstração da verdade de Cadija é realizada por sua provocadora "mostração" (revelação, exposição) (207). Desse modo, não podemos simplesmente opor o "bom" islã (reverência pelas mulheres) ao "mau" islã (opressão das mulheres pelo véu), e a questão principal não é apenas retornar às "origens feministas reprimidas" do islã, renovar o islã em seu aspecto feminino por meio desse retorno: essas origens reprimidas são, simultaneamente, as mesmas origens da

---

[9] Uma vez tive um daqueles sonhos comuns e asquerosamente autocomplacentes: o sonho de que eu ganhava um grande prêmio; minha primeira reação *no sonho* foi de que poderia não ser verdade, que era apenas um sonho, e o resto do sonho foi meu esforço (no final, bem-sucedido) de me convencer, apelando a uma série de indícios, de que não era sonho, mas realidade. Aqui, a tarefa interpretativa é descobrir quem era a mulher oculta no sonho, quem era minha Cadija.

opressão das mulheres. A opressão não oprime só as origens, ela tem de oprimir *suas próprias* origens. O elemento-chave da genealogia do islã é essa passagem da mulher como a única que pode verificar a Verdade em si para a mulher que, por sua natureza, carece de fé e razão, trapaceia e mente, provoca os homens, interpondo-se entre eles e Deus como mancha perturbadora, e que por isso tem de ser apagada, tem de se tornar invisível e controlada, pois seu gozo excessivo ameaça engolir os homens.

A mulher como tal é um escândalo ontológico, sua exposição pública é uma afronta a Deus. Ela não é simplesmente apagada, mas também readmitida num universo rigorosamente controlado cujas fundações fantasmáticas são discerníveis mais claramente no mito da eterna virgem: as (mal-)afamadas *houris*, as virgens que esperam os mártires no Paraíso e que nunca perdem a virgindade – depois de cada ato de penetração, o hímen é magicamente restituído. A fantasia aqui é a do reino indiviso e imperturbado da *jouissance* fálica, de um universo em que todos os traços da *autre jouissance* feminina foram apagados (255-6). A reação mais profunda de uma mulher muçulmana, quando lhe perguntam por que ela usa o véu voluntariamente, é explicar que ela o faz "por vergonha diante de Deus", para não ofender a Deus: na exposição da mulher há uma protuberância erétil, uma qualidade obscenamente intrusiva, e essa combinação de intrusão visual e conhecimento enigmático é explosiva, perturba o próprio equilíbrio ontológico do universo.

Então como devemos interpretar, nesse contexto, medidas administrativas como a do Estado francês, que proibiu jovens muçulmanas de usarem véu nas escolas? Aqui o paradoxo é duplo. Primeiro, a lei proíbe algo que também classifica como exposição erétil – um sinal, forte demais para ser permissível, de identidade que perturba o princípio francês de cidadania igualitária, ou seja, usar o véu, dessa perspectiva republicana francesa, também é uma "mostração" provocadora. O segundo paradoxo é o fato de que *essa proibição do Estado proíbe a própria proibição* (215), e talvez essa proibição seja a mais opressiva de todas. Por quê? Porque ela proíbe a própria característica que constitui a *identidade* (socioinstitucional) do outro: ela desinstitucionaliza essa identidade, transformando-a numa idiossincrasia pessoal irrelevante. Essa proibição das proibições cria o espaço do Homem universal para quem todas as diferenças (econômicas, políticas, religiosas, culturais, sexuais...) são indiferentes, uma questão de práticas simbólicas contingentes, etc. Contudo, esse espaço é realmente neutro em relação ao gênero? Não – mas não no sentido da hegemonia secreta da lógica "falocêntrica" masculina. Ao contrário, o espaço sem um lado de fora legítimo, o espaço não marcado por nenhum corte que traçaria uma linha de inclusão/exclusão, é um não-Todo "feminino" e, como tal, um espaço oniabrangente, um espaço sem lado de fora, no qual estamos todos situados dentro de um tipo de oniabrangente "feminilidade absoluta, um Mundo-Mulher" (217) que envolve a todos nós. Nesse universo, com sua proibição da proibição, não existe culpa; mas essa ausência de culpa é paga por um aumento insuportável da angústia. A proibição das proibições é um tipo de "equivalente geral" de todas as proibições, uma proibição universal e portanto universalizada, uma proibição de toda alteridade real: proibir a proibição do outro é o mesmo que proibir sua alteridade. Nisso reside o paradoxo do universo multiculturalista tolerante da multidão de estilos de vida e outras identidades: quanto mais tolerante, mais ele se torna opressivamente homogêneo. Martin Amis atacou recentemente o islã por ser a mais entediante de todas as religiões, por exigir que seus fiéis repitam e repitam os mesmos rituais estúpidos e aprendam de cor as mesmas fórmulas sagradas – ele estava profundamente errado: é a tolerância multicultural e a permissividade que representam o verdadeiro tédio.

Voltando ao papel das mulheres na pré-história do islã e, devemos acrescentar, à história da concepção de Maomé, em que nos deparamos de novo com um misterioso cenário "entre-as-duas-mulheres". Depois de trabalhar com argila em sua propriedade, Abdalá, o futuro pai de Maomé, foi à casa de uma mulher e tentou seduzi-la; apesar de desejosa, ela o rejeitou por conta da argila que ele tinha no corpo. Ele foi embora, lavou-se, voltou para sua esposa Amina e fez sexo com ela, e assim Amina concebeu Maomé. Ele então procurou mais uma vez a outra mulher e perguntou se ela ainda o queria. Ela respondeu: "Não. Quando passaste por mim havia uma luz entre seus olhos. Eu o chamei e você me repugnou. Tu voltaste para Anima e ela levou a luz embora". A esposa oficial, portanto, ganha a criança, enquanto a outra mulher obtém conhecimento: ela vê em Abdalá mais do que vê o próprio Abdalá; ela vê a "luz", algo que ele tinha sem saber, algo que existe nele mais que ele mesmo (o espermatozoide que conceberia o Profeta), e é esse *objeto a* que gera o desejo dela. A posição de Abdalá é como a do herói em um romance policial que de repente é perseguido, até ameaçado de morte, porque sabe de alguma coisa que poderia desencadear um crime poderoso, embora ele mesmo (ou ela – geralmente esse herói é uma mulher) não saiba o que é. Abdalá, em seu narcisismo, confunde o *objeto a* dentro dele com ele mesmo (confunde o objeto e a causa do desejo da mulher), e é por isso que, quando retorna a ela depois, assume erroneamente que ela ainda o deseja.

Essa confiança no feminino (e ainda por cima na mulher que lhe é estranha) é a fundação reprimida do islã, seu não-pensado, aquilo que ele se esforça para excluir, apagar, ou pelo menos controlar, mas que, não obstante, continua o assombrando, pois é a própria fonte de sua vitalidade. Por que, então, as mulheres no islã são uma presença tão traumática, um escândalo tão ontológico, que precisam ser veladas? O verdadeiro problema não é o horror da exposição descarada do que está por trás do véu, mas sim a natureza do próprio véu. Devemos associar esse véu feminino à leitura lacaniana da anedota sobre a competição entre dois pintores da Grécia Antiga, Zêuxis e Parrásios, para saber quem pintaria a ilusão mais convincente.[10] Primeiro, Zêuxis pintou um quadro de uvas tão realista que os pássaros foram atraídos e bicaram a tela tentando comer os frutos. Parrásios venceu, no entanto, ao pintar uma cortina tão realista na parede do quarto que Zêuxis, ao ver a pintura, pediu: "Então, agora abra a cortina e mostre o que pintou!". Na pintura de Zêuxis, a ilusão foi tão convincente que a imagem foi tomada como coisa real; na pintura de Parrásios, a ilusão residia na própria noção de que o que vemos diante de nós é apenas um véu que encobre a verdade oculta. É assim também que, para Lacan, funciona a mascarada feminina: ela usa uma máscara para nos fazer reagir como Zêuxis na frente da pintura de Parrásios – *Então, retire a máscara e nos mostre quem você realmente é!* A situação é homóloga em *Como gostais*, de Shakespeare, em que Orlando está completamente apaixonado por Rosalinda, que, para testar o amor dele, disfarça-se de Ganimedes e, como homem, interroga Orlando a respeito de seu amor. Ela ainda assume a personalidade de Rosalinda (em um disfarce duplo, ela finge ser Ganimedes fingindo ser Rosalinda) e convence sua amiga Célia (disfarçada de Aliena) a casá-los numa cerimônia falsa. Nessa cerimônia, Rosalinda literalmente finge fingir que é o que é: a própria verdade, para triunfar, tem de ser *encenada* num engano redobrado. Podemos assim imaginar Orlando, depois da falsa cerimônia de casamento, voltando-se para Rosalinda-Ganimedes e lhe dizendo: "Você representou Rosalinda tão bem que quase me fez acreditar que era ela; agora pode voltar ao que é e ser Ganimedes de novo".

---

[10] LACAN, Jacques. *O seminário, livro 11: os quatro conceitos fundamentais da psicanálise*. Tradução de M. D. Magno. 2. ed. Rio de Janeiro: Jorge Zahar, 1996. p. 100-101.

Não é acidental que os agentes dessas duplas mascaradas sejam sempre mulheres: enquanto o homem só pode fingir ser mulher, só a mulher pode fingir ser homem que finge ser mulher, pois é só a mulher que pode *fingir ser algo que é* (uma mulher). Para explicar essa condição especificamente feminina do ato de fingir, Lacan se refere a uma mulher *velada* que usa um pênis falso escondido para evocar o fato de que ela é um falo: "Assim é a mulher por trás de seu véu: é a ausência do pênis que faz dela o falo, objeto do desejo. Evoquem essa ausência de maneira mais precisa, fazendo-a usar um mimoso postiço debaixo do (tra)vestido de baile a fantasia, e vocês, ou sobretudo ela, verão que tenho razão".[11] Aqui a lógica é mais complexa do que pode parecer: não é apenas que o pênis obviamente falso evoque a ausência do pênis "real". Em um paralelo estrito com a pintura de Parrásios, a primeira reação do homem ao ver os contornos do pênis falso é: "Tire essa coisa falsa ridícula e mostre o que há por trás dela!". O homem, desse modo, não entende que o pênis falso é a coisa real: o "falo" que constitui a mulher é a sombra gerada pelo pênis falso, ou seja, o espectro do falo "real" inexistente por trás da cobertura do falo falso. Nesse sentido preciso, a mascarada feminina tem a estrutura de mimetismo, pois, para Lacan, no mimetismo eu não imito a imagem na qual quero me encaixar, mas sim aqueles traços da imagem que parecem indicar a existência de alguma realidade oculta por trás dela. Assim como acontece com Parrásios, eu não imito as uvas, mas o véu. "O mimetismo dá a ver algo enquanto distinto do que poderíamos chamar um *ele-mesmo* que está por trás."[12] A condição do próprio falo é a do mimetismo. O falo é, no fundo, um tipo de mancha no corpo humano, uma característica excessiva que não se encaixa no corpo e assim gera a ilusão de outra realidade oculta por trás da imagem.

Isso nos leva de volta à função do véu no islã: e se o verdadeiro escândalo que o véu tenta encobrir não for o corpo feminino por trás dele, mas a *inexistência* do feminino? E se, consequentemente, a função última do véu seja precisamente sustentar a ilusão de que *há* algo, a Coisa substancial, por trás do véu? Os verdadeiros interesses do véu muçulmano se tornam ainda mais claros se, seguindo a equação de Nietzsche entre verdade e mulher, transpusermos o véu feminino para o véu que esconde a Verdade definitiva. A mulher é uma ameaça porque representa

---

[11] LACAN, Jacques. *Escritos*. Tradução de Vera Ribeiro. Rio de Janeiro: Zahar, 1998. p. 840.

[12] LACAN, Jacques. *O seminário, livro 11: os quatro conceitos fundamentais da psicanálise*, p. 98.

a "indecidibilidade" da verdade, uma sucessão de véus por trás dos quais não há um núcleo final escondido; ao cobri-la, criamos a ilusão de que existe, por trás do véu, a Verdade feminina – a horrível verdade da mentira e do engano, é claro. Nisso reside o escândalo oculto do islã: apenas a mulher, a própria incorporação da natureza indiscernível de verdade e mentira, pode garantir a Verdade. Por essa razão ela tem de continuar velada.

E isso nos leva de volta ao assunto com o qual começamos: a mulher e o Oriente. A verdadeira escolha não é entre o islã masculino do Oriente Próximo e a espiritualidade mais feminina do Extremo Oriente, mas sim entre a elevação realizada pelo Extremo Oriente da mulher a Deusa-Mãe, substância geradora-e-destruidora do Mundo, e a desconfiança muçulmana da mulher, que, paradoxal e negativamente, exprime de modo muito mais direto o poder traumático-subversivo-criativo-explosivo da subjetividade feminina.

4. Todo livro é como uma fortaleza: a carne foi feita verbo
Gunjević

Sou apenas um rapaz americano da geração MTV
Já vi todo tipo de garoto em comerciais de refrigerante
E nenhum deles se parece comigo
Então comecei a procurar uma luz fora dessa sombra
E a primeira coisa que fez sentido quando a escutei
Foi a palavra de Maomé, que a paz esteja com ele

A shadu la ilaha illa Alá
Não há Deus senão Deus

Se meu pai me visse agora – há correntes em meus pés
Ele não entende que às vezes um homem
Precisa lutar pelo que acredita
E eu acredito que Deus é grande, louvado seja
Se eu morrer, me elevarei aos céus
Como Jesus, que a paz esteja com ele

Viemos para lutar na Jihad, e nossos corações eram puros e fortes
Quando a morte se espalhou pelo ar, todos oferecemos nossas orações
E nos preparamos para o martírio
Mas Alá tem outro plano, um segredo não revelado
Agora me arrastam de volta com um saco na cabeça
Para a terra dos infiéis

A shadu la ilaha illa Alá
A shadu la ilaha illa Alá[1]

---

[1] Steve Earle, "John Walker's Blues", do disco *Jerusalem* (Artemis Records, 2002). "I'm just an American boy raised on MTV/And I've seen all those kids in the soda pop ads/But none of 'em looked like me/So I started lookin' around for a light out

Os cartógrafos do Império, que delimitaram as fronteiras do mundo com vidas humanas e arame farpado, não carregaram o fardo de ler ou imprimir livros. Mas são constrangidos por leitores imprevisíveis e perigosos, leitores que o Império deliberadamente tentou transformar em iliteratos criando para eles a ilusão de liberdade, direitos humanos e democracia. Um desses leitores incomuns foi um jovem de nome comum, John Walker Lindh. Sua vida é descrita por Steve Earle (que durante muitos anos esteve às margens da lei) na maravilhosa canção "John Walker's Blues". John Walker foi o talibã norte-americano preso no Afeganistão depois de uma tentativa frustrada de se tornar mártir. Na luta contra seus antigos compatriotas e aliados, John Walker não conseguiu morrer por Alá. Que ironia! Ele foi criado assistindo à MTV, como diz a canção, e ao ouvir as palavras do profeta Maomé (primeira coisa que fez sentido para ele), o jovem Walker abraçou o islã e respondeu prontamente ao chamado do "McJihad" afegão. No entanto, em vez de morrer na luta contra os infiéis, ele acabou preso a correntes atrás do arame farpado. O Bom Alá tinha outro plano para esse rapaz infeliz, um plano que só Ele conhecia. Walker é uma figura paradigmática. Seu martírio fracassado confirma o que já havíamos aprendido com Louis Althusser: não existe leitura inocente, e cada um de nós deve dizer de que leitura somos culpados. Essa afirmação de Althusser se aplica a qualquer lugar de uma maneira tão apropriada quanto a leitura do Alcorão. Se resolvermos ler o Alcorão como John Walker leu, vamos nos expor a inúmeros perigos. Não porque o Alcorão proíbe a leitura de livros "perigosos" como *Os versos satânicos*, *Meu nome é vermelho* ou *Lendo Lolita em Teerã*, mas sim porque o texto alcorânico é um campo referencial, uma chave hermenêutica e um parâmetro que encoraja leitores perigosos. O que acontece quando um não muçulmano lê o Alcorão, uma vez que o próprio Alcorão proíbe não muçulmanos de lerem o texto sagrado? Só poderemos entender o que não desejávamos saber se persistirmos em não levar a sério essa proibição. Justamente aquilo que aprendemos a negar

---

of the dim/And the first thing I heard that made sense was the word/ Of Mohammad, peace be upon him//A shadu la ilaha illa Allah/There is no God but God// If my daddy could see me now – chains around my feet/ He don't understand that sometimes a man/Has got to fight for what he believes/And I believe God is great, all praise due to him/And if I should die, I'll rise up to the sky/Just like Jesus, peace be upon him//We came to fight the Jihad and our hearts were pure and strong/As death filled the air, we all offered up prayers/And prepared for our martyrdom/But Allah had some other plan, some secret not revealed/Now they're draggin' me back with my head in a sack/To the land of the infidel//A shadu la ilaha illa Allah/A shadu la ilaha illa Allah".

servirá de Estrada Real para nosso entendimento. Todo livro é como uma fortaleza que não pode ser conquistada por fora. Do contrário, acharíamos ser suficiente a leitura que nos obrigam a fazer na escola. Não se pode obter nada de uma leitura feita sob pressão. Se todo livro é uma fortaleza, eles precisam ser conquistados por dentro: é preciso haver o desejo de dominar o texto com uma intenção subjetiva. Somente esse tipo de leitura se torna uma luta de classes, e dizemos isso com uma pitada de anacronismo irônico. Daí a leitura ser primordialmente uma forma múltipla de comunicação e um *locus* de lutas ideológicas, como sempre foi dito por Roland Barthes.[2]

Se nos aventurarmos nessa leitura no contexto de classes, encontraremos ferramentas e companheiros de viagem para ajudar na escalada dessas fortalezas textuais. Minha sugestão aqui é encontrar ferramentas que nos auxiliem amplamente na leitura do texto alcorânico, pois ler numa época dominada pela "imagem" não é mais algo que se faz nas horas vagas, ou como privilégio de uma minoria dominante, mas antes como prática diária de resistência aos sistemas interligados de poder e controle. É por esse motivo que estratégias de leitura se tornaram categoria fundamental das estratégias políticas. Comecemos com o chamado para a leitura do Alcorão, na *Sura* 96, 1-5, para definirmos uma possível estratégia de leitura. Além disso, esta foi a primeira sura alcorânica publicada:

> Lê, em nome de teu Senhor que criou
> Que criou o ser humano de uma aderência
> Lê, e teu Senhor é O mais Generoso
> Que ensinou a escrever com o cálamo,
> Ensinou ao ser humano o que ele não sabia.

---

[2] Hoje a prática da leitura concretiza uma reação ao terror da mídia. O papel do "terror da mídia" dentro do Império é tripartite. Primeiro, ela nos terroriza constantemente com imagens de violência feitas para destruir a leitura e o pensamento. Segundo, o terror da imagem sistematicamente solapa e redefine nosso passado ao nos saturar e nos inundar com uma quantidade enorme de informações, impossível de processar. E, terceiro, ao nos aterrorizar com o uso de imagens violentas, a intenção é injetar permanentemente amnésia de uma maneira *dromológica* para criar uma matriz violenta de "novas formas de instrução" que impõem a falta de instrução e a catatonia. Em *The Practice of Everyday Life* [A prática da vida quotidiana], Michel de Certeau escreve que "Barthes distinguia três tipos de leitura: a que para no prazer provocado pelas palavras, a que se apressa até o fim e 'desmaia de expectativa' e a que cultiva o desejo de escrever: o modo erótico, o modo caçador e o modo iniciatório de leitura. Há outros, nos sonhos, na batalha, no autodidatismo, etc." (Berkeley: University of California Press, 1984, p. 176).

O texto alcorânico, de maneira particular, tanto interioriza quanto resume a leitura que é feita aqui. Aparentemente, o texto pretende obstruir a leitura universal para a qual o leitor é convocado porque o Alcorão deve ser aprendido de cor, interiorizado, para que possa ser sempre recitado. Palavra e livro são uma coisa só. É por isso que não deveríamos nos admirar das palavras de Sufi Abul Qasim Gurgani, que compara o homem ao livro, afirmando que o homem é o livro no qual se reúnem todos os livros divinos e naturais. Ao ler e memorizar o Alcorão, a carne do texto se torna a alma do leitor. A carne do texto simultaneamente se torna a palavra e o modelo de comunicação. Disso se segue que a substância da mensagem alcorânica é excepcionalmente importante se houver um imperativo para que os leitores memorizem o texto. Embora esse chamado seja voltado apenas para os muçulmanos, por que nós, não muçulmanos, não levamos a sério o bastante essa convocação à leitura do Alcorão? À falta de outra razão, portanto, desde que não estraguemos nossa vida como John Walker estragou a dele, não nos tornamos um *homo sacer*. Não basta se esconder por trás das próprias derrotas, buscando justificações estúpidas e desculpas baratas por meio da evocação do destino [*kismet*], palavra que não aparece em lugar nenhum do Alcorão, palavra inventada por Karl May, autor alemão da série de romances de aventura *Winnetou*, ambientada no Velho Oeste americano.

Um dia, quando tivermos tempo para escrever uma genealogia de nossos fracassos, nossas incapacidades e nossas decepções, os livros que não lemos por quaisquer motivos terão espaço importante nesse estudo. Além das músicas que nunca escutamos, dos filmes que nunca vimos ou dos antigos arquivos e mapas que nunca exploramos, os livros que nunca lemos serão os indicadores de nossos anacronismos e de nossa humanidade imperfeita. Somente quando nossos sistemas de defesa imaginados se desintegrarem e formos traídos por nossos próprios mecanismos de negação é que a leitura preservará a dignidade do perdedor. Na verdade, não é isso que acontece hoje, quando parecemos travar uma luta que já foi perdida? Se acreditarmos que deveríamos estar salvando o que pode ser salvo, temos de aceitar a leitura dos textos que amamos odiar. O Alcorão certamente é um deles. Alguém deve voluntariamente se responsabilizar pela leitura e interpretação de livros desse tipo. Esse é certamente um texto muito valioso que deveria ser tirado, literalmente à força, da mão dos fundamentalistas. Os cristãos fundamentalistas leem o texto alcorânico como se fosse um manual de terrorismo. Ao ler o Alcorão, os fundamentalistas islâmicos querem ter o controle monocromático do texto, e com suas interpretações literais, superficiais e ultramodernas, intendam mutilá-lo, destruindo o livro inteiro no processo. Toda leitura fundamentalista e literal de um texto se rebela contra o modernismo, mas essa rebelião permanece alojada no campo da referência do discurso contra aquilo a que se rebela. Uma exegese histórica do Alcorão não é uma relativização da mensagem ou uma investida perigosa em verdades eternas; é uma ajuda que facilita a leitura até mesmo para quem não é muçulmano.

Para começar, Maxime Rodinson pode nos ser útil. Ele interpreta o Alcorão como sendo, sem dúvida, a palavra de Alá, transmitindo a mensagem da humanidade oprimida, desprezada e esgotada. Trata-se de uma mensagem àqueles que foram alvo de pecado e que, cheios de rebeldia, opuseram-se à sujeição e à injustiça. A humanidade encontrou um apelo claro por justiça e igualdade na mensagem do Alcorão. As pessoas transformaram a palavra de consolo numa ferramenta de luta contra a injustiça. Para os muçulmanos do mundo todo que acreditam na inspiração verbal do Alcorão, não pode haver dúvida: o Alcorão é um texto complexo que não pode ser reduzido à mera luta dos oprimidos que buscam a redistribuição e o cumprimento da justiça. O Alcorão é mais que um manifesto político, assim como o islã é mais que uma religião. Deus não é feito carne como no cristianismo, mas, antes, sua palavra é feita livro. Dito em termos mais poéticos, a palavra de Deus é *livrificada*. A primeira sura do Alcorão, Al-Fātihah, não é apenas uma oração dita por um muçulmano praticante durante suas cinco orações obrigatórias diárias; ela também ilumina a substância do Alcorão e transmite sua mensagem. Com efeito, nesta que foi a terceira sura a ser publicada, de acordo com os ensinamentos islâmicos, depois das suras 96 e 74, reside a essência do Alcorão:

> Louvor a Alá, O Senhor dos mundos.
> O Misericordioso, O Misericordiador,
> O Soberano do Dia do Juízo,
> Só a Ti adoramos e só de Ti imploramos ajuda.
> Guia-nos à senda reta,
> À senda dos que agraciaste;
> não às dos incursos em Tua ira nem à dos descaminhados.

Embora semelhante ao credo, a *Al-Fātihah* é, em ampla medida, um tipo de hino doxológico. Se estamos buscando o credo islâmico, não podemos nos esquecer da *Shahada*. A *Shahada* é uma declaração de fé na forma de um reconhecimento, com uma parte negativa e outra afirmativa. A *Shahada* e a *Al-Fātihah* são os núcleos de que trata o texto alcorânico. Na declaração da *Shahada*, temos uma síntese de toda a teologia islâmica da revelação e da prática islâmica: "Não há deus senão Deus e Maomé é o mensageiro de Deus". Essa fórmula pode parecer simples para nós, que "nunca fomos modernos", como diz Bruno Latour, mas não há nada mais complexo. É por isso que é importante fazer as perguntas corretas. Uma pergunta que poderia ser levantada por um leitor mal-informado de Jorge Luis Borges sobre o profeta Maomé só seria ingênua à primeira vista: "Se Maomé, o mensageiro, é um profeta, como diz o Alcorão, por que ele não realizou milagres e por que a Torá e os Evangelhos não profetizaram sua chegada?". A resposta é derridiana: *Não há verdade fora do texto.* A resposta está no texto. O Alcorão é o milagre primordial do islã. A prova de que Maomé é um profeta é a milagrosa beleza metafísica do livro que Deus revelou ao profeta.[3] O Deus de que fala o Alcorão é inefavelmente transcendente. Tudo é subordinado a essa vontade cega, e o homem deve responder a Deus. No Dia do Juízo, ele prestará contas de suas boas e más ações. Submeter-se à vontade de Deus nem sempre é fácil, porque, na história do islã, a vontade de Deus foi *encarnada* muitas vezes na instituição política do califa, cujo voluntarismo se tornou uma categoria legal na qual a plena realidade do Estado teocrático islâmico foi interpretada e construída. Essa conceituação voluntarista da realidade teve repercussões amplas para a vida do indivíduo, sua salvação e a realidade política da comunidade islâmica. Deixemos de lado por um momento o conhecimento comum que podemos encontrar em qualquer livro popular

---

[3] "O que os muçulmanos consideraram sobrenatural, e por isso completamente inimitável, foi a forma linguística do Alcorão, e não seu conteúdo. Deus fala árabe e Deus jamais comete um erro. As consequências dessa crença foram incalculáveis: gramática, retórica e poética eram voltadas para o Alcorão. O que antes era a linguagem de um extático (que posteriormente teve de legislar para sua comunidade), um texto que foi totalmente rearranjado na "versão de Uthman" e, em muitos casos, reunido a nada menos que fragmentos e sobreas restantes, agora se torna a norma estilística suprema. Agora a linguagem se tornou fixa para toda a eternidade, e não poderia ser mudada sem que piorasse. Até hoje os árabes lutam com esse dilema: eles veneram uma língua que muitos não dominam perfeitamente, alguns deles não entendem nada em absoluto, e falam dialetos que consideram apenas o resultado da decadência, e não do crescimento natural." ESS, Josef van. Muhammad and the Qur'an: Prophecy and Revelation. In: KÜNG, Hans *et al.* (Ed.). *Christianity and the World Religions: Paths to Dialogue*. Translated by Peter Heinegg. Garden City, NY: Doubleday, 1986. p. 16-17.

sobre o islã. Lidemos, antes, com aquilo que costuma ser esquecido ou deliberadamente ignorado.

O Alcorão louva grandiosamente a razão humana. Quase um oitavo do Alcorão problematiza a questão da razão justaposta ao fatalismo – nada mais que uma desculpa barata e conformada para aqueles que não reconheceram e aproveitaram sua chance. Grande parte do Alcorão é dedicada ao tema do estudo. É mais parecido com os salmos que com o Pentateuco ou os Evangelhos. "Alcorão" significa literalmente recital, livro ou ainda leitura. Recitar o Alcorão é considerada a expressão artística mais sutil e suprema no islã. Com 114 suras e 6236 versos, o texto alcorânico não tem a ligação óbvia com a narrativa que vemos no Pentateuco, ou, a propósito, as profecias de um Amós, um Jeremias ou um Jonas. As suras alcorânicas são semelhantes, em parte, a alguns aspectos da literatura sapiencial da Bíblia hebraica, principalmente do *Livro dos Provérbios*. Há suras que lembram o *Apocalipse*. Temas apocalípticos não são efêmeros na mensagem do Alcorão, tampouco o messianismo – mais perceptível na interpretação xiita, principalmente em certos movimentos xiitas e no sufismo.

Se aspirarmos à imparcialidade, a ausência de estrutura narrativa, as repetições inesperadas e a impossibilidade de reunir em um todo os temas excessivamente divergentes podem confundir e exaurir até o mais ávido dos leitores. Por outro lado, há muitas ramificações no Alcorão. Diferentes temas se sobrepõem e se relacionam das maneiras mais diversas. Na falta de outra razão, ele deve ser lido porque sua falta de linearidade não pode ser explicada facilmente, ele deve ser lido por sua falta de coesão, por sua falta de centro, pela *desordem cronológica do texto*. É justamente essa assimetria questionável e superficial que sustentamos como a qualidade mais interessante e original do texto. O fato de o texto ser repetitivo, fragmentado, desconjuntado, ou o fato de não poder ser reduzido ao denominador comum de uma interconexão banal e óbvia, são justamente os aspectos que provocam os leitores não muçulmanos e os incitam a explorar o texto. O Alcorão propõe um modelo rizomático de leitura, que significa que podemos lê-lo de maneira seletiva, ou em fragmentos, começando do fim, do meio ou do início, sem jamais perder de vista a mensagem principal. É claro, isso não é uma desvantagem ou uma falha; pelo contrário, é isso que desafia e motiva o leitor. A perspectiva é sempre clara e inequívoca, e implica: *não há Deus exceto Deus, e Maomé é o mensageiro de Deus*. Mas o próprio texto alcorânico inclui outras perspectivas que trazem à tona temas que nos interessam, dos quais fala Stephen Schwartz, recém-convertido ao islã. Schwartz sugere que o Alcorão seja um guia de conduta e uma fonte de sabedorias legais que pode ser dividido em duas categorias – a de sabedorias que lidam com outras religiões (*Sura* 5, 51) e a de sabedorias relevantes para o *jihad*, o qual, por um lado, tem reforçado a posição e a convicção de uma sociedade islâmica pura entre os fundamentalistas islâmicos de várias procedências e, por outro, tem sido tomado pelos islamofóbicos como prova de uma profunda hostilidade nutrida pelos muçulmanos para com todos os não muçulmanos.[4]

Embora haja menos atitudes exclusivas e mais atitudes conciliatórias para com os "outros" mencionados no Alcorão, se contrastadas com aquelas que Schwartz escolheu destacar, as últimas são os temas mais evocados para demonstrar a natureza agressiva do islã. Mas Schwartz está certo apenas em parte. A complexidade política e metafísica do Alcorão não pode ser reduzida a poucas disputas. Esse fato é confirmado por filósofos islâmicos e pela exegética islâmica, principalmente se considerarmos o próprio ato de traduzir o texto alcorânico do árabe para uma das línguas indo-europeias. A questão da hermenêutica e dos comentários sobre o Alcorão suscita um grande número de novos problemas, sobre os quais Enes Karić, famoso estudioso bosniano, tem o seguinte a dizer:

> Os estudiosos islâmicos concordam no seguinte ponto: o Alcorão é um livro lido de *sete* (*ou 10, ou 14*) maneiras. O próprio Maomé possibilitou isso e ajudou seus primeiros seguidores (*ashib*) a entenderem o texto alcorânico. Isso não contradiz o fato de a ortodoxia islâmica não questionar a falta de instrução do profeta islâmico. Os escribas para os quais ele ditou a revelação das suras alcorânicas durante mais de 20 anos entendiam que o Alcorão é um documento milagroso que não é *revelado/ocultado* com uma única vocalização, uma única consonantização, uma única pontuação.[5]

Se há 7, 10 ou 14 modos de ler o Alcorão, então claramente deve haver pelo menos 7, 10 ou 14 controvérsias-"chave", principalmente se o leitor não é muçulmano. Haverá provavelmente uma décima quinta interpretação, uma décima sexta ou uma décima sétima maneira de lê-lo. Leitores, fiquem atentos: o Alcorão é isotrópico, e não há uma leitura simples que

---

[4] SCHWARTZ, Stephen. *The Two Faces of Islam*. New York: Doubleday, 2002. p. 18.

[5] KARIĆ, Enes. *Hermeneutika Kur'ana*. Zagreb: Hrvatsko filozofsko društvo, 1990. p. 127 (tradução da citação para o inglês feita por Ellen Elias-Bursać).

nos conduza, sem dor e esforço, ao prazer da leitura do qual fala Barthes. O texto alcorânico está longe de qualquer noção idílica e que seria compreendida de prontidão. Justamente por ser destituído de qualquer sistema imposto e de uma coesão espacial artificial, o texto alcorânico nos deixa com múltiplas opções de leitura e interpretação. Isso é tanto uma bênção quanto uma maldição, dependendo de quem o lê e com qual propósito. Sem nenhum resquício de afetação ocidental e eurocêntrica, dizemos que o Alcorão é *literalmente* um texto pós-moderno. Antes de saltar para quaisquer conclusões, não devemos nos esquecer de que o próprio Maomé era um iliterato. Por isso é importante termos ciência da versão final de Uthman do texto alcorânico, que coloca um fim ao período formativo da comunidade islâmica.[6] Ao falar da construção da comunidade islâmica como corpo político, Hegel nos dá diversos *insights* importantes em seu *Filosofia da história*.[7]

O fenômeno do islã foi uma revolução no Oriente Médio que purificou e iluminou a alma dos árabes com o Um abstrato, tornando-o o sujeito absoluto do conhecimento e único propósito da realidade. A despeito do judaísmo, em que Jeová é o único Deus de um único povo, o Deus do islã é o Deus de todos. Qualquer raça específica, qualquer genealogia, todas as distinções de casta e reivindicações políticas de nascimento ou posse que legitimam a primazia dos privilegiados – tudo isso

---

[6] O grupo de estudiosos de Uthman, liderados pelo escriba Zaid ibn Thabit, de Maomé, foi guiado por uma lógica sobre a qual os leitores de hoje, principalmente não muçulmanos, podem apenas presumir. As suras reveladas ao profeta em Meca, que fazem da fé em um único Deus o seu tema, falam da unidade do Divino, das boas ações, de várias profecias e prometem a paz e a serenidade futuras. As revelações de Medina, por outro lado, têm como tema como os fiéis deveriam demonstrar suas boas ações, como as boas ações devem ser realizadas, como discernir o bem do mal e se comportar em relação aos outros, como surge a prosperidade e como as profecias são realizadas. Essa estrutura, em sua forma consonantal, não é diferente daquela que Uthman interpreta publicamente. Sua coerência textual e rítmica não deixa espaço para mudanças, acréscimos, abreviações ou falsificações de nenhum tipo. A beleza do discurso é tal que até mesmo os leitores que não sabem nada de árabe podem apreciá-la. Para quem lê (recita) o Alcorão em árabe, o texto é rico em rima, tem um estilo refinado e uma simplicidade de expressão. O Alcorão é único e é por isso que se tenta recitá-lo repetidas vezes. Não precisamos nos preocupar nem um pouco com o fato de que, um dia, chegaremos a ver um filme chamado *O código Da Vinci do Alcorão*. Não há um único muçulmano no mundo que, em seu pior pesadelo, sonharia com algo tão odioso. Os caricaturistas são sua pior dor de cabeça.

[7] HEGEL, Georg Wilhelm Friedrich. *Philosophy of History*. Translated by J. Sibree. Kitchener: Batoche Books, 1900.

desaparece. O objeto da subjetividade islâmica é a pura adoração do Um que constitui a atividade por meio da qual tudo que é secular deve ser subjugado ao Um. O objeto do islã é pura e voluntariamente intelectual; representações ou imagens não são toleradas. O islã é governado pela abstração, cujo objeto é conquistar o direito ao serviço abstrato; é por isso que obter esse direito fomenta um fervor tão intenso. O entusiasmo abstrato e, com isso, oniabrangente, não limitado por nada, que não encontra restrições em lugar nenhum, e a absoluta indiferença a tudo estão no núcleo do fanatismo, como Hegel nos diria. Esse *fanatismo* pelo pensamento abstrato sustenta uma posição negativa para com a ordem estabelecida das coisas. É a essência do fanatismo manter apenas uma relação destrutiva e desoladora com o concreto.[8]

A imagem do islã como uma ideologia violenta que transcende a teologia, a lei e a política pode ser interpretada pelos eventos que aconteceram depois da morte do profeta. Três dos quatro califas foram assassinados perfidamente por antigos companheiros adeptos. Essa séria insinuação da violência não é inerente à comunidade islâmica em suas origens? Hegel considera esse fanatismo capaz de qualquer elevação, uma elevação livre de todos os interesses mesquinhos que pertencem às virtudes da magnanimidade e do valor. O espírito simples dos beduínos árabes é um excelente anfitrião para a informidade que idolatra o Um, acredita nele, dá donativos, rejeita as particularidades físicas e raciais e realiza peregrinações. Isso significaria que todo muçulmano tem ciência da aversão nômade a todas as posses particulares nesse mundo. É assim que os muçulmanos são, diz Hegel, eles se assemelham ao profeta que não está acima das fragilidades humanas. E justamente por isso, Maomé é um exemplo paradigmático para os fiéis muçulmanos, como nos lembra Hegel. Um profeta, mas ainda homem, Maomé tem sucesso, com seu poderoso exemplo e autoridade, ao legitimar o monoteísmo radical. Essas ideias de Hegel presentes em *Filosofia da história* se tornaram conhecimento comum quando se contextualizam o islã e o profeta Maomé de uma perspectiva filosófica. Muito antes das infelizes caricaturas do profeta Maomé, havia um desprezo de raízes profundas no Ocidente em relação a todas as formas de valores islâmicos, em relação a tudo que era islâmico. Os muçulmanos, é claro, não eram os únicos responsáveis por essa percepção do islã. No século VIII, João Damasceno, em seus estudos

---

[8] KHAIR, Muhammed. Hegel and Islam. In: *The Philosopher*, v. 90, n. 2, 2002. Disponível em: <http://www.the-philosopher.co.uk/hegel&islam.htm>.

heresiológicos, apresentou o islã como se fosse mais uma heresia cristã. O infernologista Dante colocou o profeta e mensageiro Maomé e seu primo Ali no oitavo círculo do inferno, ou, mais precisamente, em seu nono abismo, onde estavam os propagadores da discórdia política e religiosa:

> Mudo, fiquei a contemplá-lo então.
> as mãos levou à chaga, abrindo-a, em pé,
> e disse: "Observa esta mutilação!
> Vê como retalhado está Maomé!
> à minha frente vai Ali, chorando,
> a face aberta ao meio pela fé! [...][9]
>
> Como alguém que, a partir, o pé prepara,
> transmitiu-me Maomé este recado,
> e ei-lo que para longe se dispara.[10]

O islã (e seus profetas, que, nesse ínterim, foram todos identificados) nunca deixou de representar uma ameaça ao Ocidente cristão. O mesmo se pensa sobre o islã atualmente, mas apenas os extremistas de direita dizem coisas eurocêntricas desse tipo em público. O islã é visto como uma religião despótica, teocrática, violenta e *antimoderna*. O símbolo quintessencial do islã fanático e primitivo no arquivo cultural do Ocidente é a imperdoável destruição, por ordem de Omar, da biblioteca de Alexandria, que colocou a humanidade num atraso de séculos. Isso é visto como um crime terrível de selvageria islâmica. A inferioridade cultural do Ocidente no início da Idade Média exacerbou posteriormente essa imagem. Mesmo que os árabes tenham levado Aristóteles para a Europa, o islã continuou sendo o Outro irracional. A filosofia árabe, que, pelas mãos de Avicena e Averróis, indiretamente modelaram a escolástica, alterou a imagem do islã no mundo ocidental. A escolástica ocidental clássica, com todos seus desvios políticos, jamais teria existido se não fossem os árabes. A teocracia cristã e a teocracia árabe na Idade Média não eram tão diferentes uma da outra quanto pareceriam à primeira vista. Sua semelhança era grande demais para ser apenas coincidência. Por isso o islã e seu profeta foram objeto de uma campanha apologética teológica e política tão feroz durante séculos, uma campanha cuja intensidade não diminuiu. Basta considerarmos o que os apologistas cristãos inventaram

---

[9] ALIGHIERI, Dante. *A divina comédia*. 6. ed. Tradução de Cristiano Martins. Rio de Janeiro: Villa Rica, 1991. XXVIII, p. 338.

[10] ALIGHIERI. *A divina comédia*, XXVIII, p. 342.

sobre o Alcorão e Maomé para entendermos claramente de onde vem esse desdém colonial pelo islã. É preciso mencionar Lutero aqui; ele via a difusão do islã como punição por nossos pecados. Considerava o sultão em Istambul mais devoto que o papa em sua época. Desse modo, quase não surpreende que pessoas como Tariq Ramadan sejam rotulados de hipócritas com um plano claro para a islamificação da Europa com suas "visões abertamente liberais". Uma terceira opção seria encontrada entre o fundamentalismo cristão e o liberalismo islâmico, visto que os dois entendem equivocadamente o profeta Maomé.

Há muita coisa sendo escrita hoje em dia sobre Maomé. O conhecimento mais amplamente aceito sobre ele é que o mensageiro equilibrou o misticismo apocalíptico e o ativismo político com sua vida de uma maneira profética. Esse ato de equilíbrio foi fruto não só da misericórdia de Alá, mas também da disposição contemplativa de Maomé. Depois de viagens longas e exaustivas, o futuro profeta costumava escapar da cidade para lugares isolados com o intuito de contemplar o significado da vida, da morte e a questão do bem e do mal. Em 610-611, no vigésimo sétimo dia do mês do Ramadã, enquanto meditava numa caverna no Monte Hira, Maomé teve sua primeira visão. Poderíamos descrevê-la como um "repentino despontar", o "despontar do Sol". Era como tivesse amanhecido, como se o Sol tivesse acabado de nascer. Foi dessa maneira que Maomé experimentou a presença oniabrangente do Ser que se dirigiu a ele. Os pensadores islâmicos são unânimes ao dizer que o ser que se comunicou com Maomé foi o anjo Gabriel, falando em nome de Deus.

Mas Maomé não sabia ao certo o que estava acontecendo. Ele foi arrebatado por essa experiência numinosa que o "fascinou e aterrorizou". Como ele não poderia ficar abalado ao ouvir nitidamente o imperativo divino: Lê! O Todo-Poderoso não sabia que ele era iliterato? E de novo: Lê! Não conseguiríamos imaginar como Maomé deve ter se sentido. O categórico "Lê!" era um convite para receber a instrução e obedecer a Deus, o único que ensina o homem sobre aquilo que transcende a imaginação. Ao prometer sua obediência a Deus e se submeter humildemente a sua vontade, Maomé serviria como exemplo para milhões de muçulmanos. Cadija, esposa de Maomé, resolveu a perplexidade dele de uma maneira prática. Ela o mandou para Waraqa, que, além de ser seu parente devoto mais velho, era também um *hanif*, um homem instruído, um poliglota familiarizado com as escrituras judaicas e cristãs. Waraqa encorajou Maomé e, junto a Cadija, tornou-se uma importante fonte de apoio para ele desde a primeira revelação. As revelações continuaram pelos 23 anos seguintes.

Visões, êxtases e jornadas místicas seguiram-se uma após a outra em intervalos menores e maiores. Houve uma jornada mística noturna, a *mi'raj*, em que o profeta Maomé visitou os sete céus, onde se encontrou com todos os profetas que vieram antes dele e viu o que os olhos não conseguem ver, ouviu o que os ouvidos não conseguem ouvir e compreendeu o que a mente não consegue entender. Durante seu encontro, Deus disse ao profeta para que ele exigisse dos fiéis que rezassem cinco vezes ao dia. Essa jornada se tornaria assunto inesgotável para os místicos e poetas islâmicos durante séculos, principalmente entre os pensadores sufistas. No início, o profeta escondeu suas revelações, como faz todo místico, e depois começou a compartilhá-las com um círculo pequeno e íntimo de familiares mais próximos.[11] O profeta Maomé era uma pessoa complexa, cheia de contradições, que se dedicava com igual fervor a atacar o ascetismo, a política, a guerra e os prazeres. Ele era astuto, mas não tinha dom para a oratória; era reticente, corajoso, nervoso, orgulhoso e virtuoso. Tinha a tendência de cometer gafes políticas imperdoáveis e de perdoar a estupidez e as gafes de seus companheiros de fé. Isso não o impediu de dar voz às imagens poéticas de seus próprios êxtases, que ainda nos seduzem até hoje. Esses arrebatamentos nos incitam levemente a ler o Alcorão. Mas como fazê-lo? Como escalar essa fortaleza, esse texto intransponível que desafia todos os cânones que conhecemos para a leitura? A quem podemos recorrer? Como sempre acontece quando buscamos ajuda, nós a encontramos onde menos esperamos. Nesse caso, a ajuda pode vir dos sufistas e de Alain Badiou, dois aliados sem nenhuma ligação que talvez nos forneçam os elementos constitutivos para uma estratégia de leitura. Desse modo, estou propondo aqui um modelo de leitura para

---

[11] Gradualmente a princípio, e depois à medida que a comunidade foi crescendo, Maomé, recebendo instruções do próprio Deus, começou a falar com mais e mais clareza e eloquência em público para o povo de Meca. Deus falava em árabe, e aquela era a primeira vez que Deus se comunicava com os árabes em sua língua nativa. A Bíblia ainda não havia sido traduzida para o árabe, e os judeus e cristãos pensavam que os árabes eram os selvagens e primitivos do pior tipo. Os cristãos especialmente escarneciam os árabes porque eles sequer tinham a própria igreja, como observa Rodinson, mas havia monastérios cristãos não ortodoxos ao longo da costa árabe sob o patronato persa. Apenas os missionários e poliglotas jacobitas e nistorianos davam sermões com grande paixão e entusiasmo enquanto passavam por Meca a caminho do Extremo Oriente.

o Alcorão que consistirá em duas opções que convergem numa única estratégia dentro da constituição geopolítica contemporânea do Império. A primeira opção está relacionada à poética da metafísica sufista, que está sempre na divisa da ortodoxia islâmica. Como me falta espaço, não tratarei dessa genealogia aqui. A segunda opção é materialista, uma opção com a qual me deparei sem querer na obra de Badiou: sua leitura heterodoxa das epístolas de São Paulo.

O Alcorão pode ser lido de maneira sufista, seguindo a via realizada por um dos maiores sufistas e filósofos islâmicos, Ibn Arabi, e nesse exemplo podemos acrescentar a ele alguns pensadores xiitas. Três metáforas são fundamentais para a prática sufista de leitura tanto da realidade quanto dos textos: véu, espelho e oceano. Todas as três metáforas são encontradas na metafísica poética da vasta obra de Ibn Arabi, na qual seu relato da elevação mística e da união com Deus do outro lado pareceria, à primeira vista, ser uma matriz panteísta. Na metafísica de Ibn Arabi, Deus é um verbo, e o Alcorão é visto como um livro cujo autor é, obviamente, Deus, que criou o livro e o leitor, ou seja, nós. A leitura desse texto, e da natureza, consiste em remover o véu e o espelho que reflete não só a pureza de nossa alma, mas também a luz da proximidade de Deus que brilha no mundo – um oceano de amor divino. Para os sufistas, todo discurso profético, inclusive o de Maomé, é cheio de metáforas para que todas as pessoas possam compreendê-lo. As metáforas facilitam a compreensão, embora os profetas estejam cientes do nível de entendimento daqueles cuja compreensão é plena.

> Pela mesma lógica, tudo que os profetas extraíram do conhecimento assume formas acessíveis às habilidades mentais mais abundantes, para que aquele que não entra na profundeza das coisas se detenha naquela parte, vendo-a como a mais bela das coisas existentes, enquanto um homem de entendimento mais sensível, um mergulhador que busca as pérolas da sabedoria, sabe como explicar por que a Verdade divina assumiu esta ou aquela forma mundana; ele sonda o vestuário e o tecido de que é feito e, por ele, vê tudo que ele esconde e, dessa maneira, obtém o conhecimento que continua inacessível para aqueles que não desfrutaram dessa ordem de percepção.[12]

---

[12] IBN ARABI citado por MEYEROVITCH, Eva de. *Anthologie du soufisme*. Paris: Sindbad, 1998. p. 133 (traduzido para o inglês a partir de uma versão croata de Ellen Elias-Bursać).

Aqui, junto com Ibn Arabi, podemos mencionar outros sufistas, como Rumi e Attar, que falam, assim como ele, dos estágios de desenvolvimento e dos degraus para os seres, ou outros que falam das etapas de elevação a Deus, como al Hawari, para quem o sufista perfeito se torna o espelho dos atributos de Deus. Al Harawi fala de 10 partes e as chama de estâncias. As estâncias das quais ele fala são: início, entrada, conduta, hábitos virtuosos, elementos fundamentais, vale, experiência, tutela, fatos e permanência suprema.[13] Cada uma dessas estâncias tem 10 partes, que os praticantes em uma comunidade devem dominar para ascender à estação superior. A irmandade sufi, como importante comunidade de leitura, pode nos ajudar a ler o Alcorão de uma maneira ortodoxa, mas ao mesmo tempo não ortodoxa, ou seja, ela se encontra num lugar "intermédio" paradoxal. Pessoas como Ibn Arabi ainda são acusadas de heterodoxia depois de 700 anos; contudo, o contexto da Espanha "multinacional interconfessional" em que viveu esse grande filósofo decodifica e facilita a leitura do texto alcorânico. Embora eu esteja tomando Ibn Arabi como paradigma para o leitor, poderia listar uma infinidade de outros autores sufistas, homens e mulheres, que, como Rabia de Basra ou Shihab al Din Surawardi, irradiam a luz de sua metafísica incomum nas páginas do Alcorão.

Alain Badiou pode igualmente nos ajudar nessa leitura. Usaremos as conclusões e os argumentos de Badiou a respeito do apóstolo Paulo para construir uma leitura *ad hoc* dos textos alcorânicos. Isso significa que vamos distorcer levemente a crítica de Badiou a Paulo e a aplicaremos ao profeta Maomé e ao discurso que este estabeleceu. Na opinião de Badiou, como sabemos, Paulo construiu com suas epístolas um novo discurso universalista que teria consequências extensas para a história mundial. Badiou se refere aos textos de Paulo como *intervenções* e afirma que, para ele, isso faz de Paulo um pensador-poeta dos acontecimentos e uma figura militante. Paulo quer subtrair a verdade do projeto comunitário de um povo, uma raça, um império; ele tem o intuito de fazer uma separação entre o processo da verdade e a história e a cultura concreta. Paulo é o antifilósofo que busca uma teoria para estruturar o sujeito, arrancando-o de cada identidade; Paulo constitui um sujeito legitimado pelo acontecimento. O enfoque no acontecimento assume a fidelidade do sujeito ao que está sendo declarado. A verdade é eventiva, singular,

---

[13] AL HAWARI citado por MEYEROVITCH, Eva de. *Anthologie du soufisme*. Paris: Sindbad, 1998. p. 133.

subjetiva e consiste na fidelidade à declaração do acontecimento. A verdade é um procedimento que não funciona aos poucos, que transcende a iluminação e, como tal, é independente do aparato de opiniões, no caso de Paulo, reforçadas pelo Império Romano.

Pela mesma lógica, a verdade não é iluminação, mas relacionada de maneira oblíqua a todos os subconjuntos comunitários. O processo da verdade não permite entrar em discussão com opiniões estruturais, axiomáticas ou legais estabelecidas. Para que o processo da verdade seja universal, tem de ser apoiado pela consciência subjetiva imediata de nossa própria singularidade por meio de uma operação que Badiou define como fidelidade, perseverança e amor – nada mais que uma interpretação materialista de fé, esperança e caridade. Paulo, segundo Badiou, estabeleceu o discurso cristão ao criticar o discurso grego e o judeu, buscando uma trajetória oblíqua e confiando em sua própria experiência, a qual não era legitimada por nenhuma instituição ou lei. Ao contrário dos gregos, que buscam a sabedoria, Paulo constrói uma antifilosofia radical que questiona as leis cósmicas e naturais. A despeito de uma filosofia que planeja explicar, a antifilosofia de Paulo revela; por isso Badiou, previsivelmente, compara Paulo a Pascal, para quem a filosofia do escárnio era, em si, uma forma de filosofia. Paul abarca a loucura e a impotência porque Deus, como diz Paulo em sua primeira epístola aos coríntios, escolheu *as coisas que não são – nulificar as coisas que são*. Não admira que Paulo tenha tido pouco sucesso em Atenas. Ele teve a mesma experiência com os judeus da diáspora.

O discurso judeu introduz a figura subjetiva do profeta. Os judeus buscam um sinal e um milagre. Sua percepção de exceção desafia a totalidade da ordem cósmica, tão importante para os gregos. A Proclamação de Paulo para os judeus é uma blasfêmia escandalosa, porque eles pensam que Paulo, com seu discurso apostólico, está negando a lei de Deus. Assim como os gregos, que, num importante nível simbólico, definem-se como não judeus, sentem que a ordem cósmica do *logos* é fundamental, para os judeus a revelação no Sinai e a União de acordo com a Lei são o que importa. Paulo inverte as coisas aqui, criando seu próprio projeto que transcende os dois discursos. Como explica Badiou:

> É fundamental, para o destino do labor universalista, livrá-lo dos conflitos de opiniões e do enfrentamento de diferenças costumeiras. A máxima mais importante é: *"me eis diakriseis dialogismon"* (não seja um discutidor de opiniões) (Rom 14:1).

A frase ainda é mais impressionante porque "diakrisis" significa essencialmente "discernimento das diferenças". Paulo dedica-se exatamente ao imperativo de não comprometer o procedimento de verdade na chicana das opiniões e das diferenças. Certamente, uma filosofia pode discutir opiniões; é precisamente o que, para Sócrates, a define. Mas o sujeito cristão não é um filósofo e a fé não é nem uma opinião, nem uma crítica das opiniões. A militância cristã deve ser uma travessia indiferente às diferenças mundanas e evitar qualquer casuística dos costumes.[14]

Para ele, ambos os discursos, o grego e o judaico, eram dois aspectos da mesma realidade, duas faces da mesma figura do *Mestre*, como coloca Badiou em termos lacanianos. A lógica universal da salvação não pode ser baseada numa totalidade da maneira como é tematizada pela filosofia, tampouco nas exceções à totalidade como são tematizadas pela Bíblia hebraica, ou seja, a Lei. A lógica da salvação baseia-se em um acontecimento trans/cósmico e antinomiano. Mas esse acontecimento trans/cósmico e antinomiano na lógica da salvação deve ser entendido apropriadamente. Não basta ser um filósofo que conhece as verdades eternas, muito menos ser um profeta que conhece o sentido unívoco do futuro. É preciso se tornar apóstolo, um militante da verdade que declara fielmente o acontecimento de uma nova possibilidade radical que não depende tão somente da graça eventiva, como coloca Badiou em termos enigmáticos. Em outras palavras, um apóstolo conhece pouco em relação ao filósofo e ao profeta. O apóstolo tem certeza do que aprendeu, porque tem certeza de que é somente afirmando sua ignorância que ele pode se dedicar à loucura de sua narrativa.

Mas o que é de excepcional importância para nós nesse ponto é o "quarto discurso", que Paulo menciona modestamente apenas em alguns lugares. Esse é o discurso místico. O que é chamado de quarto discurso é um discurso da exaltação subjetiva permeado pela intimidade mística e silenciosa das palavras indizíveis. Paulo é uma pessoa excessivamente inteligente que se recusa a apelar a declarações privadas para apoiar a graça eventiva da Proclamação universal. Paulo não é demagogo nem fundamentalista. O que é indizível deve continuar indizível. Não faz sentido convencer o leitor de seus êxtases privados, embora Paulo os tenha

---

[14] BADIOU, Alain. *São Paulo: a fundação do universalismo*. Tradução de Wanda Caldeira Brant. São Paulo: Boitempo, p. 117.

experimentado sem dúvida nenhuma. Paulo sente que tentar fazer isso poderia prejudicar todo o projeto, que reuniu apenas um punhado de devotos e simpatizantes. A novidade radical da Proclamação Cristã tinha de ser preservada das referências aos fenômenos privados, como transes extáticos, experiência místicas e a iniciação numa *gnosis* sobrenatural. A sabedoria e a realização de milagres abrem caminho para a Proclamação, que se torna a fonte de poder. Para mim, essas constatações de Badiou são muito importantes.

Fazendo alusão à *Lógica* de Hegel, Badiou sustenta que Hegel mostra como o "o Saber absoluto de uma dialética ternária exige um quarto termo".[15] Esse quarto termo, como Hegel o chamou, não poderia ser conectado ao discurso islâmico? Esse discurso, como vimos, não é o discurso do êxtase? Esse discurso não é o discurso da exaltação subjetiva, do sujeito movido por um milagre? Esse discurso não é o discurso do não discurso de Maomé? Não é ele um texto místico que o profeta recebeu em diferentes êxtases, em uma descontinuidade temporal que dura mais de 20 anos? Com uma pequena inversão, respondo essas questões na afirmativa. Para mim, é suficiente que um quarto discurso seja aberto para o espaço do islã, um espaço no qual os não muçulmanos possam ler o Alcorão de uma maneira totalmente nova. Sustento ser de extrema importância ler o Alcorão como um texto místico que, com seus *insights* místico-poéticos, incorpora o discurso extático. Essa é uma forma extremamente radicalizada do que Paulo descreve como discurso exaltado, um não discurso voltado para nós.

A seu modo ingênuo muito próprio, Nietzsche falou sobre isso em *O anticristo*, justapondo Paulo e Maomé, ao dizer que o profeta *tomou emprestado* tudo de Paulo. Não cometeremos erro nenhum se atribuirmos os êxtases místicos de Maomé ao discurso do não discurso, ao discurso íntimo e silencioso que, depois de 23, tornar-se-ia texto. Se entendermos o texto alcorânico dessa maneira, chegaremos a um lugar em que nossa leitura pode ser fonte de uma *bênção* incomum, uma bênção que recebemos por essa leitura que surge do fato de que compreenderemos melhor o Alcorão, o que acredito ser importante. Nossa leitura nesse padrão será menos pretensiosa, menos circunscrita pelo jurídico e certamente menos pomposa nos termos da modernidade. O que pode ser incomum e confuso na bênção é que, depois de tal leitura, podemos nos sentir da mesma maneira como nos sentimos depois de ler os textos de

---

[15] BADIOU. *São Paulo: a fundação do universalismo*, p. 52.

Jacques Derrida, nos quais a verdade é sempre adiada. Com essa leitura, estamos claramente cambaleando rumo a uma leitura canônica do próprio Alcorão, uma leitura que vai essencialmente contra todos aqueles leitores islâmicos que leem o texto sobretudo em termos jurídicos e modernistas. Essas leituras são muito comuns hoje em dia nas madraçais rurais do movimento Wahhabi e em outros enclaves fundamentalistas por todo o Império, nos quais os apóstatas são executados, apesar do fato de o Alcorão dizer que não deve haver coerção em questões de fé. A diferença, como sempre, está na interpretação dos versos.

Se lermos o texto alcorânico como o discurso místico de um extático, como proposto em parte por Fethi Benslama, Christian Jambet e Slavoj Žižek, chegaremos à conclusão de que a psicanálise de Jacques Lacan não é meramente um conhecimento comum, mas também pode servir como uma chave interpretativa que nos ajudará mais que a mera filologia. Isso porque Lacan diz que devemos buscar a verdade do texto no erro, no sonho, na repetição e nas descontinuidades. Estas, como sabemos, são as ferramentas tradicionais da psicanálise. Nesse aspecto, pelo menos temporariamente, concordamos com a afirmação de Lacan de que a descontinuidade é uma via importante na qual o inconsciente nos aparece como fenômeno. Não é a descontinuidade, como já vimos, uma das características fundamentais do texto alcorânico? A repetição, as descontinuidades e os êxtases oníricos nos dizem sobre as fissuras profundas no texto através das quais brilha a força do inconsciente. O fato de o inconsciente brilhar extaticamente pela imaginação e pela linguagem é a parte mais significante e respeitável do texto alcorânico, como confirmado pela necessidade das ferramentas psicanalíticas quando o interpretamos; nesse caso, o inconsciente é literalmente estruturado como linguagem e texto. Devemos sempre nos lembrar desse fato ao ler o Alcorão.

Lacan declara depois, em seus *Escritos*, que o mais importante começa com a leitura do texto, com a leitura do que nos é dado no processamento e na retórica do sonho. Esses são os modelos pelos quais o sujeito cria seus próprios padrões e sua própria estória. Precisamos entender esses modelos, sejam eles pleonasmos, silepses, regressões, repetições, mudanças sintáticas, metáforas, catacreses, alegorias ou metonímias. Precisamos aprender a ler as intenções demonstrativas, abrindo caminho pelas convicções e ilusões sedutoras para entender o discurso do sujeito. Se percebemos que nosso inconsciente é um capítulo de nossa história cheio de mentiras metafóricas, então a verdade pode ser encontrada inscrita em monumentos, nos documentos de arquivo, na evolução semântica, nas lendas e nas tradições. Os artefatos culturais listados por Lacan foram aplicados aos sujeitos do método psicanalítico, que teve um papel importantíssimo na moldagem e na orientação da subjetividade moderna. E essa subjetividade é o lugar onde a história é escrita, a história que um dia será encenada publicamente. Como diz Lacan, a história será encenada numa praça pública da qual nós, da pior maneira possível atualmente, somos testemunhas.

Se não quisermos nos tornar um *homo sacer*, como John Walker, precisamos ler o Alcorão. John Walker não foi apenas o paradigma infeliz de um muçulmano ocidental sobre o qual gente como Tariq Ramadan tem pouco a dizer; na verdade, ele é uma paródia pobre do herói trágico moderno. A imagem de John Walker acorrentado, tão magro, olhando apático ao longe, nitidamente se entregando à morte por vontade própria, não é nada mais que um exemplo vívido do *homo sacer* da maneira como Agamben usa o termo. Ler não é uma atividade sem perigos, tampouco uma atividade trivial. É o início de uma batalha ideológica travada dentro do Império. Isso pode ser aplicado ao caso de um não muçulmano que lê o Alcorão, cujas consequências são óbvias no caso de John Walker. Na luta ideológica, devemos fazer um esforço sério para ceder e nos submeter às tentações do complexo messiânico, de um lado, ou nos tornar um *homo sacer*, de outro. Ler o Alcorão pode pedagogicamente nos ajudar a não ser capturados das duas maneiras, o que seria nocivo mesmo a curto prazo. Isso é justamente o que o Império menos quer: que saibamos da existência daqueles que o Império nomeou como nossos inimigos. O *muçulmano* do qual fala Agamben em seu texto sobre *O que resta de Auschwitz* tornou-se novamente a testemunha desabrigada do que o Império está fazendo, e por isso deve-se fazer do Império não só uma testemunha, mas principalmente um inimigo que deve ser coagido. Por isso é importante ler o Alcorão, para que não nos deixemos seduzir pelas falsas alternativas do Império, que vê no texto alcorânico apenas o messianismo e o "homosacerismo", duas imagens da violência que podem ter iterações e consequências descomunais sobre as quais podemos facilmente perder o controle. Essas consequências podem se voltar contra nós. As coisas podem escapar de nossas mãos, como mostra o conto de Borges a seguir, no qual um conselho bem-intencionado se transforma no oposto, com repercussões alarmantes:

> Em 1517, o padre Bartolomé de Las Casas compadeceu-se dos índios que se extenuavam nos laboriosos infernos das minas de ouro antilhanas, e propôs ao imperador Carlos V a importação

de negros, que se extenuassem nos laboriosos infernos das minas de ouro antilhanas. A essa curiosa variação de um filantropo devemos infinitos fatos: os *blues* de Handy, o sucesso alcançado em Paris pelo pintor-doutor uruguaio D. Pedro Figari, a boa prosa agreste do também oriental D. Vicente Rossi, a dimensão mitológica de Abraham Lincoln, os quinhentos mil mortos da Guerra da Secessão, os três mil e trezentos milhões gastos em pensões militares, a estátua do imaginário Falucho, a admissão do verbo *linchar* na décima terceira edição do Dicionário da Academia Espanhola, o impetuoso filme *Aleluya*, a fornida carga de baionetas levada por Soler à frente de seus *Pardos y Morenos* em Cerrito, a graça da senhoria de Tal, o negro que assassinou Martín Fierro, a deplorável rumba *El Manisero*, o napoleonismo embargado e encarcerado de Toussaint Louvertoure, a cruz e a serpente no Haiti, o sangue das cobras degoladas pelos machado dos *papaloi*, a habanera mãe do tango, o candombe.

Além disso: a culpável e magnífica existência do atroz redentor Lazarus Morell.[16]

---

[16] BORGES, Jorge Luis. O atroz redentor Lazarus Morell: a causa remota. Tradução de Alexandre Eulálio. In: *Obras completas*. São Paulo: Globo, 1999. v. 1, p. 319.

5. Apenas um Deus que sofre pode nos salvar
Žižek

A principal questão sobre religião hoje em dia é esta: as práticas e experiências religiosas podem efetivamente ser contidas na dimensão da conjunção de verdade e significado? O melhor ponto de partida para essa linha de investigação é o ponto em que a própria religião se vê diante de um trauma, um choque que dissolve o elo entre verdade e significado, uma verdade tão traumática que resiste a ser integrada no universo do significado. Todo teólogo, mais cedo ou mais tarde, encara o problema de como reconciliar a existência de Deus com o fato da Shoá ou de algum mal excessivo semelhante: como reconciliar a existência de um Deus bom e onipotente ao sofrimento apavorante de milhões de inocentes, como as crianças mortas nas câmaras de gás? De maneira surpreendente (ou não), as respostas teológicas formam uma estranha sucessão de tríades hegelianas. Aqueles que querem manter intacta a soberania divina, e com isso têm de atribuir a Deus toda a responsabilidade pela Shoá, primeiro oferecem: (1) a teoria "legalista" do pecado-e-punição (a Shoá tem de ser uma punição pelos pecados passados da humanidade – ou dos próprios judeus); depois passam para (2) a teoria "moralista" do caráter-e-educação (a Shoá tem de ser entendida nos termos da história de Jó, como o teste mais radical de nossa fé em Deus – se sobrevivermos a essa provação, nosso caráter se manterá firme...); por fim, refugiam-se num tipo de "juízo infinito" que salvará a situação depois que todo divisor comum entre a Shoá e seu significado ruir, apelando para (3) a teoria do mistério divino (na qual fatos como a Shoá atestam o intransponível abismo da vontade divina). De acordo com o lema hegeliano de um mistério redobrado (o mistério que Deus é para nós também tem de ser mistério para o próprio Deus), a verdade desse "juízo infinito" só pode ser negar a plena soberania e onipotência de Deus.

A próxima tríade, desse modo, é proposta por aqueles que, incapazes de combinar a Shoá com a onipotência de Deus (como ele poderia permitir que isso acontecesse?), optam por alguma forma de limitação divina: (1) Deus é diretamente posto como finito ou, pelo menos, contido, e não onipotente, não oniabrangente: ele se encontra oprimido pela densa inércia de toda sua criação; (2) essa limitação é refletida de volta para Deus como seu ato livre: Deus é autolimitado, ele restringiu voluntariamente o próprio poder para deixar um espaço aberto para a liberdade humana, de modo que nós, seres humanos, somos totalmente responsáveis pelo mal no mundo – em suma, fenômenos como a Shoá são o preço supremo que pagamos pela dádiva divina da liberdade; (3) por fim, a autolimitação é exteriorizada, os dois momentos são postos como autônomos – Deus é controvertido, há uma força contrária ou princípio do Mal demoníaco ativo no mundo (a solução dualista).

Isso nos leva à terceira posição, que vai além das duas primeiras (o Deus soberano e o Deus finito): a de um Deus que sofre – não um Deus triunfalista que sempre vence no final, embora "seus caminhos sejam misteriosos", uma vez que ele controla tudo em segredo nos bastidores; não um Deus que exerce a justiça fria, uma vez que, por definição, ele está sempre certo; mas sim um Deus que – como o Cristo que sofre na cruz – está atormentado, um Deus que assume o fardo do sofrimento em solidariedade à miséria humana.[1] Schelling já havia escrito: "Deus é uma vida, não apenas um ser. Mas toda vida tem um destino e está sujeita ao sofrimento e ao devir. [...] Sem o conceito de um Deus que sofre humanamente [...] toda a história permanece incompreensível".[2] Por quê? Porque o sofrimento de Deus indica que ele está envolvido na história, é afetado por ela, e não é apenas um Mestre transcendente que controla tudo lá de cima: o sofrimento de Deus significa que a história

---

[1] Ver SHERMAN, Franklin. Speaking of God after Auschwitz. In: MORGAN, Michael L. (Ed.). *A Holocaust Reader*. Oxford: Oxford University Press, 2001.

[2] SCHELLING, Friedrich Wilhelm Joseph von. Philosophical Investigations into the Essence of Human Freedom. In: BEHLER, Ernst (Ed.). *Philosophy of German Idealism*. New York: Continuum, 1987. p. 274.

humana não é apenas um teatro de sombras, mas sim o lugar de uma luta real, a luta em que o próprio Absoluto está envolvido e em que seu destino é decidido. Esse é o pano de fundo filosófico da forte observação de Dietrich Bonhoeffer de que, depois da Shoá, "apenas um Deus que sofre pode nos ajudar"[3] – um complemento perfeito para "Apenas um Deus pode nos salvar!", de Heidegger, dita em sua última entrevista.[4] Desse modo, deve-se interpretar de maneira bastante literal a declaração de que "o sofrimento inominável de seis milhões também é a voz do sofrimento de Deus"[5]: o próprio excesso desse sofrimento em relação a qualquer medida humana "normal" o torna divino. Recentemente, esse paradoxo foi formulado de maneira sucinta por Jürgen Habermas: "Linguagens seculares que apenas eliminam a substância que um dia foi alegada deixam irritações. Quando o pecado se converteu em culpa e a transgressão contra as ordens divinas se converteu em ofensa contra as leis humanas, algo se perdeu".[6]

É por esse motivo que as reações seculares-humanistas a fenômenos como a Shoá ou o *gulag* (entre outros) são vistas como insuficientes: para atingir o nível desses fenômenos, é preciso algo muito mais forte, algo semelhante ao velho assunto religioso de uma perversão cósmica ou uma catástrofe na qual o mundo em si está "desconjuntado" – quando se é confrontado com um fenômeno como a Shoá, a única reação apropriada é fazer a perplexa pergunta: "Por que o céu não escureceu?" (título do livro de Arno Mayer). Nisso reside o paradoxo do significado teológico da Shoá: embora ela seja geralmente concebida como o maior desafio à teologia (se existe um Deus e se ele é bom, como poderia permitir que um horror como esse acontecesse?), é somente a teologia que pode fornecer o quadro que nos permite abordar de algum modo o escopo da catástrofe – o fiasco de Deus ainda é o fiasco de *Deus*.

Recordemos a segunda das "Teses sobre a filosofia da história", de Benjamin: "O passado carrega consigo um índice temporal por meio do qual ele é remetido à redenção. Há um acordo secreto entre as gerações

---

[3] Citado por David Tracy em MORGAN (Ed.). *A Holocaust Reader*, p. 237.

[4] HEIDEGGER, Martin. Only a God Can Save Us. In: WOLIN, Richard (Ed.). *The Heidegger Controversy: A Critical Reader*. Cambridge, MA: MIT Press, 1993.

[5] DAVID, Tracy. Religious Values After the Holocaust. In: MORGAN (Ed.). *A Holocaust Reader*, p. 237.

[6] HABERMAS, Jürgen. *The Future of Human Nature*. Cambridge: Polity Press, 2003. p. 110.

passadas e a geração presente".[7] Esse "poder messiânico fraco" ainda pode ser afirmado a despeito da Shoá? Como a Shoá aponta para uma redenção por vir? O sofrimento das vítimas da Shoá não é um tipo de despesa absoluta da qual não se pode prestar contas retroativamente, que não pode ser redimida, tampouco transformada em algo significativo? É nesse ponto que entra o sofrimento de Deus: ele sinaliza o fracasso de qualquer *Aufhebung* do fato bruto do sofrimento. O que ecoa aqui, mais que a tradição judaica, é a lição protestante básica: não existe acesso direto à liberdade ou à autonomia; no meio da relação de troca do tipo mestre e escravo entre o homem e Deus e a plena afirmação da liberdade humana, é preciso que intervenha um estágio intermediário de humilhação absoluta no qual o homem é reduzido a um puro objeto do capricho divino imperscrutável. As três principais versões do cristianismo não formam um tipo de tríade hegeliana? Na sucessão de ortodoxia, catolicismo e protestantismo, cada novo termo é uma subdivisão, uma separação a partir de uma unidade anterior. Essa tríade de Universal–Particular–Singular pode ser designada por três representativas figuras fundadoras (João, Pedro e Paulo), bem como por três raças (eslavos, latinos e alemães). Na ortodoxia oriental, temos a unidade substancial entre o texto e o corpo de fiéis, e por esse motivo os fiéis podem interpretar o Texto sagrado, pois o Texto continua neles e vive neles, não está fora da história viva como seu modelo ou um padrão exemplar – a substância da vida religiosa é a própria comunidade cristã; o catolicismo representa a alienação radical: a entidade que faz a mediação entre o Texto sagrado fundador e o corpo de fiéis, a Igreja, a Instituição religiosa, reobtém sua plena autonomia. A mais alta autoridade reside na Igreja, e por isso a Igreja tem o direito de interpretar o Texto; o Texto é lido durante a missa em latim, uma língua que não é compreendida pelos fiéis comuns, e chega a ser considerado pecado que um fiel comum leia o Texto diretamente, ignorando a orientação do sacerdote. Para o protestantismo, por fim, a única autoridade é o próprio Texto, e a aposta é no contato direto de cada fiel com a Palavra de Deus da maneira como é transmitida no Texto; desse modo, o mediador (o Particular) desaparece, recolhe-se na insignificância, permitindo que o fiel adote a posição de um "Singular universal", o indivíduo em contato direto com a Universalidade divina, ignorando o papel mediador da Instituição particular. Essas três atitudes cristãs também envolvem diferentes modos da presença de Deus no mundo. Começamos com o universo criado diretamente, o universo

---

[7] BENJAMIN, Walter. *Illuminations*. New York: Schocken Books, 1969. p. 254.

que reflete a glória de seu Criador: toda a riqueza e toda a beleza de nosso mundo atestam o poder criativo do divino, e as criaturas, quando não se corrompem, voltam naturalmente os olhos para ele... O catolicismo muda para uma lógica mais delicada do "desenho no tapete": o Criador não está diretamente presente no mundo; antes, seus traços têm de ser discernidos em detalhes que escapam ao primeiro olhar superficial, isto é, Deus é como um pintor que se afasta de seu produto finalizado, sinalizando sua autoria apenas com uma assinatura quase imperceptível na beira do quadro. Por fim, o protestantismo afirma a ausência radical de Deus no universo criado, a ausência de Deus nesse mundo cinza que avança como um mecanismo cego e no qual a presença de Deus só se torna discernível nas intervenções diretas da Graça que perturba o curso normal das coisas.

Essa reconciliação, no entanto, só se torna possível depois que a alienação é levada ao extremo: em contraste à noção católica de um Deus cuidador e amável com o qual podemos nos comunicar, até mesmo negociar, o protestantismo começa com a noção de Deus destituído de qualquer "divisor comum" compartilhado com o homem, de Deus como um Além impenetrável que distribui a graça de uma maneira totalmente contingente. É possível discernir os traços dessa plena aceitação da autoridade caprichosa e incondicional de Deus em uma das últimas canções de Johnny Cash, gravada pouco antes de sua morte, "The Man Comes Around", uma expressão exemplar das angústias contidas no Cristianismo Batista do Sul dos Estados Unidos:

> Há um homem coletando nomes por aí
> É ele que decide quem libertar e a quem culpar
> Ninguém será tratado da mesma maneira
> Haverá uma escada dourada tocando o chão
> Para quando vier o Homem
>
> Os pelos de seu braço vão se eriçar
> Diante do terror em cada gole, em cada trago
> Você vai experimentar da última taça oferecida?
> Ou vai desaparecer no campo do oleiro
> Quando vier o Homem
>
> Ouve as trombetas, ouve as flautas
> Cantam cem milhões de anjos
> Marcham multidões rumo ao grande tambor
> Vozes chamam, vozes gritam
> Algumas nascendo, outras morrendo
> É o reino por vir de Alfa e Ômega

> O vendaval rodeia o espinheiro
> Todas as virgens aprontam as lâmpadas
> O vendaval rodeia o espinheiro
> É duro para ti recalcitrar contra o aguilhão
>
> Até o Armagedom não haverá shalam, não haverá shalom,
> Então a galinha recolherá seus pintinhos
> Os anciãos se prostrarão diante do trono
> E aos pés Dele disporão suas coroas douradas
> Quando vier o Homem
>
> Que o injusto ainda cometa a injustiça
> Que o justo ainda pratique a justiça
> Que o impuro ainda cometa a impureza[8]

A canção fala do Armagedom, o fim dos dias, quando Deus surgirá para o Juízo Final, um acontecimento apresentado como terror puro e arbitrário: Deus é colocado quase como a personificação do Mal, como um tipo de informante político, um homem que "vem" e provoca a consternação "coletando nomes", decidindo quem se salva e quem está perdido. Diríamos até que a descrição de Cash evoca a conhecida cena de pessoas enfileiradas esperando um interrogatório brutal, e o informante apontando pessoas escolhidas para tortura: não há misericórdia, não há perdão de pecados, não há júbilo; todos estamos fixos em nossos papéis, pois o justo continua justo, o impuro continua impuro. Na proclamação divina, não somos apenas julgados de maneira justa; tomamos conhecimento de fora, como se ficássemos sabendo de uma decisão arbitrária, se somos justos ou pecadores, se seremos salvos ou condenados – a decisão nada tem a ver com nossas

---

[8] "There's a man going around taking names/And he decides who to free and who to blame/Everybody won't be treated all the same/There'll be a golden ladder reaching down/When the Man comes around//The hairs on your arm will stand up/At the terror in each sip and in each sup/Will you partake of that last offered cup?/Or disappear into the potter's ground/When the Man comes around//Hear the trumpets, hear the pipers/One hundred million angels singing/Multitudes are marching to the big kettledrum/Voices calling, voices crying/Some are born and some are dying/It's Alpha and Omega's kingdom come//And the whirlwind is in the thorn tree/The virgins are all trimming their wicks/The whirlwind is in the thorn tree/It's hard for thee to kick against the pricks//Till Armageddon no shalam, no shalom/Then the father hen will call his chickens home/The wise man will bow down before the throne/And at His feet they'll cast their golden crowns/When the Man comes around//Whoever is unjust let him be unjust still/Whoever is righteous let him be righteous still/Whoever is filthy let him be filthy still".

qualidades internas. E, vale ressaltar, esse excesso obscuro de um sadismo divino implacável – excessivo em relação à imagem de um Deus severo, porém justo – é a negativa necessária, o outro lado do excesso do amor cristão em relação à Lei judaica: o amor que suspende a Lei é necessariamente acompanhado da crueldade arbitrária que também suspende a Lei.

Martinho Lutero propôs de maneira direta uma definição excrementosa do homem: o homem é como merda divina, ele sai do ânus de Deus. Obviamente, podemos colocar a questão de como Lutero chegou a sua nova teologia depois de ficar preso num ciclo superegoico violento e debilitante: quanto mais ele agia, se arrependia, punia e torturava a si mesmo, praticava boas ações, etc., mais ele se sentia culpado. Isso o convenceu de que boas ações são deliberadas, sujas, egoístas: longe de agradar a Deus, elas provocam a fúria de Deus e levam à danação. A salvação vem da fé: é apenas nossa fé, a fé em Jesus como salvador, que nos permite sair do impasse do supereu. No entanto, sua definição "anal" do homem não pode ser reduzida ao resultado dessa pressão do supereu que o impulsiona para a auto-humilhação – há algo além disso: o verdadeiro significado da encarnação só pode ser formulado dentro da lógica protestante da identidade excrementosa do homem. Na ortodoxia, Cristo acaba perdendo seu status excepcional: sua própria idealização, sua elevação a um modelo nobre, o reduz a uma imagem ideal, a uma figura que deve ser imitada (todos os homens deveriam lutar para se tornar Deus) – *imitatio Christi* é uma fórmula mais ortodoxa que católica. No catolicismo, a lógica predominante é a de uma troca simbólica: os teólogos católicos se aprazem enfatizando argumentos jurídicos escolásticos sobre como Cristo pagou o preço por nossos pecados, etc. – não admira que Lutero tenha reagido à pior consequência dessa lógica, a redução da redenção a algo que pode ser comprado da Igreja. O protestantismo, por fim, postula a relação entre Deus e o homem como real, concebendo Cristo como um Deus que, nesse ato de encarnação, identificou-se livremente com sua própria merda, com o real excrementoso que é o homem – e a noção propriamente cristã de amor divino só pode ser apreendida nesse nível, como o amor pelo ente excrementoso miserável que se chama "homem".

É nesse sentido que, com respeito a Cristo, Hegel na verdade alude a alguns temas kierkegaardianos (a diferença entre gênio e apóstolo, caráter eventivo singular de Cristo), especialmente quando destaca a diferença entre Sócrates e Cristo. Cristo não é como o "indivíduo plástico" grego por cujas características universais o conteúdo universal ou substancial transpira diretamente (como foi o caso exemplar de Alexandre). Isso significa que embora Cristo seja o Deus-homem, a identidade direta dos dois, essa identidade também implica uma contradição absoluta: não há nada "divino" em Cristo, nem mesmo nada excepcional – se observamos seus traços, vemos que ele é indistinguível de qualquer outro ser humano:

> Se consideramos Cristo apenas com referência a seus talentos, seu caráter e sua moralidade, como professor, etc., nós o colocamos no mesmo lugar que Sócrates e outros, ainda que o coloquemos numa posição mais alta do ponto de vista moral. [...] Se Cristo é tomado apenas como um indivíduo excepcionalmente refinado, mesmo como um indivíduo sem pecados, então estamos ignorando a representação da ideia especulativa, sua verdade absoluta.[9]

Essas linhas apoiam-se num pano de fundo conceitual bastante preciso. Não é que Cristo seja "mais" que outras figuras-modelo de sabedoria religiosa, filosófica ou ética, real ou mística (Buda, Sócrates, Moisés, Maomé), que ele seja "divino" no sentido da ausência de quaisquer falhas humanas. Com Cristo, a própria relação entre conteúdo substancial divino e sua representação muda: Cristo não representa esse conteúdo divino substancial, Deus; ele é imediatamente Deus, e é por isso que não precisa mais se parecer com Deus, lutar para ser perfeito e "como Deus". Recordemos a clássica piada dos irmãos Marx: "Você se parece com Emmanuel Ravelli." "Mas eu sou Emmanuel Ravelli." "Então não surpreende que você se pareça consigo mesmo!" A premissa subjacente dessa piada é que essa sobreposição entre ser e parecer é impossível, há sempre uma lacuna entre os dois. Buda, Sócrates, etc. se parecem com deuses, enquanto Cristo *é* Deus. Desse modo, quando o Deus cristão "manifesta-se para os homens como um indivíduo, exclusivo e singular [...] como um homem que exclui todos os outros",[10] estamos lidando com a singularidade de um evento puro, com a contingência levada ao extremo – é somente desse modo, excluindo todos os esforços de se aproximar da perfeição universal, que Deus pode encarnar a si mesmo. Essa ausência de quaisquer características positivas, essa plena identidade entre Deus e o homem no nível das propriedades, só pode ocorrer porque outra diferença mais radical torna irrelevante quaisquer características diferenciais positivas. Essa mudança

---

[9] HEGEL, Georg Wilhelm Friedrich. *Lectures on the Philosophy of History*. New York: Dover, 1956. p. 325.

[10] HEGEL, Georg Wilhelm Friedrich. *Lectures on the Philosophy of Religion*. Translated by R. F. Brown. Berkeley: University of California Press, 1988. v. 3, p. 142. Os números entre parênteses indicados a seguir se referem às páginas deste livro.

pode ser descrita de forma sucinta como a passagem do movimento ascendente do devir-essencial do acidente para o movimento descendente do devir-acidental da essência (119): o herói grego, esse "indivíduo exemplar", eleva suas características pessoais acidentais a um caso paradigmático da universalidade essencial, enquanto na lógica cristã da Encarnação a Essência universal corporifica-se num indivíduo acidental.

Em outras palavras: os deuses gregos aparecem para os humanos em forma humana, enquanto o Deus cristão aparece como humano *para si mesmo*. Esse é o ponto crucial: para Hegel, a Encarnação não é um movimento pelo qual Deus se torna acessível ou visível para os humanos, mas sim um movimento por meio do qual Deus olha para si mesmo a partir da perspectiva humana (deformadora): "Como Deus se manifesta para seu próprio olhar, a representação especular divide o si divino de si mesmo, oferecendo o divino como visão perspectívica de sua própria autopresença" (118). Ou, colocando em termos freudiano-lacanianos: Cristo é o "objeto parcial" de Deus, um órgão autonomizado sem corpo, como se Deus arrancasse os olhos da própria cabeça e os virasse para si mesmo de fora. Agora podemos imaginar por que Hegel insistia na monstruosidade de Cristo.

Câmera-Olho (*Kinoglaz*), o clássico mudo de Dziga Vertov, feito em 1924 (um dos pontos altos do cinema revolucionário), toma como emblema o olho (da câmera) como "órgão autônomo" que vagueia pela União Soviética no início dos anos 1920, mostrando-nos fragmentos da vida sob a NPE ("nova política econômica"). Recordemos a expressão comum "lançar os olhos sobre algo", com sua implicação literal de retirar os olhos da cavidade e jogá-los por aí. Martinho, o lendário idiota dos contos de fadas franceses, fez exatamente isso quando sua mãe, preocupada por ele nunca encontrar uma esposa, disse-lhe para ir à igreja e passar os olhos nas moças. Martinho vai primeiro ao açougueiro e compra um olho de porco, depois o joga sobre as moças que rezavam na igreja – não admira que depois ele conte para a mãe que as moças não ficaram muito impressionadas com seu comportamento. É exatamente isso que o cinema revolucionário deveria estar fazendo: usando a câmera como objeto parcial, como um "olho" arrancado do sujeito e arremessado livremente por aí – ou, citando o próprio Vertov: "a câmera cinematográfica arrasta os olhos do público das mãos aos pés, dos olhos e assim por diante na mais proveitosa sequência, e organiza os detalhes num exercício regular de montagem".[11]

---

[11] Citado por TAYLOR, Richard; CHRISTIE, Ian (Ed.). *The Film Factory*. London: Routledge, 1988.

Todos conhecemos aqueles momentos estranhos de nossa vida quotidiana em que vislumbramos nossa própria imagem e a imagem não olha de volta para nós. Eu me lembro de uma vez tentar examinar uma protuberância estranha na lateral de minha cabeça usando um espelho duplo quando, de repente, vi de soslaio meu próprio perfil. A imagem repetia todos os meus gestos, mas de uma maneira estranha e descoordenada. Numa situação desse tipo, "nossa imagem especular é arrancada de nós e, crucialmente, nosso olhar deixa de olhar para nós".[12] Nessas experiências estranhas, entrevemos o que Lacan chamou de olhar como *objet petit a*, a parte de nossa imagem que escapa à relação simétrica espelhada. Quando me vejo "de fora", desse ponto impossível, a característica traumática não é o fato de eu ser objetificado ou reduzido a um objeto externo para o olhar, mas sim que meu próprio olhar seja objetificado, meu olhar me observe de fora, o que significa precisamente que meu olhar não é mais meu, é roubado de mim. Há uma operação do olhar relativamente simples e indolor que, não obstante, requer uma experiência muito desagradável: com anestesia local, isto é, com o paciente totalmente consciente, o olho é retirado de órbita e virado um pouco no ar (para corrigir o modo como o globo ocular é ligado ao cérebro) – nesse momento, o paciente consegue, por um breve momento, ver a si mesmo (ou partes de si mesmo) de fora, de uma perspectiva "objetiva", como um objeto estranho, ou seja, do modo como ele "realmente é" como objeto no mundo, e não da maneira como ele costuma experimentar a si mesmo como totalmente incorporado "no" próprio corpo. Há algo de divino nessa experiência (muito desagradável): o sujeito se vê como de um ponto de vista divino, percebendo de certa forma o lema místico segundo o qual o olho através do qual eu vejo Deus é o olho através do qual Deus se vê. Algo homólogo a essa experiência estranha, aplicada ao próprio Deus, ocorre na encarnação.

No romance *The Roadside Picnic* [Piquenique à beira da estrada], dos irmãos Strugatsky, no qual se baseia a obra-prima de Andrei Tarkovsky, *Stalker*, as "Zonas" – há seis dessas áreas isoladas – são lugares que contêm os detritos de um "piquenique à beira da estrada", isto é, de uma curta estada em nosso planeta de alguns visitantes alienígenas que rapidamente deixaram o planeta depois de nos considerar desinteressantes. No romance, os Stalkers são mais aventureiros e realistas que no filme – não são

---

[12]LEADER, Darian. *Stealing the Mona Lisa: What Art Stops Us from Seeing*. London: Faber & Faber, 2002. p. 142.

indivíduos numa busca espiritual angustiante, mas sim hábeis carniceiros que se organizam em expedições de roubo de modo semelhante aos proverbiais árabes que organizam expedições-pirata para invadir as Pirâmides (outra Zona) para ocidentais ricos – as pirâmides na verdade não são, de acordo com a literatura científica popular, traços de sabedoria alienígena? A Zona, desse modo, não é apenas um espaço fantasmático puramente mental no qual o sujeito encontra (ou para o qual projeta) a verdade sobre si mesmo, mas sim (como o planeta Solaris, no romance homônimo de Stanislav Lem, fonte de outra obra-prima da ficção científica de Tarkovsky) a presença material, o Real de uma Alteridade absoluta incompatível com as regras e leis de nosso universo. Por causa disso, no final do romance, o Stalker, quando confrontado com a "Esfera Dourada" – nome da sala onde os desejos são realizados –, passa por um tipo de conversão espiritual, mas essa experiência está muito mais próxima do que Lacan chamou de "destituição subjetiva": a percepção abrupta da completa insignificância de nossos elos sociais, a dissolução de nosso apego à própria realidade – de repente, outras pessoas são desrealizadas, a realidade em si é experimentada como um turbilhão confuso de formas e sons, de modo que não somos mais capazes de formular nosso desejo.

O título do romance (*Roadside Picnic*) se refere a essa incompatibilidade entre nosso universo e o universo alienígena: os objetos estranhos encontrados nas Zonas, que fascinam os seres humanos, são muito provavelmente meros detritos, o lixo deixado para trás depois de os alienígenas terem passado rapidamente por nosso planeta, se comparados ao lixo que um grupo de seres humanos deixa para trás depois do piquenique numa floresta próxima da estrada. A paisagem típica de Tarkovsky (detritos humanos decadentes semirrecuperados pela natureza) é, no romance, justamente o que caracteriza a Zona do ponto de vista (impossível) dos visitantes alienígenas: o que para nós é um Milagre, um encontro com o universo assombroso além de nossa apreensão, não passa de detritos comuns para os alienígenas. Será então possível tirar a conclusão brechtiana de que a típica paisagem de Tarkovsky (ambiente humano decadente recuperado pela natureza) implica a visão de nosso universo de um ponto de vista alienígena imaginado? Mais uma vez, o mesmo vale para a encarnação: nela, o objeto divino coincide com os detritos humanos (um pregador comum e desamparado que socializa com mendigos, prostitutas e outros fracassados sociais).

Desse modo, é crucial perceber como a modalidade cristã do "Deus que vê a si mesmo" não tem absolutamente nada a ver com o circuito fechado e harmônico do "ver a mim mesmo vendo", de um olho que se vê e gosta do que vê nesse perfeito espelhamento-de-si: a virada do olho para "seu" corpo pressupõe a separação entre olho e corpo, e o que vejo por meio de meu olho exteriorizado/autonomizado é uma imagem perspectiva e anamorficamente distorcida de mim mesmo: Cristo é a anamorfose de Deus.

Outra indicação dessa exterioridade de Deus com respeito a si mesmo é apontada por C. K. Chesterton em "The Meaning of the Crusade", em que ele cita com louvor a descrição do Monte das Oliveiras que ouviu de uma criança em Jerusalém: "Uma criança de uma das vilas me disse, num inglês capenga, que ali era o lugar onde Deus fez suas orações. Eu, pelo menos, não pediria uma declaração mais sofisticada ou desafiadora de tudo que separa o cristão do muçulmano ou do judeu".[13] Se, em outras religiões, rezamos para Deus, é somente no cristianismo que o próprio Deus reza, ou seja, dirige-se a uma autoridade exterior imperscrutável.

O problema crucial é: como devemos pensar a ligação entre essas duas "alienações" – a alienação do homem moderno em relação a Deus (reduzido a um Em-si incognoscível, ausente do mundo sujeitado às leis mecânicas) e a alienação de Deus em relação a si mesmo (em Cristo, na encarnação)? Elas são a mesma coisa, embora não simetricamente, e sim como sujeito e objeto. Para que a subjetividade (humana) surja da personalidade substancial do animal humano, cortando os elos que tem com ele e se pondo como o eu = eu destituído de todo conteúdo substancial, como a negatividade autorrelativa de uma singularidade vazia, o próprio Deus, ou a Substância universal, tem de se "humilhar", incorrer em sua própria criação, "objetificar-se", aparecer como um indivíduo singular miserável em toda sua infâmia, isto é, abandonado por Deus. A distância do homem em relação a Deus, portanto, é a distância de Deus em relação a si mesmo:

> O sofrimento de Deus e o sofrimento da subjetividade humana destituída de Deus devem ser analisados como páginas opostas do mesmo acontecimento. Há uma relação fundamental entre a *kenosis* divina e a tendência da razão moderna de postular um além que continua inacessível. A *Encyclopaedia* torna essa relação visível ao apresentar a Morte de Deus ao mesmo tempo como Paixão do Filho que "morre na dor da negatividade" e como o sentimento humano de que não podemos conhecer nada de Deus.[14]

---

[13] CHESTERTON, G. K. The Meaning of the Crusade. The New Jerusalem. Disponível on-line em: <http://www.online-literature.com/chesterton/new-jerusalem/11>.

[14] MALABOU, Catherine. *The Future of Hegel*. New York: Routledge, 2005. p. 103.

Essa dupla *kenosis* é o que a crítica marxista comum não toma em consideração ao afirmar que a religião é a autoalienação da humanidade: "a filosofia moderna não teria seu próprio *sujeito* se o sacrifício de Deus não tivesse ocorrido".[15] Para que surja a subjetividade moderna – não como mero epifenômeno da ordem ontológica substancial global, mas como essencial à própria Substância –, a cisão, negatividade, particularização, autoalienação, deve ser posta como algo que acontece no cerne mesmo da Substância divina, isto é, a passagem de Substância para Sujeito deve ocorrer dentro do próprio Deus. Em suma, a alienação do homem em relação a Deus (o fato de que Deus aparece para ele como um Em-si inacessível, como puro Além transcendente) deve coincidir com a alienação de Deus em relação a si mesmo (cuja expressão mais pungente é, sem dúvida, a pergunta de Cristo na cruz: "Pai, por que me abandonaste?"): a consciência humana finita "só representa Deus porque Deus representa a si mesmo; a consciência só se distancia de Deus porque Deus se distancia de si mesmo".[16]

É por isso que a filosofia marxista padrão oscila entre a ontologia do "materialismo dialético", que reduz a subjetividade humana a uma esfera ontológica particular (não surpreende que Georgi Plekhanov, criador do termo "materialismo dialético", também tenha designado o marxismo como "espinosismo dinamizado"), e a filosofia da práxis; que, de György Lukács em diante, toma como ponto de partida e horizonte a subjetividade coletiva que põe/medeia cada objetividade, e assim é incapaz de pensar sua gênese a partir da ordem substancial, a explosão ontológica, ou "Big Bang", que dá origem a ela.

Desse modo, quando Catherine Malabou escreve que a morte de Cristo é "ao mesmo tempo a morte do Deus-homem e a Morte da abstração inicial e imediata do ser divino que ainda não foi posto como um Si",[17] isso quer dizer que, como Hegel afirmou, o que morre na cruz não é o representante terreno e finito de Deus, mas o próprio Deus, o Deus transcendente do além. Os dois termos da oposição – Pai e Filho, o Deus substancial como Em-si Absoluto e o Deus-para-nós, revelado para nós – morrem, ou seja, são suprassumidos no Espírito Santo.

A interpretação-padrão dessa suprassunção – Cristo "morre" (é suprassumido) como representação imediata de Deus, como Deus disfarçado

---

[15] MALABOU. *The Future of Hegel*, p. 111.
[16] MALABOU. *The Future of Hegel*, p. 112.
[17] MALABOU. *The Future of Hegel*, p. 107.

de pessoa humana finita, para poder renascer como Espírito universal ou atemporal – continua sendo curta demais. Essa interpretação não leva em conta a maior lição a ser aprendida com a encarnação divina: a existência finita dos seres humanos mortais é o único lugar do Espírito, o lugar onde o Espírito atinge sua efetividade. Isso significa que apesar de todo seu poder fundador, o Espírito é um ente *virtual* no sentido de que seu status é o de um pressuposto subjetivo: ele só existe na medida em que os sujeitos agem como se ele existisse. Seu status é semelhante ao de uma causa ideológica, como o Comunismo ou a Nação: é a substância dos indivíduos que se reconhecem nela, o fundamento de sua própria existência, o ponto de referência que fornece o horizonte supremo de significado para suas vidas, alguma coisa pela qual esses indivíduos estão preparados para dar suas vidas; no entanto, a única coisa que realmente existe são esses indivíduos e sua atividade, então essa substância é efetiva somente na medida em que os indivíduos acreditam nela e agem de modo correspondente. O erro fundamental que devemos evitar, portanto, é apreender o Espírito hegeliano como uma espécie de Metassujeito, uma Mente, muito maior que a mente de um indivíduo, ciente de si: quando fazemos isso, não há como Hegel não parecer um obscurantista e espiritualista ridículo, que afirma a existência de uma espécie de Megaespírito controlando nossa história. Contra esse clichê, devemos enfatizar quão ciente é Hegel de que "é na consciência finita que se dá o processo de conhecer a essência do espírito e que surge portanto a divina consciência-de-si. Da efervescência da finitude, surge o espírito fragrante".[18] Isso vale especialmente para o Espírito Santo: nossa percepção, a (auto)consciência dos seres humanos finitos, é seu único lugar efetivo, isto é, o Espírito Santo também surge "da efervescência da finitude".

A propósito desse caso, percebemos como a suprassunção não é exatamente a suprassunção da alteridade, seu retorno ao mesmo, sua recuperação pelo Uno (de modo que, nesse caso, os indivíduos finitos ou mortais são reunidos com Deus, ou seja, retornam para seu amplexo). Com a encarnação de Cristo, a exteriorização ou autoalienação da divindade, a passagem do Deus transcendente para os indivíduos finitos ou mortais, é um *fait accompli*, não há como voltar atrás – a partir de agora, tudo que existe, tudo que "realmente existe", são os indivíduos; não existem Ideias platônicas ou Substâncias cuja existência seja de algum modo "mais real". Na passagem do Filho para o Espírito Santo, portanto, o que é "suprassumido" é o próprio Deus: depois da crucificação,

---

[18] HEGEL. *Lectures on the Philosophy of Religion*, v. 3, p. 233.

da morte do Deus encarnado, o Deus universal retorna como Espírito da comunidade de fiéis, isto é, *Ele* é quem passa da existência como Realidade substancial transcendente para um ente virtual ou ideal que só existe como "pressuposto" dos indivíduos que agem. A ideia-padrão de Hegel como um holista organicista que pensa que os indivíduos realmente existentes são apenas "predicados" de um Todo substancial "superior", epifenômenos do Espírito como um Megassujeito que efetivamente comanda o espetáculo, perde totalmente de vista o principal.

Para Hegel, a codependência desses dois aspectos da *kenosis* – a autoalienação de Deus e a alienação do indivíduo em relação a Deus, indivíduo que experimenta a si mesmo como sozinho num mundo ímpio, abandonado por Deus, que habita em algum Além transcendente e inacessível – atinge sua máxima tensão no protestantismo. O protestantismo e a crítica do Esclarecimento às superstições religiosas são a frente e o verso da mesma moeda. O ponto de partida desse movimento inteiro é o pensamento católico medieval de pensadores como Tomás de Aquino, para quem a filosofia deveria ser subordinada da fé: fé e conhecimento, teologia e filosofia, suplementam-se como uma distinção harmoniosa e não conflituosa dentro (sob o predomínio) da teologia. Por mais que Deus em si continue sendo um mistério imperscrutável para nossas capacidades cognitivas limitadas, a razão também pode nos levar na direção dele ao nos permitir reconhecer seus traços na realidade criada – essa é a premissa das cinco versões de Aquino da prova de Deus (a observação racional da realidade material como uma rede de causas e efeitos nos leva à percepção necessária de como deve haver uma Causa primária para todas as coisas, etc.). Com o protestantismo, essa unidade se rompe: de um lado temos o universo sem Deus, o objeto peculiar de nossa razão, e o Além divino e imperscrutável está separado dele por um hiato. Confrontados com essa ruptura, podemos fazer duas coisas: ou negamos qualquer significado a um Além sobrenatural, descartando-o como uma ilusão supersticiosa, ou continuamos religiosos e libertamos nossa fé do domínio da razão, concebendo-a precisamente como um ato de pura fé (sentimento interno autêntico, etc.). O que aqui interessa a Hegel é como essa tensão entre filosofia (pensamento racional esclarecido) e religião acaba em um "mútuo aviltamento e abastardamento" (109). Em um primeiro momento, a Razão parece estar na ofensiva, e a religião, na defensiva, tentando desesperadamente forjar um espaço para si mesma fora do domínio da Razão: sob a pressão da crítica do Esclarecimento e dos avanços da ciência, a religião se retira humildemente para o espaço interno dos sentimentos autênticos. No entanto, o preço final é pago pela própria Razão esclarecida: essa derrota da religião acaba em sua autoderrota, em sua autolimitação, de modo que, na conclusão de todo esse movimento, a lacuna entre fé e conhecimento reaparece, mas transposta para o campo do próprio saber (Razão):

> A razão – que desse modo já tinha descido em si e por apreender a religião apenas como algo positivo, mas não idealmente – não pôde fazer nada de melhor depois da luta do que daqui para adiante olhar para si mesma, chegar ao seu conhecimento de si, reconhecendo o seu não ser ao pôr, já que é apenas entendimento, o que é melhor do que ela em uma fé fora e acima de si, como um para-além, tal como aconteceu nas filosofias de Kant, Jacobi e Fichte, e reconhecendo que ela se fez novamente criada de uma fé.[19]

Os dois polos, portanto, são aviltados: a Razão se torna o mero "intelecto", uma ferramenta para manipular objetos empíricos, um mero instrumento pragmático do animal humano, e a religião se torna um sentimento interior impotente que nunca pode ser realmente efetivado, pois no momento em que se tenta transpô-lo para a realidade exterior, regressa-se à idolatria católica que fetichiza os objetos naturais contingentes. O epítome desse desenvolvimento é a filosofia de Kant: Kant começou como o grande destruidor, com sua crítica implacável à teologia, e acabou – segundo ele mesmo disse – limitando o escopo da Razão para criar espaço para a fé. O que ele coloca de maneira exemplar é como a denigração implacável e a limitação, realizada pelo Esclarecimento, de seu inimigo exterior (a fé, à qual é negado qualquer status cognitivo – a religião é um sentimento sem valor cognitivo de verdade) invertem-se para a autodenigração e a autolimitação da Razão (a Razão só pode legitimamente com os objetos da experiência fenomenal; a verdadeira Realidade lhe é inacessível). A insistência protestante na fé apenas, em como os verdadeiros templos e altares a Deus deveriam ser construídos no coração do indivíduo, e não na realidade exterior, é um indício de como a atitude antirreligiosa do Esclarecimento não pode resolver "seu próprio problema, o problema da subjetividade dominada pela absoluta solidão".[20] O resultado final do

---

[19] HEGEL, Georg Wilhelm Friedrich. *Fé e saber*. Tradução de Oliver Tolle. São Paulo: Hedra, 2009, p. 20.

[20] MALABOU. *The Future of Hegel*, p. 114.

Esclarecimento, portanto, é a singularidade absoluta do sujeito destituído de todo conteúdo substancial, reduzido a um ponto vazio de negatividade autorrelativa, um sujeito totalmente alienado do conteúdo substancial, inclusive de *seu próprio* conteúdo. E, para Hegel, a passagem por esse ponto zero é necessária, pois a solução não é dada por nenhum tipo de síntese renovada da reconciliação entre Fé e Razão: com o advento da modernidade, a mágica do universo encantado se perde para sempre, a realidade permanecerá cinza para sempre. A única solução é, como já vimos, a própria duplicação da alienação, a constatação de como minha alienação em relação ao Absoluto coincide com a autoalienação do Absoluto: eu sou "em" Deus em minha própria distância dele.

Não há dúvida de que foi Kierkegaard o responsável por levar ao extremo essa tensão paraláctica divina, mais bem apreendida em sua noção de "suspensão teológica do ético". Em "O antigo motivo trágico refletido no moderno", um dos capítulos do primeiro volume de *Ou/ Ou*, Kierkegaard apresentou sua fantasia do que teria sido uma Antígona moderna.[21] O conflito agora está totalmente interiorizado: não há mais a necessidade de Creonte. Embora Antígona ame e admire Édipo, seu pai, o herói público e salvador de Tebas, ela sabe a verdade sobre ele (o assassinato do pai, o casamento incestuoso). O impasse de Antígona é o fato de ser impedida de compartilhar esse conhecimento maldito (como Abraão, que também não podia transmitir aos outros a injunção divina de sacrificar o próprio filho): ela não pode reclamar, tampouco dividir sua dor e sua mágoa com os outros. Em contraste com a Antígona de Sófocles, a Antígona que age (para enterrar o irmão depois assumir ativamente seu destino), ela é incapaz de agir, está condenada para sempre ao sofrimento impassível. Esse peso insuportável de seu segredo, de seu destrutivo amálgama, acaba a impulsionando para a morte, na qual ela encontra a paz fornecida noutra ocasião pelo símbolo ou compartilhamento de sua dor ou mágoa. O argumento de Kierkegaard é que essa situação deixou de ser propriamente trágica (vale ressaltar, de maneira semelhante, que Abraão também não é uma figura trágica). Ademais, uma vez que a Antígona de Kierkegaard é paradigmaticamente moderna, podemos dar continuidade a esse experimento mental e imaginar uma Antígona pós-moderna, uma Antígona, é claro, com um viés stalinista: em contraste à Antígona moderna, ela finalmente se encontraria numa posição em que, para citar o próprio

---

[21] KIERKEGAARD, Søren. *Either/or: A Fragment of Life*. Translated by David F. Swenson and Lillian Marvin Swenson. New York: Doubleday, 1959. v. 1, p. 137-162.

Kierkegaard, o ético em si seria a tentação. Sem dúvida, uma possível versão seria Antígona publicamente renunciar, denunciar e acusar o pai (ou, numa versão diferente, seu irmão Polinices) de seus terríveis pecados, *por amor incondicional a ele*. O lampejo kierkegaardiano é que esse ato *público* transformaria Antígona numa pessoa ainda mais *isolada* e absolutamente *sozinha*: ninguém – com exceção do próprio Édipo, se ele ainda estivesse vivo – entenderia que seu ato de traição era um ato supremo de amor... Antígona, desse modo, seria totalmente destituída de sua beleza sublime – o que indicaria o fato de que ela não havia pura e simplesmente traído o pai, de que ela agiu por amor a ele, seria um tique repulsivo quase imperceptível, como o histérico contrair de lábios de Sygne de Coûfontaine em *L'Otage*, de Paul Claudel – um tique que não pertence mais ao rosto, mas é uma careta cuja insistência desintegra a unidade de um rosto.

É justamente por causa da natureza paraláctica do pensamento de Kierkegaard que, a propósito de sua "tríade" de Estético, Ético e Religioso, devemos ter em mente como a escolha "ou/ou" é sempre entre os dois – seja os dois primeiros (Estético ou Ético), seja os dois últimos (Ético e Religioso). O verdadeiro problema não está na escolha entre o nível estético e o ético (prazer *versus* dever), mas entre a suspensão ética e a religiosa: é fácil cumprirmos com o próprio dever indo de encontro a nosso desejo de prazer ou de interesses egoístas; é muito mais difícil obedecermos ao chamado ético-religioso incondicional que vai de encontro a nossa própria substância ética. (Esse é o dilema encarado por Sygne de Coûfontaine, bem como o paradoxo extremo do cristianismo como *a* religião da modernidade: assim como Julia em *Memórias de Brideshead*, de Evelyn Waugh, para continuar fiel ao próprio Dever incondicional, é preciso se entregar ao que parece ser uma regressão estética ou uma traição oportunista.) Em *Ou/Ou*, Kierkegaard não prioriza claramente o Ético, apenas confronta as duas escolhas, a do Estético e a do Ético, de uma maneira puramente paraláctica, enfatizando o "salto" que as separa, a falta de uma mediação entre elas. A Religião não é de modo nenhum a "síntese" mediadora das duas, mas sim, ao contrário, a asserção radical da lacuna paraláctica (ou "paradoxo", a falta de um divisor comum, o abismo intransponível entre Finito e Infinito). Ou seja, o que torna problemático o Ético ou o Estético não são suas respectivas características positivas, mas sua própria natureza formal: o fato de que, nos dois casos, o sujeito quer viver um modo consistente de existência e por isso renega o antagonismo radical da situação humana. Por esse motivo, a escolha de Julia, no final de *Memórias de Brideshead*, é propriamente religiosa, ainda que, em sua aparência imediata, ela seja uma escolha do Estético (romance efêmero) em detrimento do Ético (casamento): o que importa é ela ter confrontado e assumido plenamente o paradoxo da existência humana. Isso quer dizer que seu ato envolve um "salto de fé": não há garantia de que seu refúgio num romance efêmero não seja apenas aquilo – um refúgio do o Ético para o Estético (da mesma maneira que não há garantia de que a decisão de Abraão de matar Isaac não seja resultado de sua própria loucura). Nunca estamos seguros dentro do Religioso, a dúvida permanece eternamente, e o mesmo ato pode ser visto como religioso ou estético, numa cisão paraláctica que nunca pode ser anulada, uma vez que a "diferença mínima" que transubstancia (o que parece ser) um ato ético num ato religioso não pode ser especificada ou localizada numa propriedade determinada.

No entanto, essa própria cisão paraláctica está presa numa paralaxe: ela pode ser vista como algo que nos condena à angústia permanente, mas também como algo inerentemente cômico. É por isso que Kierkegaard insistia no caráter cômico do cristianismo: existe algo mais cômico que a encarnação, essa sobreposição ridícula do Superior ao Inferior, a coincidência de Deus, criador do universo, com um homem miserável?[22] Recordemos a cena cômica elementar dos filmes: depois que as trombetas anunciam a entrada do rei no salão da realeza, o público surpreso vê um palhaço estropiado e miserável andando aos trancos... essa é a lógica da encarnação. O único comentário cristão apropriado sobre a morte de Cristo é este: *La commedia è finita*... E, vale ressaltar, a questão é que a lacuna que separa Deus do homem em Cristo é puramente a lacuna da paralaxe: Cristo não é uma pessoa com duas substâncias, imortal e mortal. Talvez essa seja uma das maneiras de diferenciar o gnosticismo do cristianismo: o problema do gnosticismo é que ele é tão sério no desenvolvimento de sua narrativa sobre a ascensão à Sabedoria que acaba perdendo o lado humorístico da experiência religiosa – os gnósticos são cristãos que perderam a piada do cristianismo... (E, aliás, é por isso que, em última instância, o filme *A paixão de Cristo*, de Mel Gibson, é um filme anticristão: ele perde totalmente esse aspecto cômico.)

Como costuma ser o caso, Kierkegaard aqui está surpreendentemente perto de seu maior oponente, Hegel, para quem a passagem da tragédia à comédia diz respeito à superação dos limites da representação: enquanto, na tragédia, o ator representa o personagem universal que ele

---

[22]Ver ODEN, Thomas C. (Ed.). *The Humor of Kierkegaard. An Anthology*. Princeton: Princeton University Press, 2004.

interpreta, na comédia ele imediatamente *é* esse personagem. A lacuna da representação, portanto, é fechada, exatamente como no caso de Cristo, que, em contraste às divindades pagãs anteriores, não "representa" um poder ou princípio universal (como no hinduísmo, em que Krishna, Vishnu, Shiva, etc. "representam" certos princípios ou poderes espirituais – amor, ódio, razão): como esse humano miserável, Cristo *é* diretamente Deus. Cristo não é também humano, além de ser um deus; ele é um homem justamente na medida em que é Deus, ou seja, o *ecce homo é* a marca suprema de sua divindade. Desse modo, há uma ironia objetiva no *Ecce homo!* de Pôncio Pilatos, quando ele apresenta Cristo para a multidão enfurecida: seu significado não é "Vejam esta criatura torturada miserável! Vocês veem nela um homem simples e vulnerável? Não sentem compaixão por ela?", mas sim "Eis o próprio Deus!".

Na comédia, contudo, o ator não coincide com a pessoa que interpreta da maneira como interpreta a si mesmo no palco, no sentido de que ele apenas é o que realmente é no palco. Antes, num sentido propriamente hegeliano, a lacuna que separa, na tragédia, o ator de sua *persona* no palco é transposta para a própria *persona* no palco: um personagem cômico nunca se identifica plenamente com seu papel, sempre mantém a capacidade de observar a si mesmo de fora, "ridicularizando a si mesmo". (Recordemos a imortal Lucy do seriado *I Love Lucy*, cujo gesto característico, quando algo a surpreendia, era inclinar levemente o pescoço e virar diretamente para a câmera, com um olhar de surpresa – esta não era Lucille Ball, a atriz, dirigindo-se de maneira irônica ao público, mas sim uma atitude de autoestranhamento que fazia parte da própria "Lucy" como *persona* da tela.) É assim que funciona a "reconciliação" hegeliana: não como uma síntese imediata ou uma reconciliação dos opostos, mas como uma duplicação da lacuna ou um antagonismo – os dois momentos opostos são "reconciliados" quando a lacuna que os separa é posta como inerente a um dos termos. No cristianismo, a lacuna que separa Deus do homem não é efetivamente "suprassumida" na figura de Cristo como deus-homem, mas apenas no momento mais tenso da crucificação, quando o próprio Cristo se desespera ("Pai, por que me abandonaste?"): nesse momento, a lacuna é transposta no próprio Deus, como a lacuna que separa Cristo de Deus-pai; cilada propriamente dialética aqui é esta: a mesma característica que parecia me separar de Deus é aquela que me une a Deus.

Para Hegel, o que acontece na comédia é que o Universal aparece "como tal", em contraste direto com o universal meramente "abstrato" que é a universalidade "muda" da ligação passiva (característica comum) entre os momentos particulares. Em outras palavras, na comédia, a universalidade *age* diretamente – mas como? A comédia não se baseia na destruição de nossa dignidade com lembretes das contingências ridículas de nossa existência terrestre; ao contrário, ela é a plena asserção da universalidade, a coincidência imediata da universalidade com a singularidade do personagem ou do ator. Ou seja, o que acontece efetivamente quando, na comédia, todas as características universais da dignidade são ridicularizadas e subvertidas? A força negativa que as destrói é a força do indivíduo, o herói com sua atitude de desrespeito em relação a todos os valores universais elevados, e essa negatividade se torna a única força universal verdadeira restante. Não podemos dizer o mesmo de Cristo? Todas as características universais substanciais estáveis são destruídas, relativizadas, por seus atos escandalosos, de modo que a única universalidade restante é a universalidade encarnada nele, em sua própria singularidade. Os universais destruídos por Cristo são universais substanciais "abstratos" (apresentados na forma da Lei judaica), enquanto a universalidade "concreta" é a própria negatividade dos universais abstratos que são destruídos.

De acordo com uma anedota do período de Maio de 1968, havia uma frase grafitada num muro em Paris: "Deus está morto – Nietzsche". No dia seguinte, apareceu outra frase grafitada em baixo: "Nietzsche está morto – Deus". O que há de errado com essa piada? Por que ela é reacionária de uma maneira tão clara? Não é apenas que a declaração invertida seja baseada numa platitude moralista sem verdade inerente; sua falha é mais profunda e diz respeito à forma da própria reversão. O que faz a piada ser ruim é a simetria pura da reversão – a alegação subjacente da primeira frase, "Deus está morto. Assinado, Nietzsche (obviamente, o ser vivo)", é revertida numa declaração que implica: "Nietzsche está morto, enquanto eu ainda vivo. Assinado, Deus". O que é fundamental para o efeito propriamente cômico não é a diferença naquilo que esperamos ver igualdade, mas sim a igualdade naquilo que esperamos a diferença – é por isso que, como apontou Alenka Zupančič,[23] a versão propriamente cômica da piada seria mais ou menos assim: "Deus está morto. E, na verdade, também não me sinto muito bem...". Não seria essa uma versão cômica da reclamação de Cristo na cruz? Cristo morre na cruz não para se livrar de sua forma mortal e se reunir ao divino; ele

---

[23] Baseio-me aqui em seu ensaio "The 'Concrete Universal,' and What Comedy Can Tell Us About It", em ŽIŽEK, Slavoj (Ed.), *Lacan: The Silent Partners*. London: Verso Books, 2006.

morre porque ele é Deus. Não admira, portanto, que Nietzsche, em seus últimos anos de atividade intelectual, costumasse assinar seus textos e suas cartas como "Cristo": o próprio suplemento cômico da proclamação de que "Deus está morto" teria sido fazer Nietzsche acrescentar a ela: "E também não me sinto muito bem...".

A partir daí, também podemos elaborar uma crítica da filosofia da finitude que predomina atualmente. A ideia é que, contra os grandes construtos da metafísica, deveríamos aceitar humildemente nossa finitude como nosso horizonte definitivo: não existe Verdade absoluta, não podemos fazer nada mais que aceitar a contingência de nossa existência, o caráter insuperável de nosso ser lançado numa situação, a falta básica de qualquer ponto absoluto de referência, a jocosidade de nossa condição. No entanto, a primeira coisa que salta aos olhos aqui é a completa seriedade dessa filosofia da finitude, seu *páthos* que tudo permeia, contrário à esperada jocosidade: o tom definitivo dessa filosofia da finitude é o tom de um confronto heroico e extremamente sério com nosso próprio destino – não admira que o filósofo da finitude por excelência, Heidegger, também seja o filósofo que carece totalmente de senso de humor. É significativo que a *única* piada – ou, se não for piada, que seja pelo menos um momento de ironia – em Heidegger ocorra em um gracejo de muito mau gosto sobre Lacan, como "aquele psiquiatra que precisa de psiquiatra" (em carta escrita para Medard Boss). (Infelizmente, também existe uma versão lacaniana da filosofia da finitude, quando, num tom trágico, ele nos diz que devemos abandonar nossa luta impossível pela plena *jouissance* e aceitar a "castração simbólica" como o limite supremo de nossa existência: no momento em que entramos na ordem simbólica, toda *jouissance* tem de atravessar a mortificação do meio simbólico, todo objeto atingível já é um deslocamento do objeto impossível-real do desejo, que está constitutivamente perdido...) Pode-se dizer que Kierkegaard fiou-se demais no humor justamente por insistir na relação com o Absoluto e rejeitar a limitação da finitude.

Então, o que essa ênfase na finitude deixa de considerar? Como podemos reafirmar a imortalidade de uma maneira materialista sem recorrer à transcendência espiritual? A resposta é, precisamente, o *objet petit a* como resto "não morto" ("não castrado") que persiste em sua imortalidade obscena. Não surpreende que os heróis wagnerianos queiram morrer tão desesperadamente: eles querem se livrar desse suplemento imortal obsceno que representa a libido como órgão, a pulsão em sua forma mais radical, ou seja, pulsão de morte. Em outras palavras, o paradoxo propriamente freudiano é este: é a própria pulsão de morte que explode os limites de nossa finitude. Sendo assim, quando Badiou, em sua rejeição depreciativa da filosofia da finitude, fala sobre a "infinitude positiva" e, de maneira platônica, celebra a infinitude da produtividade genérica aberta pela fidelidade a um Acontecimento, ele não leva em consideração, de um ponto de vista freudiano, a insistência obscena da pulsão de morte como verdadeiro suporte material(ista) da "infinitude positiva".

Obviamente, de acordo com a perspectiva-padrão da filosofia da finitude, a tragédia grega sinaliza a aceitação da lacuna, do fracasso, da derrota, do não fechamento, como horizonte definitivo da existência humana, ao passo que a comédia cristã fia-se na certeza de que um Deus transcendente garante um final feliz, a "suprassunção" da lacuna, a reversão do fracasso em triunfo final. O excesso da fúria divina como anverso do amor cristão nos permite perceber o que essa visão-padrão deixa passar: que a comédia cristã do amor só pode ocorrer no contexto da perda radical da dignidade humana, de uma degradação que destrói de maneira precisa a experiência trágica: só é possível experimentar uma situação como "trágica" quando a vítima retém um mínimo de dignidade. Por esse motivo, não é apenas errado, mas também eticamente obsceno definir um *Muselmann*[24] no campo de concentração, ou uma vítima de um julgamento-espetáculo stalinista, como trágico – a situação deles é terrível demais para merecer essa designação. "Cômico" também representa um domínio que surge quando o horror de uma situação excede os confins do trágico. E é nesse ponto que o amor propriamente cristão entra em ação: não o amor pelo homem como herói trágico, mas um amor pelo abjeto miserável a que homens e mulheres são reduzidos depois de serem expostos ao acesso arbitrário de fúria divina.

Essa dimensão cósmica é o que falta à espiritualidade oriental em voga atualmente – nossa condição atual encontra essa expressão perfeita no documentário *Sandcastles: Buddhism and Global Finance* [Castelos de areia: o budismo e o financiamento global], de Alexander Oey (2005), uma obra maravilhosamente ambígua que combina comentários do economista Arnoud Boot, da socióloga Saskia Sassen e do professor budista tibetano Dzongsar Khyentse Rinpoche. Sassen e Boot discutem o escopo, o poder e os efeitos socioeconômicos do financiamento global:

---

[24]"*Muselmann*", que literalmente significa "muçulmano", era o termo alemão usado amplamente nos campos de concentração para se referir às vítimas prisioneiras que sofriam um extermínio gradual provocado por exaustão, inanição ou falta total de esperança. (N.T.)

os mercados financeiros, hoje avaliados numa estimativa de 83 trilhões de dólares, existem dentro de um sistema fundamentado puramente no interesse próprio, no qual o comportamento de rebanho, geralmente assentado em rumores, pode inflar ou destruir o valor das empresas – ou de economias inteiras – numa questão de horas. Khyentse Rinpoche rebate os dois com reflexões sobre a natureza da percepção humana, da ilusão e do esclarecimento; sua declaração ético-filosófica, "Livre-se do apego a algo que na realidade não existe, mas é uma percepção", supostamente lançaria novas luzes à dança louca das especulações de bilhões de dólares. Refletindo a noção budista de que não existe um Eu, apenas um fluxo contínuo de percepções, Sassen comenta a respeito do capital global: "Não é que existam 83 trilhões. Trata-se essencialmente de uma série contínua de movimentos. Ela desaparece e reaparece...".

O problema aqui, obviamente, é como interpretar esse paralelo entre a ontologia budista e a estrutura do universo do capitalismo virtual. O filme tende à leitura humanista: vista através de lentes budistas, a exuberância da riqueza do financiamento global é ilusória, separada da realidade objetiva – o sofrimento humano real criado por acordos realizados nos pregões e nas diretorias é invisível para a maioria de nós. Se, no entanto, aceitamos a premissa de que o valor da riqueza material e nossa experiência de realidade são coisas subjetivas, e que o desejo desempenha um papel decisivo tanto na vida diária quanto na economia neoliberal, não seria possível tirar disso a conclusão exatamente oposta? Será que nosso tradicional mundo vivido não se baseou na noção substancialista e realista ingênua de uma realidade externa composta de objetos fixos, enquanto a desconhecida dinâmica do "capitalismo virtual" nos coloca em confronto com a natureza ilusória da realidade? Qual seria uma prova melhor do caráter não substancial da realidade que uma fortuna gigantesca se dissolvendo em nada num período de duas horas devido a um falso rumor que surge de repente? Consequentemente, por que reclamar que as especulações financeiras com futuros são "separadas da realidade", se a premissa básica da ontologia budista *é* que não existe "realidade objetiva"? Portanto, a única lição "crítica" que tiramos da perspectiva budista sobre o capitalismo virtual de hoje é que estamos lidando com um mero teatro de sombras, com entes virtuais não substanciais e que, consequentemente, não deveríamos nos envolver totalmente no jogo capitalista, ou seja, deveríamos jogá-lo mantendo uma distância interna. O capitalismo virtual, portanto, poderia agir como primeiro passo rumo à libertação: ele nos faz encarar o fato de que a causa de nosso sofrimento e nossa escravização não é a realidade objetiva (pois ela não existe), mas sim nosso Desejo, nossa ânsia por coisas materiais, nosso apego excessivo a elas; tudo que temos de fazer depois de nos livrarmos da falsa noção de realidade substancial, portanto, é renunciar a nosso próprio desejo, adotar a atitude de paz e distância interiores... Não admira que o budismo funcione como suplemento ideológico perfeito ao capitalismo virtual de hoje: ele nos permite participar desse capitalismo mantendo uma distância interna, isto é, com os dedos cruzados, por assim dizer.

Durante décadas, circulou uma piada clássica entre os lacanianos que exemplifica o papel-chave do saber do Outro: um homem que acredita ser uma semente é levado para uma instituição mental onde os médicos fazem o melhor que podem para convencê-lo de que ele não é uma semente, mas um homem. No entanto, depois que é curado e autorizado a deixar o hospital, ele volta imediatamente, tremendo, com medo – há uma galinha do lado de fora, e ele está com medo de ser comido por ela. "Meu caro", diz o médico, "você sabe muito bem que não é uma semente, mas sim um homem." "É claro que eu sei", responde o paciente, "mas será que a galinha sabe disso?" Nisso consiste o verdadeiro teste do tratamento psicanalítico: não basta convencer o paciente da verdade inconsciente de seus sintomas, é preciso fazer o próprio Inconsciente assumir essa verdade. É nesse aspecto que Hannibal Lecter, aquele protolacaniano, estava errado: o verdadeiro núcleo traumático do sujeito não é o silêncio dos cordeiros, mas a ignorância das galinhas... Exatamente o mesmo não é válido para a noção marxiana de fetichismo da mercadoria? Vejamos o início da famosa seção 4 do capítulo 1 de *O capital*, sobre "O caráter fetichista da mercadoria e seu segredo": "À primeira vista, a mercadoria parece uma coisa trivial, evidente. Analisando-a, vê-se que ela é uma coisa muito complicada, cheia de sutileza metafísica e manhas teológicas".[25]

Essas linhas deveriam nos surpreender, uma vez que invertem o procedimento-padrão de desmistificar um mito teológico, reduzindo-o a sua base terrestre: Marx não diz, como de costume na crítica do Esclarecimento, que a análise crítica deveria demonstrar como o que aparece como ente teológico misterioso na verdade surgiu de processos "ordinários" da vida real; ele diz, ao contrário, que a tarefa da análise crítica é revelar "sutilezas metafísicas e manhas teológicas" no que parece, à primeira vista, ser apenas um objeto ordinário. Em outras palavras,

---

[25] MARX, Karl. *O capital*. Tradução de Regis Barbosa e Flávio R. Kothe. São Paulo: Nova Cultural, 1996. p. 197.

quando um crítico marxista encontra um sujeito burguês imerso no fetichismo da mercadoria, a reprimenda que o marxista faz a ele não é "A mercadoria pode lhe parecer um objeto mágico dotado de poderes especiais, mas na verdade não passa de uma expressão reificada das relações entre as pessoas", mas sim "Você pode pensar que a mercadoria lhe parece ser uma simples incorporação das relações sociais (que, por exemplo, o dinheiro é apenas um tipo de *voucher* que lhe garante o direito a uma parte do produto social), mas não é assim que as coisas de fato lhe parecem – em sua realidade social, através de sua participação na troca social, você atesta o fato estranho de que uma mercadoria realmente aparece para você como um objeto mágico dotado de poderes especiais". Em outras palavras, podemos imaginar um sujeito burguês fazendo um curso sobre marxismo no qual aprende sobre o fetichismo da mercadoria; no entanto, quando o curso acaba, ele se dirige ao professor e reclama que continua sendo vítima do fetichismo da mercadoria. O professor lhe diz: "Mas agora você sabe como são as coisas, você sabe que as mercadorias são apenas expressões das relações sociais, que não existe nada de mágico nelas!", ao que o aluno responde: "É claro que *sei* disso tudo, mas as mercadorias com as quais eu lido parecem não saber disso!". Essa é a mesma situação evocada por Marx em sua famosa ficção das mercadorias que começam a falar umas com as outras:

> Se as mercadorias pudessem falar, diriam: É possível que nosso valor de uso interesse ao homem. Ele não nos compete enquanto coisas. Mas o que nos compete enquanto coisas é nosso valor. Nossa própria circulação como coisas mercantis demonstra isso. Nós nos relacionamos umas com as outras somente como valores de troca.[26]

Então, repetindo, a verdadeira tarefa é convencer não o sujeito, mas as mercadorias-galinhas: mudar não o modo como falamos sobre as mercadorias, mas o modo como as mercadorias falam entre si... Alenka Zupančič leva esse ponto até o fim e imagina um exemplo brilhante referente a Deus:

> Na sociedade esclarecida, digamos, do terror revolucionário, um homem é preso porque acredita em Deus. De diversas maneiras, mas sobretudo por meio de uma explicação esclarecida, é-lhe transmitido o conhecimento de que Deus não existe. Quando sai da prisão, o homem volta correndo e explica que tem muito

---

[26]MARX. *O capital*, p. 207.

medo de ser punido por Deus. É claro que ele sabe que Deus não existe, mas Deus também sabe disso?[27]

E, é claro, é exatamente isso que aconteceu (apenas) no cristianismo quando, ao morrer na cruz, Cristo diz: "Pai, pai, por que me abandonaste?" – aqui, por um breve momento, Deus não acredita em si mesmo – ou, como coloca G. K. Chesterton de maneira enfática:

> O mundo foi abalado e o sol desapareceu do céu não no momento da crucificação, mas no momento do grito do alto da cruz: o grito que confessou que Deus foi abandonado por Deus. E agora deixemos que os revolucionários escolham um credo dentre todos os credos e um deus dentre todos os deuses do mundo, ponderando com cuidado todos os deuses de inevitável recorrência e poder inalterável. Eles não encontrarão um outro deus que tenha ele mesmo passado pela revolta. Não (a questão torna-se difícil demais para a fala humana), mas deixemos que os próprios ateus escolham um deus. Eles encontrarão apenas uma divindade que chegou a expressar a desolação deles; apenas uma religião em que Deus por um instante deixou a impressão de ser ateu.[28]

Nesse sentido preciso, a era atual talvez seja menos ateísta que a anterior: estamos todos prontos para nos entregar ao completo ceticismo e à distância cínica, à exploração dos outros "sem quaisquer ilusões", à violação de todos os limites éticos, a práticas sexuais extremas, etc. – protegidos pela consciência silenciosa de que o grande Outro ignora tudo isso:

> O sujeito está pronto para agir consideravelmente, para mudar radicalmente, somente se puder permanecer inalterado no Outro (no Simbólico como mundo exterior no qual, em termos hegelianos, está incorporada a consciência que o sujeito tem de si, materializada como algo que ainda não sabe de si como consciência). Nesse caso, a crença no Outro (na forma moderna de acreditar que o Outro não sabe) é justamente o que ajuda a manter o mesmo estado de coisas, independentemente de todas as mutações e permutações subjetivas. O universo do sujeito vai

---

[27] ZUPANČIČ. The "Concrete Universal", and What Comedy Can Tell Us About It, p. 173.

[28] CHESTERTON, G. K. *Ortodoxia*. Tradução de Almiro Pisetta. São Paulo: Mundo Cristão, 2008. p. 228.

realmente mudar apenas no momento em que ele atingir o conhecimento de que o Outro sabe (que não existe).[29]

Niels Bohr, que deu a resposta correta à frase "Deus não joga dados", de Einstein ("Não diga a Deus o que fazer!"), também deu o exemplo perfeito de como a renegação fetichista da crença funciona na ideologia: ao ver uma ferradura na porta da casa de Bohr, o visitante surpreso perguntou se ele acreditava na superstição de que a ferradura dava sorte, ao que Bohr respondeu: "É claro que não, mas me disseram que funciona mesmo se a gente não acreditar!". Esse paradoxo esclarece a atitude reflexiva da crença: nunca se trata apenas de acreditar – é preciso acreditar na própria crença. Por isso Kierkegaard estava certo ao dizer que não acreditamos realmente (em Cristo), apenas acreditamos que acreditamos – Bohr nos coloca de frente com a negativa lógica dessa reflexividade (também é possível *não* acreditarmos em nossas crenças...).

Nesse aspecto, os Alcóolicos Anônimos encontram Pascal: "Finja até conseguir". No entanto, essa causalidade pelo hábito é mais complexa do que parece: longe de oferecer uma explicação de como surge a crença, ela mesma pede uma explicação. A primeira coisa a esclarecer é que a máxima "Ajoelhe-se e acreditará!", de Pascal, tem de ser entendida como algo que envolve um tipo de causalidade autorreferencial: "Ajoelhe-se e você acreditará que ajoelhou porque acreditava!". A segunda coisa é que, no funcionamento cínico "normal" da ideologia, a crença é deslocada para o outro, para um "sujeito suposto acreditar", de modo que a verdadeira lógica é: "Ajoelhe-se e assim você *fará alguém acreditar*!". É preciso tomar isso literalmente e ainda arriscar um tipo de inversão da fórmula de Pascal: "Você acredita demais, diretamente demais? Acha que sua crença é opressora demais em sua imediaticidade? Então se ajoelhe, aja como se acreditasse e *você se livrará de sua crença* – não mais terá de acreditar, sua crença já existirá objetificada no seu ato de oração!". Ou seja, e se o sujeito ajoelha e reza não para reobter sua própria crença, mas sim, ao contrário, para *se livrar dela*, para obter uma distância mínima de sua proximidade excessiva, um espaço para respirar? Acreditar "diretamente" – sem a mediação exteriorizadora de um ritual – é um fardo pesado, opressor e traumático que, através de um ritual, o sujeito tem a chance de transferir para um Outro. Se

---

[29]ZUPANČIČ. The "Concrete Universal", and What Comedy Can Tell Us About It, p. 174.

existe uma injunção ética freudiana, é a injunção de que deveríamos ter a coragem de nossas próprias convicções, não deveríamos ter medo de assumir totalmente nossas próprias identificações. E o mesmo se aplica ao casamento: o pressuposto implícito (ou melhor, a injunção) da ideologia-padrão do casamento é justamente que no casamento não deveria ter amor. A fórmula pascaliana do casamento, portanto, não é: "Você não ama seu parceiro? Então se case com ele, passe pelo ritual de uma vida compartilhada, e o amor surgirá por si mesmo!", mas, ao contrário: "Você está muito apaixonado por alguém? Então se case, ritualize sua relação para se curar do apego apaixonado excessivo e substituí-lo por uma rotina enfadonha – e se não puder resistir à tentação da paixão, sempre haverá casos extraconjugais...".

Isso nos leva ao chamado "fundamentalismo", o oposto da atitude "tolerante" da crença deslocada: aqui, o funcionamento "normal" da ideologia na qual a crença ideológica é transposta para o Outro é perturbado pelo retorno violento da crença imediata – o fundamentalista "realmente acredita". Ou seriam eles? E se a fé neo-obscurantista em todas as suas formas, desde teorias da conspiração a misticismos irracionais, na verdade surgir quando a própria fé, a confiança básica no grande Outro ou na ordem simbólica, fracassa? Não é esse o caso da atualidade?

Isso nos leva à fórmula do fundamentalismo: o que é forcluído do simbólico (crença) retorna no real (de um conhecimento direto). O fundamentalista não acredita, ele sabe diretamente. Dito de outra forma: o cinismo cético liberal e o fundamentalismo *compartilham* uma característica subjacente básica: a perda da capacidade de acreditar no sentido próprio do termo. Para ambos, as declarações religiosas são declarações quase-empíricas do conhecimento direto: os fundamentalistas as aceitam como tal, enquanto os cínicos céticos as ridicularizam. Impensável para eles é o ato "absurdo" de *decisão* que estabelece cada crença autêntica, uma decisão que não pode ser fundamentada na cadeia de "razões", no conhecimento positivo: a "hipocrisia sincera" de Anne Frank, que, diante da depravação terrível dos nazistas, num verdadeiro ato de *credo quia absurdum*, afirmou sua crença na bondade fundamental de todos os seres humanos. Não admira que os fundamentalistas religiosos estejam entre os *hackers* digitais mais apaixonados e sempre prontos para combinar sua religião com os últimos avanços científicos: para eles, as declarações religiosas e as declarações científicas pertencem à mesma modalidade de conhecimento positivo. (Nesse sentido, o estatuto dos "direitos humanos universais" também é o de uma crença pura: eles não podem ser fundamentados em nosso conhecimento de natureza humana, são um axioma posto por nossa decisão.) Desse modo, somos forçados a chegar à conclusão paradoxal: na oposição entre os humanistas seculares tradicionais e os fundamentalistas religiosos, os humanistas representam a crença, e os fundamentalistas representam o conhecimento – em suma, o verdadeiro perigo do fundamentalismo não está no fato de ele representar uma ameaça ao conhecimento científico secular, mas sim no fato de ele representar uma ameaça à própria crença autêntica.

6. A emocionante aventura da ortodoxia radical: exercícios espirituais
Gunjević

> *Essa é a emocionante aventura da Ortodoxia. As pessoas adquiriram o tolo costume de falar de ortodoxia como algo pesado, enfadonho e seguro. Nunca houve nada tão perigoso ou tão estimulante como a ortodoxia.*[1]

Hoje raramente aludimos a G. K. Chesterton quando falamos da ortodoxia cristã como algo ao mesmo tempo romântico, emocionante e perigoso, embora esses sejam os termos usados para descrever o movimento anglo-católico contemporâneo conhecido como ortodoxia radical, uma iniciativa acadêmica iniciada na Universidade de Cambridge no final da década de 1990. Em sentido geral, podemos falar de sensibilidade, visão metafísica, política cultural e disposição hermenêutica. A bricolagem da ortodoxia radical consiste em ferramentas aparentemente "heterogêneas", como ontologia participativa, epistemologia iluminativa, exegese patrológica, reflexão cultural, estética litúrgica, política e teoria "pós-moderna". John Milbank, por exemplo, afirma por conta própria que quer "sistematizar um cristianismo mais encarnacional, participativo, estético, mais erótico, mais socializado, até mesmo mais platonizado".[2]

---

[1] CHESTERTON, G. K. *Ortodoxia*. Tradução de Almiro Pisetta. São Paulo: Mundo Cristão, 2008. p. 258.

[2] MILBANK, John; PICKSTOCK, Catherine; WARD, Graham (Ed.). *Radical Orthodoxy: A New Theology*. London: Routledge, 1999. p. 3.

Milbank também dirá que a ortodoxia radical é um movimento de mediação e protesto. Quer essa mediação seja intelectual, ecumênica, cultural ou política, quer o protesto seja contra a insistência na pura fé ou na pura razão, a ortodoxia radical protesta, a título de mediação, contra as posições aparentemente extremas típicas do pensamento moderno. A ortodoxia radical se opõe a uma teologia que funciona como idioleto autístico da Igreja, tanto quanto a uma teologia que adota as suposições do secularismo sem questioná-las. Em comparação a outras formas de teologia moderna, a ortodoxia radical é menos adaptável às realidades autônomas do discurso secular, embora ao mesmo tempo seja mais mediadora, participativa e intensificadora enquanto se recusa a cristianizar o niilismo, como o faz a teologia negativa contemporânea. Seu sistema de referência proposto é mais ou menos este:

> O sistema de referência teológico central da ortodoxia radical é a "participação" como desenvolvida por Platão e retrabalhada pelo cristianismo, pois qualquer configuração alternativa necessariamente reserva um território independente de Deus. Este último só pode levar ao niilismo (embora em diferentes formas). A participação, no entanto, recusa qualquer reserva de território criado, enquanto confere às coisas infinitas sua própria integridade. [...] a ideia [é] que cada disciplina seja enquadrada por uma perspectiva teológica; do contrário, essas disciplinas definirão uma zona separada de Deus, literalmente fundamentadas no nada.[3]

A ortodoxia radical não limita a teologia a uma interpretação puramente exegética da Bíblia de acordo com sua própria lógica fundada, tampouco vê a teologia como uma muleta útil a serviço dos ensinamentos da igreja. Sua intenção é uma radicalização dessas posições justapostas de modo que, pela mediação, ela chegue a uma terceira opção que não seria apologética, mas sim radicalmente transformadora e intensamente imaginativa. Dessa declaração, podemos inferir um fato importante. Para a ortodoxia radical, a teologia é o único metadiscurso que pode fazer com que todos os outros discursos não culminem no niilismo. Apesar do anúncio secular da morte de Deus e da falta de um chamado para a teologia no espaço público, a ortodoxia radical "busca reconfigurar a verdade teológica".[4] Graham Ward resume essa questão da seguinte maneira:

---

[3] MILBANK; PICKSTOCK; WARD (Ed.). *Radical Orthodoxy: A New Theology*, p. 3.

[4] MILBANK; PICKSTOCK; WARD (Ed.). *Radical Orthodoxy: A New Theology*, p. 1.

A ortodoxia radical tem a ver com a leitura dos signos dos tempos de determinada maneira. Ela investiga "lugares" nos quais investimos muito capital cultural – o corpo, a sexualidade, as relações, o desejo, a pintura, a música, a cidade, o natural, o político – e os interpreta nos termos da gramática da fé cristã; uma gramática que poderia ser resumida nos vários credos. Dessa maneira, a ortodoxia radical deve ver sua própria tarefa não apenas como uma feitura da teologia, mas como sendo ela mesma teológica – participando na redenção da Criação, envolvendo-se na reunião de diferentes *logoi* no *Logos*.[5]

Ortodoxia significa comprometimento às fórmulas confessionais que são definidas nos concílios ecumênicos e situadas numa matriz patrística universal de teologia e prática que passou por uma complexa sistematização no início da Idade Média, antes de 1100. A ortodoxia também é entendida como um modelo teológico prático, que rompe com os estreitos limites confessionais estabelecidos durante a era da pós-Reforma e a era barroca, e os transcende. Milbank, no contexto de uma crítica da teologia pós-reforma, falaria da ortodoxia radical como uma tentativa de construir um "protestantismo alternativo".

Radical significa um retorno às raízes. Isso quer dizer, sobretudo, um retorno à visão defendida por Santo Agostinho, São Máximo e, de certa forma, São Tomás de Aquino, do conhecimento como iluminação divina e participação no *logos* divino. Para Milbank, esse entendimento da epistemologia teológica é uma das ferramentas essenciais para a crítica à compreensão modernista contemporânea de cultura, política, arte, ciência e filosofia. Radical significa adotar a tradição cristã *católica*, principalmente a parte esquecida dessa tradição, dentro da qual separamos autores como João Escoto Erígena e Nicolau de Cusa de um lado e, de outro, Giambattista Vico, Samuel Taylor Coleridge, John Ruskin ou Charles Péguy, que, com sua visão específica do cristianismo, questionaram a decadência do Esclarecimento e do gnosticismo secular.

John Milbank é da opinião de que a ortodoxia não faz sentido sem uma radicalidade que só pode lhe ser conferida pelo cristianismo. O cristianismo e sua prática não podem ser comparados a todas as outras formas historicamente trágicas de radicalismo, pois o *ágape* cristão se coloca acima de qualquer lei. Isso significa que o cristianismo estabelece

---

[5] WARD, Graham. Radical Orthodoxy and/as Cultural Politics. In: HEMMING, Laurence (Ed.). *Radical Orthodoxy? A Catholic Enquiry*. Aldershot: Ashgate, 2000. p. 103.

uma pessoa-em-processo antes de compreender a pessoa como indivíduo isolado ou coletivo, instrumentalizado ou subordinado ao coletivo e aos interesses tecnocráticos. A ortodoxia permite e cria uma comunidade *interpessoal* que coloca a pessoa no *corpo místico e metafísico* da comunidade, que é, ao mesmo tempo, o *lugar da verdade* que une as esferas pastoril, econômica e política. Caso contrário, sem a ajuda de uma participação metafísica cristã, tudo acabaria se inundando no individualismo neopagão, que, mediante uma falsa preocupação com o corpóreo, escraviza com formas utilitárias de controle tecnocrático, criando uma ilusão de liberdade e segurança. Milbank afirma que o radical na ortodoxia significa uma séria receptividade ao significado da compreensão própria de sua integridade. Essa seriedade implica uma radicalização da própria ortodoxia de duas maneiras quase contraditórias, embora inter-relacionadas.

A primeira consiste em refletir sobre a *incompletude do discurso teológico*. O teólogo inglês argumenta que a doutrina cristã não está *acabada* e demonstra isso com os exemplos da encarnação de Cristo e da leitura eclesiástica das Escrituras. Milbank sustenta que depois da encarnação e da *kenosis*, Cristo é inteiramente "constituído de relações substanciais"[6] para com o Pai e o Espírito Santo. Essas relações, diz ele, ainda são exploradas de maneira insuficiente, e justamente por isso é muito importante refletir sobre uma ontologia dessas relações, que não devem ser interpretadas em categorias psicológicas. Ademais, de acordo com o pensamento de Milbank, jamais seremos capazes de entender completamente a plenitude infinita de significado contida nas Escrituras que lemos de maneira litúrgica e contemplativa, como afirmou Henri de Lubac. Esta é uma leitura tradicional das Escrituras que começou em Orígenes – uma leitura literária, histórica, alegórica e analógica em uma matriz medieval. Ela é diferente de uma leitura *Sola Scriptura* abstrata, ultramoderna e protestante, que luta para preservar os limites da fé aceitável, conceituando o modelo mais plausível para a prática da igreja. Milbank diz que essa leitura ultraprotestante da Bíblia é tão perigosa quanto a leitura do Alcorão.

A segunda maneira de radicalização da ortodoxia é pelos chamados para a redescoberta e a releitura de autores que Milbank descreve como *hiperbolicamente ortodoxos*, particularmente João Escoto Erígena, Mestre Eckhart,[7] Nicolau de Cusa, Beda, em parte, bem como Robert Grosseteste,

---

[6] MILBANK, John; OLIVER, Simon (Ed.). *The Radical Orthodoxy Reader*. London: Routledge, 2009. p. 394.

[7] ŽIŽEK, Slavoj; MILBANK, John. *A monstruosidade de Cristo: paradoxo ou dialética?* Tradução de Rogério Bettoni. São Paulo: Três Estrelas, 2014. p. 251.

Alselmo, Ralph Cudworth, Søren Kierkegaard e G. K. Chesterton. Milbank argumenta que esses autores têm em comum o fato de que, numa lógica especificamente *concentrada*, eles refletem sobre toda a doutrina cristã, buscando e investigando profundamente os paradoxos da ortodoxia, e, ao fazer isso, parecem desviar do que pretendem estudar. Essa é a estratégia buscada pela ortodoxia radical. O hiperbolicamente ortodoxo "insiste nas coisas", e é por isso que não podemos ignorá-los. De uma maneira bem específica, eles expõem uma visão da salvação cósmica universal. Essa visão é compatível com a glória de Deus, argumenta Milbank, e por isso ela pode nos livrar de regimes perversos da verdade e de práticas disciplinares que levam a formas aberrantes de controle. O inglês sabe que existem grupos de pessoas que aprovarão e apoiarão a primeira maneira de radicalização da ortodoxia. Ele também sabe que existem aqueles que protestarão contra a primeira e adotarão a segunda. No entanto, segundo ele, essa é a própria razão de ser da ortodoxia radical, e ela atrairá aquelas almas raras e aventureiras convencidas de que esse duplo radicalismo é "tanto autêntico quando crucial" não só para o futuro da teologia, mas também para o futuro do cristianismo. "Para o cristão, o radicalismo que não promove a ortodoxia não pode ser radical, mas, da mesma maneira, uma ortodoxia que não busca radicalizar a si mesma continuamente não pode ser ortodoxa."[8] As conclusões a seguir derivam dessas declarações:

A ortodoxia radical é primordialmente um discurso ecumênico que visa transcender um fundamentalismo bíblico protestante e decadente (em termos eclesiásticos), bem como um autoritarismo positivista pós-tridentino, que são, de acordo com Milbank, duas formas inacabadas de autoridade na igreja. Milbank diz que a ortodoxia radical não é uma teologia sem raízes do ecumenismo, muito menos um diálogo entre as igrejas. Podemos entender a ortodoxia radical como uma teologia ecumênica "com um diagnóstico ecumênico específico", que expõe uma série de propostas concretas e teopolíticas. Entendida dessa maneira, a ortodoxia radical é "a primeira teologia ecumênica dos tempos modernos" que não é estritamente protestante como a neo-ortodoxia, tampouco estritamente católica como a nova teologia francesa. Apesar de ser vista desde os primórdios como um movimento acadêmico, a ortodoxia radical é fundamentada numa prática eclesiástica anglo-católica que continua aberta a uma orientação "católica" literal conforme definida nos sete concílios. Essa abertura natural do movimento consiste primordialmente em sua

---

[8] MILBANK; OLIVER (Ed.). *The Radical Orthodoxy Reader*, p. 395.

intenção de incluir em seu próprio discurso partes da teologia ortodoxa e da tradição relacionadas à filosofia religiosa russa moderna. Um fato importante ressaltado pelos autores da ortodoxia radical, especialmente Milbank, é que eles não se veem como conservadores antimodernos, mas sim como aqueles que continuam aprofundando e ampliando a visão integral da realidade exposta pela nova teologia francesa, liderada por Henri de Lubac.[9] A nova teologia francesa é a teologia mais importante do século XX, segundo Milbank, e De Lubac é seu representante mais autêntico; suas conclusões, obras e constatações devem ser ampliadas e continuadas. A ortodoxia radical vê esse avanço principalmente em termos de reviver doutrinas a respeito do sobrenatural, a leitura alegórica das Escrituras e o corpo ternário de Cristo. Milbank descreveu isso da seguinte maneira:

> A transformação da teologia na situação anterior a 1300 para a situação moderna agora será considerada sob três tópicos: sobrenatural, *corpus mysticum* e alegoria. Por esses três tópicos perpassa um quarto que não será considerado sozinho: a participação. As primeiras três categorias derivam principalmente da obra de De Lubac, especialmente como reinterpretada por Michel de Certeau, Jean-Yves Lacoste e Olivier Boulnois. A quarta categoria deriva em parte de Erich Przywara, Sergej Bulgakov, Hans Urs von Balthasar, Rowan Williams e, mais uma vez, Olivier Boulnois.
>
> O que está em jogo no primeiro tópico é a teologia entre fé e razão; no segundo, a teologia sob a autoridade eclesiástica; no terceiro, a teologia entre a escritura e a tradição.[10]

Isso demonstra claramente a disposição teológica da ortodoxia radical que é ampliada e aprofundada pelo exame crítico: "Essa nova abordagem foi marcada por uma séria consideração do pensamento contemporâneo pós-moderno, especialmente em suas variações francesas, mas ao mesmo tempo como um preparo para criticar esse pensamento a partir de um ponto de vista teológico".[11] Deve-se mencionar que a crítica teológica do pós-modernismo francês começou no Reino Unido muito

---

[9] MILBANK, John. The Programme of Radical Orthodoxy. In: HEMMING (Ed.). *Radical Orthodoxy? A Catholic Enquiry*, p. 36.

[10] MILBANK, John. *Being Reconciled: Ontology and Pardon*. London: Routledge, 2003. p. 113.

[11] PICKSTOCK, Catherine. Reply to David Ford and Guy Collins. *Scottish Journal of Theology*, v. 54, n. 3, 2001, p. 406.

antes do surgimento da ortodoxia radical. Graham Ward tratou amplamente desse criticismo no início dos anos 1990 e foi muito longe em suas pesquisas. Os textos publicados por Milbank, Ward e Pickstock foram fundamentais para a publicação da coletânea *Radical Orthodoxy: A New Theology* [Ortodoxia radical: uma nova teologia], que, de certo modo, inaugurou todo o projeto.[12] O *RONT*, como costuma ser chamado, foi o terceiro volume a sair, reunindo mais nove autores dentro da editora Routledge. A Routledge teve um papel central na apresentação de *Radical Orthodoxy: A New Theology* para o público, enquanto no jornal *Chronicle of Higher Education* dizia-se que a ortodoxia radical poderia muito bem se tornar o maior desenvolvimento na teologia desde as 95 teses de Lutero.[13] Logo depois de publicar esse volume, a Routledge lançou a série Ortodoxia Radical, tendo como editores Milbank, Pickstock e Ward. Algum tempo depois, um dos autores da série fez gracejo dizendo que a ortodoxia radical é uma série de livros publicada pela Routledge, não um movimento teológico.

O *RONT* deveria se chamar *Suspending the Material* [Colocando o material em suspensão]. Os editores queriam evitar o palavreado pretensioso de *Uma nova teologia*, e, depois de entrarem em acordo com a editora, para quem o título *Ortodoxia radical* era muito interessante, o livro acabou recebendo o título que conhecemos hoje. Esse nome depois foi dado ao movimento conhecido durante um período como *Cambridge movement*, uma saudação mais que clara ao movimento do cardeal Newman, em Oxford. Os ensaios publicados no *RONT* lembram obras de autores anglicanos de Oxford do século XIX, reunidos em *Lux Mundi*, um volume de ensaios organizado por Charles Gore. Pode-se afirmar legitimamente que a ortodoxia radical é uma continuação "pós-moderna" do movimento de Oxford. Isso é evidente nas declarações recentes de Milbank, que confirmam seu legado de Oxford. Milbank chega ao ponto de afirmar: "Tenho quase certeza de que a unidade da

---

[12]Graham Ward organizou *The Postmodern God: A Theological Reader* (Oxford: Blackwell, 1997). Os organizadores de *Radical Orthodoxy: A New Theology* se conheceram enquanto trabalhavam nesse volume. Textos programáticos que modelariam não só a coletânea *Radical Orthodoxy*, mas também a carreira inteira desses pesquisadores, foram publicados aqui. Philip Bond preparou *Post-secular Philosophy: Between Philosophy and Theology* (London: Routledge, 1998) no ano seguinte, uma coletânea que, com uma revisão adicional da filosofia continental, baseou-se no volume de Ward.

[13]SHARLET, Jeff. Theologians Seek to Reclaim the World with God and Postmodernism. *Chronicle of Higher Education*, 23 jun. 2000.

igreja tem de acontecer em volta do papa",[14] o que se sabe ter sido o programa do movimento de Oxford. Aparentemente, Pickstock foi o primeiro a citar a expressão "ortodoxia radical", usada a princípio como autoironia por parte dos editores. Os ensaios publicados em *RONT* podem variar em qualidade, mas manifestam uma abordagem sistemática e interconectada. Os organizadores espontaneamente fundiram os 12 ensaios em um todo inacabado. A intenção do *RONT*, como sugerem os organizadores na introdução, foi um tipo de experimento teológico sério para provocar, examinar e tentar possíveis sugestões. O livro é caracterizado por constatações profundas, intuições poderosas, excesso, linguagem hiperbólica, generalizações arriscadas que, apesar da síntese engenhosa, continuam debatidas de maneira inadequada, bem como pela excentricidade na articulação de teses quase escandalosas que, como matéria-prima, parecem ser provocadoras, mas só agora esperam sua subsequente argumentação, interpretação e sistematização adicional. Já nos agradecimentos, nas primeiras páginas, há uma mostra ampla dos muitos pensadores que influenciaram os colaboradores do *RONT* de modo significativo, pensadores presentes em todo o livro. A menção a autores clássicos esclarece a estratégia central do projeto nascente. Baseando-se em autores clássicos como Platão, Agostinho, Anselmo e Aquino, a ortodoxia radical sugeriu uma abordagem diferente dos autores teológicos e filosóficos dentro de uma estratégia confessional anglo-católica mais ampla. Seja falando de Dons Escoto, Johann Georg Hamman, Søren Kierkegaard ou Henri de Lubac, a ortodoxia radical oferece uma nova leitura dos autores "marginalizados" em uma matriz cultural inteiramente nova. A ortodoxia radical, como apresentada no *RONT*, poderia ser entendida como um movimento de Oxford do início do século XXI redefinido, por mais que seja, em sua amplitude, uma coletânea de autores de Cambridge. Tudo isso está evidente no fato de os organizadores agradecerem e citarem Ralph Cudworth e Christopher Smart. Cudworth é o mais conhecido platonista de Cambridge, e junto com ele a ortodoxia radical insiste no significado da ontologia da participação de Platão. Christopher Smart foi uma figura trágica e excêntrica dentro do anglicanismo, considerado pela ortodoxia radical um poeta metafísico excepcionalmente importante, cujo poema mais famoso é

---

[14] WARD, Graham; MILBANK, John. Return of Metaphysics. In: HOELZL, Michael; WARD, Graham (Ed.). *The New Visibility of Religion: Studies in Religion and Political Culture.* London: Continuum, 2008. p. 160.

dedicado a seu gato Jeoffry e a seus colegas de manicômio. Um verso de *Jubilate Agno*, seu poema mais cotado, abre o volume com as palavras: "Pois X tem o poder de três e portanto é Deus".[15]

Autores contemporâneos de Cambridge que exerceram uma influência direta no *RONT* são igualmente importantes para os organizadores do volume. Trata-se de escritores e professores de Cambridge, e ainda de amigos pessoais de John Milbank, Graham Ward e Catherine Pickstock. Os primeiros citados são Rowan Williams, Nicholas Lash, David Ford, Janet Soskic, Tim Jenkins, Donald MacKinnon e Lewis Ayers. O grupo final que colaborou no formato final do *RONT* é formado por autores fora de Cambridge, sendo os mais conhecidos Stanley Hauerwas, David Burrell, Michael Buckley, Walter Ong e Gillian Rose. Milbank, Pickstock e Ward abrem o livro com uma introdução que costuma ser o texto mais citado do livro, muitas vezes indicado para iniciantes em teologia. Temas como conhecimento, revelação, linguagem, niilismo, desejo, amizade, sexualidade, política, estética, percepção e música, que o livro coloca como questões, dão consistência à gama referencial do projeto em si. Pouco tempo depois de ser publicado, o *RONT* se tornou objeto de crítica e de um debate caloroso que continuou acirrado durante 10 anos. Pickstock reconhece que o futuro da ortodoxia radical é muito menos importante que o futuro da teologia; a julgar pelo modo como a Ortodoxia Radical está hoje, não temos com o que nos preocupar nesse aspecto. É importante acrescentar que o *RONT* não tem status canônico no movimento, por isso ele pode ser aproveitado e criticado. A ortodoxia radical sustenta que uma parte da crítica dos ensaios publicados no *RONT* é plausível e justificada. Os ensaios nos quais os autores posteriormente revisaram, complementaram e melhoraram seus argumentos confirmam isso.

Escrevo estas linhas quase 10 anos depois que o *RONT* foi publicado e, como eu disse, colocou o "movimento" em ação. Essa é uma distância suficiente para pensar sobre o caminho coberto pela ortodoxia radical. Hoje, ele se descrevem como um grupo permeável de colegas viajantes, uma rede de amigos e simpatizantes.[16] Diversas coletâneas de ensaios

---

[15] SMART, Christopher. *The Religious Poetry*. Manchester: Carcanet Press, 1980. p. 48.

[16] Ver HEMMING (Ed.). *Radical Orthodoxy?*; PABST, Adrian; SCHNEIDER, Christoph (Ed.). *Encounter Between Radical Orthodoxy and Eastern Orthodoxy*. Aldershot: Ashgate, 2009. SMITH, James; OLTHUIS, James (Ed.). *Radical Orthodoxy and the Reformed Tradition: Creation, Covenant, and Participation*. Grand Rapids: Brazos, 2005.

foram publicadas sobre a relação entre teologia e política. Essas obras foram editadas por defensores da ortodoxia radical ou seus simpatizantes.[17] Os principais jornais de teologia dedicaram seis edições temáticas completas à ortodoxia radical ou a um de seus autores, como Milbank ou Pickstock.[18] Era razoável esperar que a ortodoxia radical publicasse diversos livros e artigos de importância nos dez anos seguintes, aos quais haveria uma resposta polêmica de diversos autores no mundo anglo-saxão.[19] Textos de Milbank, Ward e Pickstock chamam a atenção, pois todos têm publicado escritos de alta qualidade. *The Radical Orthodoxy Reader*, publicado no primeiro semestre de 2009, foi certamente uma pedra de toque, pois era a reimpressão de textos muito importantes e citados com frequência de Milbank, Ward e Pickstock, mais um texto de Cavanaugh. O *Reader* termina com um longo artigo de Milbank no qual ele revê os primeiros 10 anos do movimento. Em sua análise, Milbank estabelece como uma atividade acadêmica inicialmente espontânea se transformou no embrião de um movimento cultural e político que defende uma ordem cristã global diante do escândalo do cristianismo dividido. Para os pensadores da ortodoxia radical, a divisão do cristianismo teve consequências ideológicas e culturais profundas que estão enraizadas na compreensão moderna da teologia e da política. Hoje, essa política reside no triângulo formado pelo mundo anglo-saxão, a Europa continental e a Rússia. Embora haja um desejo de encorajar a prática ecumênica em cada nível, a ortodoxia radical é extremamente cética em relação ao

---

[17] MILBANK, John; WARD, Graham; WYSCHOGROD, Edith. *Theological Perspectives on God and Beauty*. London: Continuum Press, 2003; WARD, Graham. *Blackwell Companion to Postmodern Theology*. Oxford: Blackwell, 2004; MILBANK, John; DAVIS, Creston; ŽIŽEK, Slavoj (Ed.). *Theology and the Political: The New Debate*. Durham: Duke University Press, 2005; WARD, Graham; HOELZL, Michael (Ed.). *Religion and Political Thought*. London: Continuum, 2006; HOELZL, Michael; WARD, Graham (Ed.). *The New Visibility of Religion: Studies in Religion and Political Culture*. London: Continuum, 2008.

[18] Ver *New Blackfriars*, v. 73, n. 861 (1992); *Arachne*, v. 2, n. 1 (1995); *Modern Theology*, v. 15, n. 4 (1999); *Antonianum*, v. 78, n. 1 (2003); *The Journal of Religious Ethics*, v. 33, n. 1 (2005); *Conrad Grebel Review*, v. 23, n. 2 (2005).

[19] CROCKETT, Clayton. *A Theology of the Sublime*. London: Routledge, 2001; HYMAN, Gavin. *The Predicament of Postmodern Theology: Radical Orthodoxy or Nihilist Textualism?* Louisville: John Knox, 2001; HART, David Bentley. *The Beauty of the Infinite: The Aesthetics of Christian Truth*. Grand Rapids: Eerdmans, 2003; INSOLE, Christopher J. *The Politics of Human Frailty: A Theological Defense of Political Liberalism*. London: SCM Press, 2009.

diálogo ecumênico oficial e seus documentos interconfessionais, cheios de concessões e inverdades, que não possuem significado mais amplo. Milbank defende que, no futuro, deveríamos ampliar as atividades dos "corpos culturais interconfessionais como, entre outros, a ortodoxia radical" que tendem a encorajar e apoiar iniciativas *ad hoc* na intercomunicação e na teologia cada vez mais compartilhada. Essas iniciativas compartilhadas podem incitar a cooperação em coisas simples, como diferentes denominações compartilhando os mesmos lugares sagrados, conforme já acontece na Grã-Bretanha. Se a reunião com Roma puder realmente ser efetivada, como Milbank espera que será, isso acontecerá por já ter se tornado uma realidade de fato.

O futuro da ortodoxia radical será decisivo, afirma Milbank, no contexto da mediação dentro do *corpus* anglicano, porque a Igreja Anglicana hoje está passando por uma crise e uma divisão profundas. Esta é conhecida como a "crise homossexual" e é uma das mais sérias de toda a história dos anglicanos. Entre outras coisas, a estratégia mediadora do centrismo anglicano, como defendido pela ortodoxia radical, deveria ser adotada. Ela questiona extremistas evangelicamente conservadores dentro da Igreja Anglicana (que não se importam com nenhum tipo de ordem da igreja além de sua campanha contra o casamento gay e o sacerdócio gay), bem como os argumentos dos anglicanos liberais (que são indiferentes a tudo exceto sua diferença, que eles consideram a virtude teológica suprema). Não surpreende em nada, portanto, que o centrismo da ortodoxia radical seja criticado dos dois lados como simultaneamente sexista e elitista, como conservadorismo antimoderno e exclusivismo eurocêntrico. Esse é o preço a ser pago quando essas duas posições extremas são mediadas. Da mesma maneira, Milbank diz que a ortodoxia radical poderia exercer uma forte influência na política britânica, porque não basta mais ser teologicamente conservador e politicamente radical. Isso fica bem claro em seu debate com Slavoj Žižek. Em uma época dominada por três discursos igualmente influentes como a racionalidade capitalista, o cristianismo e o islã, as divisões comuns entre Esquerda e Direita devem ser superadas. Na esteira de André de Muralt, Milbank está convencido de que a política anglo-saxã ainda é, ontológica e genealogicamente, toda fundamentada em um "nominalismo" político. Nesse tipo de ontologia social nominalista, ainda há o que é considerado uma divisão "natural" em Esquerda e Direita que Milbank acredita ser arcaica e totalmente inadequada, principalmente porque ela não é natural – a divisão ela mesma apenas pós-data a Revolução Francesa. Tal invenção (ultra)moderna, como diz Milbank, leva-nos de volta a determinada forma de paganismo que não pode oferecer uma política coerente, e por isso ele afirma que é importante oferecer uma forma radicalmente nova de *ethos*. Somente o "centro católico", para ele, será extremo o suficiente para constituir esse *ethos*. Em uma afirmação paradoxal típica, Milbank diz que apenas um centro católico, mais extremo que qualquer dos extremos, pode proporcionar uma saída da racionalidade capitalista imoral, neopagã, herética e destrutiva da atualidade. Milbank vê o futuro da ortodoxia radical da seguinte maneira:

> Em termos políticos, culturais, eclesiásticos e teológicos, a ortodoxia radical é apenas uma das novas "minorias criativas" mencionadas pelo papa Benedito, cujo espírito jovial e espontâneo está renovando a cristandade no mundo inteiro. Mas ela já está fazendo sua parte, e eu acredito que continuará fazendo.[20]

Se encararmos a ortodoxia radical como uma tentativa criativa de renovar o cristianismo, afirma Milbank, ela precisa ser interpretada de uma maneira mais jovial e espontânea. Podemos interpretá-la e representá-la como uma "tecnologia de si", ou o que Pierre Hadot chamou de exercício espiritual. Em outras palavras, a ortodoxia radical não pode ser vista apenas como uma iniciativa acadêmica, uma sensibilidade ou ainda uma disposição metafísica, mas sim como algo que pertence amplamente à experiência e à prática quotidianas. É possível enxergar a renovação da cristandade da qual falamos aqui através das categorias de apoio da ortodoxia radical que, ao mesmo tempo, sustentam um quadro interpretativo para o exercício espiritual. Nesse ponto, visando à clareza, resumo a ortodoxia radical a três categorias: talvez pareça que ao problematizar a linguagem, o desejo e a comunidade de uma maneira específica, seja possível abranger toda a visão da ortodoxia radical.

Como minha intenção é interpretar a ortodoxia radical como um exercício espiritual, usarei as conclusões de Hadot,[21] a partir das quais percebemos até que ponto o discurso filosófico da Antiguidade sempre correspondeu a um modo de vida escolhido e adotado voluntariamente, um estilo de vida que continha, de modo inerente, certos modelos terapêuticos e pedagógicos. Esse modo de vida, inseparável do dis-

---

[20]MILBANK; OLIVER (Ed.). *The Radical Onthology Reader*, p. 402.

[21]HADOT, Pierre. *Plotinus or the Simplicity of Vision*. Chicago: University of Chicago Press, 1993.

curso filosófico nas várias escolas filosóficas, foi examinado por meio de lugares privilegiados e *topoi* específicos, sejam eles platônicos, aristotélicos, cínicos, estoicos, epicuristas ou neoplatônicos. A principal contribuição de Hadot consiste em mostrar que o próprio cristianismo foi apresentado como uma filosofia, como um modelo específico de exercício espiritual. Hadot nos lembra o exemplo de Orígenes de interpretar os livros sapienciais da Bíblia (de acordo com Orígenes, o objetivo é viver em harmonia com o *logos* divino) reduzindo-a a três *topoi*: ética, física e metafísica. Orígenes considerava o cristianismo como a mais completa expressão de toda a filosofia, interpretando a ética pelo *Livro dos Provérbios*, a física pelo *Eclesiastes* e a metafísica, ou, como ele a chamava, *epopteia* (o que hoje chamamos de "teologia"), pelo *Cântico dos Cânticos*. Nesse aspecto, poderíamos falar dos muitos Padres da Igreja que ofereceram modelos similares, como Evágrio do Ponto e até mesmo Doroteu de Gaza. O que importa é que esses três *topoi*, em várias escolas filosóficas, têm sido interpretados de diferentes maneiras, e eu me decidi por uma das possíveis interpretações sugeridas por Hadot. O francês afirma que, no último período da filosofia romana helenística, no final da Antiguidade, a filosofia começou a ser interpretada de novo como modo de vida (não apenas como exegese teórica dos primeiros textos filosóficos). A filosofia como discurso é interpretada num quadro referencial para o qual a lógica, a física e a ética eram decisivas, pertencendo especialmente aos últimos estoicos e epicuristas. É exatamente isso que pretendo fazer com a ortodoxia radical, interpretando-a como exercícios espirituais que ligam lógica e linguagem, desejo e física, ética e comunidade.

A lógica da linguagem

Para a ortodoxia radical, a linguagem é tanto um lugar privilegiado da teologia quanto um meio para a verdadeira ordem doxológica. Ward afirmou que "a linguagem é sempre e inevitavelmente teológica".[22] Milbank diz que somente o cristianismo em sua inteireza prevê a ideia de que a realidade é moldada pela linguagem e de que a linguagem tem o poder de remodelar a realidade. Em paralelo, ele vê a linguagem como uma realidade interativamente dinâmica fundamentada nas relações, ou seja, primeiro há as relações e a comunicação, e só depois as identidades

---

[22] WARD, Graham. *Barth, Derrida and the Language of Theology*. Cambridge: Cambridge University Press, 1995. p. 9.

fixas são construídas. Por esse motivo, Milbank argumenta que nossa articulação pela linguagem reflete o ato divino da criação, enquanto Long afirma que a própria linguagem se tornou participação na abundância infinita de Deus. Ward complementa isso com sua concisa declaração poética: "A comunicação confere a comunhão e cria a comunidade".[23] O entendimento da linguagem vem da convicção especificamente cristã de que Jesus Cristo é, ao mesmo tempo, a Palavra de Deus, a linguagem de Deus, signo, imagem e metáfora, e isso é dito por todos os defensores da ortodoxia radical.[24] O papel principal da linguagem é nos permitir participar das relações. Isso significa que Pickstock, por exemplo, quer renovar uma noção específica de linguagem como liturgia que nos possibilita nosso papel na vida divina e nos guia para ele. A verdade, desse modo, seria um evento, uma relação participativa multiforme no tempo, continuamente refletida na comunidade litúrgica. Milbank sustenta que toda a criatividade humana participa de Deus, enquanto o próprio Deus é uma articulação infinitamente poética.

A física do desejo

Nesse caso, a ortodoxia radical volta-se para Agostinho e sua interpretação do desejo. Seus defensores argumentam que o desejo é o elemento constitutivo que faz de nós humanos, e que é extremamente importante direcionar o desejo de uma maneira teologicamente ordenada. Para Pickstock, o desejo é "a misericórdia divina dentro de nós". Ward afirma que o desejo é "complexo, multifocado e supostamente mantido por um poder maior que o poder de qualquer indivíduo ou coletividade".[25] Seguindo Agostinho, a ortodoxia radical, em seus textos, quer mostrar que o desejo em si é escravizado e maculado pelo pecado porque não é direcionado por Deus, mas por nós mesmos, e por isso "nosso coração vive inquieto, enquanto não repousa em Vós". Essa inquietude da alma, segundo a Ortodoxia Radical, é evidente na obsessão pós-moderna com várias formas perversas de sexualidade que destroem

---

[23] WARD. *Radical Orthodoxy and/as Cultural Politics*, p. 111.

[24] Graham Ward escreveu um livro sobre a importância da filosofia de Jacques Derrida nos termos da teologia de Karl Barth. Ward certamente tem uma relação mais conciliadora para com Derrida do que Pickstock ou Milbank (ver WARD. *Barth, Derrida and the Language of Theology*, p. xvii).

[25] WARD, Graham. *Cultural Transformation and Religious Practice*. Cambridge: Cambridge University Press, 2005. p. 153.

o eros, o amor e o corpo, moldando-os nos termos das leis do mercado, em que tudo se torna mercadoria. O desejo, nesse caso, é definido como falta e escassez perpetuamente voltadas para nós mesmos. Nunca satisfazemos plenamente esse desejo. Por esse motivo, de modo mimético, desejamos o que os outros desejam. Esse é o princípio fundamental da racionalidade capitalista, segundo a qual funcionam as leis do mercado, escravizando "ontologicamente" o desejo.

Interpretando Gilles Deleuze, Daniel M. Bell Jr. argumenta que o capitalismo é uma disciplina pecaminosa do desejo. O capitalismo é "uma forma de desejo, um modo de vida que capta e distorce o desejo humano de acordo com a regra de ouro da produção para o mercado".[26] Parece que a produção capitalista prevalece porque sua vitória é "ontológica", uma vez que se funda na disciplina efetiva do desejo como poder humano constitutivo. Para nos libertarmos dessa "tecnologia do desejo", precisamos de uma "terapia" do desejo muito específica. Precisamos de uma antiprática teológica que vai curar nosso desejo, como Pickstock notou tão apropriadamente. A ortodoxia radical está convencida de que apenas o cristianismo pode remodelar e redirecionar o desejo. Vivenciada pela física da liturgia, a beleza da narrativa cristã pode curar o eros ferido ao redirecionar o desejo para a plenitude infinita da beleza de Deus. O curso do desejo e a abertura do eros ferido podem ser arrancados da racionalidade capitalista do mercado de uma maneira romântica, através de uma terapia litúrgica que não interpretará a natureza como dada, mas como dádiva. Pickstock observa que Aquino já falava sobre modular o desejo pela liturgia, e que o próprio ato de preparação para a liturgia está intimamente ligado ao desejo humano. Pickstock resumiu essa questão da seguinte maneira:

> Vemos, portanto, que a Eucaristia é desejo. Embora conheçamos pelo desejo, ou pela vontade de conhecer, e embora essa circunstância apenas resolva a aporia da aprendizagem, para além disso nós descobrimos que o que há para se conhecer é o desejo. Mas não o desejo como ausência, falta e adiamento perpétuo; antes, o desejo como fluxo livre de efetivação, perpetuamente renovado e jamais forcluído.[27]

---

[26] BELL, Daniel M. *Liberation Theology After the End of History: The Refusal to Cease Suffering*. London: Routledge, 2001. p. 2.

[27] PICKSTOCK, Catherine. Thomas Aquinas and the Quest for the Eucharist. *Modern Theology*, v. 15, n. 2, Apr. 1999, p. 178-179.

A ética da comunidade

A ortodoxia radical considera que primeiro nos é oferecida a prática eclesiástica da Igreja – como a liturgia e os sacramentos –, e só depois somos chamados para deliberar a respeito de doutrinas complexas como a encarnação de Jesus e a Trindade. A Igreja é o modo de vida dos cristãos, o modo como são moldados como cristãos. A Igreja é a continuação eficaz da encarnação através da história, uma vez que Cristo é apresentado pelo texto da Palavra, o sacramento, e no modo como as pessoas vivem a jornada dele. O que começou com a encarnação continua com a Eucaristia, representada na prática litúrgica da Igreja. Desse modo, o ciclo da doxologia não termina nunca, mas começa de uma forma nova. A Igreja se amplia com o passar do tempo, ou seja, a Igreja é uma comunidade de nômades eclesiais viajando para a Cidade de Deus. A Igreja não pode ter uma ética particular, porque a Igreja, ela mesma, é ética.

A Igreja é um espaço complexo mais parecido com uma catedral gótica à qual salas adicionais são sempre anexadas. O espaço complexo, entendido dessa maneira, consiste em múltiplas relações sociais com vários centros e níveis de graduação de poder, porque inclui muitas associações, guildas, universidades, unidades familiares, movimentos, irmandades e ordens monásticas, cada qual com sua excelência, sua influência e suas regras específicas. Autoridade, poder e esferas de influência são coisas que devem ser mantidas separadas nesse espaço complexo – não distribuídas hierarquicamente –, porque, se isso não acontece, a Igreja continua sendo uma alavanca ideológica a serviço do Estado, uma associação semifeudal que lembra uma paródia totalitária do Estado moderno e sua burocracia. A Igreja encarna, ao mesmo tempo, uma comunidade verdadeira e, depois, sua política, como Milbank costuma dizer. A Igreja, nesse caso, não clama por uma opção política específica, tampouco tem uma política específica, mas é uma constituição política. A Igreja, no centro da qual está a Eucaristia, continua aberta e inclusiva, pois a própria Eucaristia é uma forma de política, como demonstrou Cavanaugh.[28] Como sugere Ward, a exclusividade e a veracidade da narrativa cristã não significam ser fechado à comunicação com os outros. Recorrendo a Agostinho, Ward convida os leitores a colocarem em suspenso sua condenação a outras religiões e construírem uma estratégia de oração e observação. Esse tipo

---

[28]CAVANAUGH, William T. The City: Beyond Secular Parodies. In: MILBANK, John; PICKSTOCK, Catherine; WARD, Graham (Ed.). *Radical Orthodoxy: A New Theology*. London: Routledge, 1999. p. 182-200.

de estratégia da "espera" abriu espaço para questões importantes sobre a inter-relação com outras religiões, porque as outras religiões têm potencial e recursos para levantar questões sobre a escravização capitalista do desejo e o niilismo como objetivo último do capitalismo.

Esse entendimento da linguagem, do desejo e da comunidade é justamente o que considero romântico e emocionante no discurso feito pela ortodoxia radical. Por essa razão, ela pode ser entendida como um exercício espiritual. Como dissemos anteriormente, o que na Antiguidade era chamado de filosofia era inseparável do modo de vida que encarnava o discurso escolhido. Esse elo entre vida e discurso lembra o que Michel Foucault ofereceu como modelo para as "tecnologias de si". Esse elo pode ser igualmente encontrado no projeto e na visão defendidos pela ortodoxia radical. Um retorno à síntese patrológica agostiniana como modelo metodológico pode ser encontrada em textos publicados por Milbank, Pickstock e Ward. Esse passo para trás só é significativo se houver dois passos adiante, como eles estão dando agora, cada um à própria maneira. O que une os três autores é o fato de encararem a síntese agostiniana como a síntese dos determinantes de um discurso comum, embora cada um deles o interprete de maneira distinta. Na leitura que fazem de Agostinho, há elementos constitutivos comuns que podem ser entendidos simplesmente como exercícios espirituais no sentido de Hadot.

Não temos aqui o que resultaria na insistência pré-moderna em uma interpretação teológica das categorias e dos *topoi* histórico-filosóficos, uma vez que Agostinho escreve uma história teológica da alma (*Confissões*), uma história teológica da comunidade (*Cidade de Deus*) e uma história teológica de Deus (*A trindade*). Em vez disso, temos uma nova interpretação da ontologia trinitária relacional e não substancial de Agostinho, que leva a uma nova compreensão da alma e de sua relação com a (unidade familiar e a) comunidade dentro de um contexto teológico-cosmológico. A intenção é mostrar como Agostinho ofereceu uma solução das antinomias políticas clássicas, algo que Platão não conseguiu fazer, pois ficou preso no *mythos* grego. Em outras palavras, a ortodoxia radical quer oferecer uma nova leitura de *Cidade de Deus* com a ajuda de *De musica*, um texto menos conhecido de Agostinho. É precisamente por causa da síntese que a ortodoxia radical faz desses dois textos que eu a vejo como exercício espiritual.

De musica é uma das primeiras obras neoplatônicas de Agostinho.[29] Os primeiros cinco livros do *De musica* trata de ritmo e métrica, enquanto o sexto trata de harmonia. O próprio Agostinho achava que os cinco primeiros livros eram insignificantes. O sexto livro, sem dúvida, é o mais importante, porque trata da questão da música no contexto cosmológico e filosófico-teológico, bem como de uma hierarquia de números, uma vez que os números são categorias ontológicas constitutivas no entendimento da alma, do ser, do universo e dos anjos. Não é possível extrair uma ontologia do *De musica* se não lermos esse texto hermético e impassível como exercício espiritual, o que é visível no próprio texto. O texto de Agostinho é escrito na forma de diálogos terapêuticos clássicos entre professor e discípulo. Esses diálogos são exercícios espirituais que apontam para uma "ontologia musical". Milbank e Pickstock interpretam a ontologia musical de Agostinho usando a epistemologia política de Platão, que, como sabemos, não pode ser separada da ontologia. Nesse aspecto, nem precisamos de tanta sabedoria para perceber um eco, no fundo da pesquisa de Agostinho sobre teoria da música, da declaração de Platão: "A introdução de um novo gênero de música deve ser evitada com o maior empenho, como particularmente perigosa para o todo, como afirma Damão e eu o creio".[30] Em outras palavras, o texto de Agostinho sobre música é importante para eles porque aponta para uma certa ontologia "musical" conectada à "teologia política" de *Cidade de Deus*, também citada em alguns lugares como ontologia social.[31] Bem no início de *Cidade de Deus*,

---

[29] Agostinho passou quatro anos, de 387 a 391, escrevendo *De musica*. Se pensarmos bem, esse é seu texto mais enigmático. Esotérico e opaco, ele foi negligenciado durante séculos em favor de outros escritos bem conhecidos. O *De musica* deveria fazer parte de um projeto amplo, no qual Agostinho pretendia contextualizar as artes clássicas da Antiguidade no discurso cristão. As únicas partes que ele terminou foram *Sobre a gramática* e *Sobre a música*, e deixou textos inacabados sobre dialética, retórica, geometria, aritmética e filosofia.

[30] PLATÃO. *A república*. Tradução de Carlos Alberto Nunes. 3. ed. Belém: EDUFPA, 2000. p. 192.

[31] "Talvez seja parcialmente por isso que Agostinho, em *De musica*, entenda que a criação *ex nihilo* implique [...] uma ontologia 'musical'" (MILBANK, John. "Postmodern Critical Augustinianism": A Short Summa in Forty-two Responses to Unasked Questions". In: WARD (Ed.). *The Postmodern God*, p. 268). Aqui certamente devemos mencionar os dois textos ontológicos mais importantes: "Epistle 18" e o ensaio "On Ideas", do *Eighty-Three Different Questions* [83 questões diversas], de Agostinho, seção 46 (ver CARY, Phillip. *Augustine's Invention of the Inner Self: The Legacy of a Christian Platonist*. Oxford: Oxford University Press, 2000. p. 149-150).

Agostinho fala da teoria política em termos de justiça da Cidade Celeste e da Cidade Terrestre, usando a metáfora da música de uma maneira muito específica, que intensifica suas conclusões *De musica*:

> Dissera Cipião no fim do Livro Segundo que, assim como na cítara, nas flautas, no canto e nas próprias vozes se deve guardar certa consonância de sons diferentes, sob pena de a mudança ou a discordância ferirem ouvidos educados, e tal consonância, graças à combinação dos mais dessemelhantes sons, torna-se concorde e congruente, assim também igual tonalidade na ordem política admitida entre as classes alta, média e baixa suscitava o congraçamento dos cidadãos. E aquilo que no canto os músicos chamam harmonia era na cidade a concórdia, o mais suave e estreito vínculo de consistência em toda república, que sem justiça não pode, em absoluto, subsistir.[32]

Vale lembrar que a música, para Agostinho, é uma ciência de modulações próprias e fluxo estruturado que nega a prioridade da harmonia espacial e, como tal, pela polifonia, equilibra a harmonia espacial em melodia temporal. Para Agostinho e toda a tradição helenística e cristã até Descartes, a música é a medida da relação da alma com o corpo, pela qual somos capazes de participar da harmonia eterna. Assim como a alma pode reconhecer na música desarmoniosa suas próprias distorções e seus próprios equívocos, a música pode articular desequilíbrios na ordem psicológica, na ordem política e até mesmo na ordem cósmica. Os ensinamentos de Agostinho sobre música têm sérias implicações éticas, pois ele entende o corpo, de modo específico, como um instrumento musical da alma necessário para que ela se comunique com a *polis* e o *cosmos* dentro de um quadro referencial ético. De acordo com a leitura que Agostinho faz de Platão, usar a música para dominar as pessoas só é possível pela distorção da harmonia musical, por isso não admira que Agostinho tenha sido o primeiro a apontar o significado de um *ethos* musical, argumentando que não há possibilidade de usar boa música para um mau fim. Para Agostinho, a música é metonímica para o físico que "rouba" a atenção da alma; ou seja, a música é o modo de Agostinho de descrever o que significa estar fisicamente no mundo. Por esse motivo, o *De musica* deveria ser visto como exercícios espirituais que correspondem aos clássicos discursos terapêuticos helenísticos e romanos. Precisamos nos distanciar do ritmo

---

[32] AGOSTINHO, Santo. *Cidade de Deus*. Tradução de Oscar Paes Leme. Petrópolis: Vozes, 2012. v. 1, 2:21,1, p. 106. (Vozes de Bolso).

que traz consigo o prazer e, em vez disso, adotar a verdade imutável do *logos*, que traz a cura na forma de uma visão da criação e da ressurreição pelo exemplo de Cristo e que, portanto, nos introduz à contemplação completa de Deus. Agostinho demonstra isso com dois exemplos. O primeiro é o belo hino de Ambrósio, *Deus creator omnium*, que o homem de Milão interpreta a partir da perspectiva das Escrituras sobre a criação e a ressurreição. O outro é um texto do *Evangelho de Mateus* sobre como não devemos nos preocupar ansiosamente com o amanhã (Mateus 6, 26-30). Mas os discursos terapêuticos da Antiguidade funcionam dentro de um mapa de certos *topoi* e de um conceito ontológico específico que o exercício terapêutico torna possível. A ortodoxia radical ofereceu uma descrição desses *topoi* da linguagem, do desejo e da comunidade.

Ao interpretar Agostinho, Milbank entende a alma de uma maneira específica, como um número que deve ser colocado corretamente em uma série. Cada número tem uma capacidade infinita de se autoexpandir pela divisão e pela multiplicação, assim como cada nota musical ou sílaba poética pode ser dividida infinitamente. O poder inerente da liberdade é proporcional a qualquer série que possa ser repetida e examinada como série. É importante ressaltar isso, porque *De musica*, de Agostinho, oferece uma fórmula completamente nova em que a espacialidade é subordinada aos intervalos de tempo. Isso significa que cada parte pertence ao todo, enquanto, ao mesmo tempo, cada parte transcende o todo possível imaginado. Pois o todo é uma série final de continuação indistinta rumo a um Deus inescrutável e infinito. Igualmente, a série é feita de sequências de mediação entre o indivíduo, a unidade familiar, a cidade e o cosmos. Uma correspondência interna que liga a alma, a unidade familiar e a cidade é possível porque todas as três, desde o início de sua própria organização interna, são colocadas em correspondência com o que é externo, público e visível, a saber: outras almas, outras unidades familiares e outras cidades conectadas pelas leis do cosmos, cuja metáfora é a música. Almas, unidades familiares e cidades podem ser colocadas de forma regular na medida em que sua ordem interna é totalmente conectada a uma sequência externa, em virtude da qual estão situadas onde devem.

> A ideia de que essa prática é essencialmente "música" [...] implica a "comunidade" num sentido muito particular. Para o cristianismo, a verdadeira comunidade supõe a liberdade do povo e dos grupos de serem diferentes, não só de serem funções de um consenso determinado; contudo, ao mesmo tempo, ele recusa totalmente a *indiferença*; uma comunidade pacífica, segura e unida implica

consenso *absoluto*, e contudo, ali onde é reconhecida a diferença, o consenso não é um acordo em uma ideia, ou algo obtido de uma vez por todas, mas sim algo adquirido através das inter-relações da própria comunidade, um consenso que segue adiante e "muda": om *concentus musicus*. O cristianismo (e nem de perto o judaísmo, que transfere a universalidade para o *eschaton*, um acorde final), de maneira única, tem essa ideia de comunidade: é nisso que deveria consistir a "Igreja".[33]

Essas declarações não deveriam ser vistas apenas como alegorias que visam legitimar o discurso apresentado pela ortodoxia radical. A elas podemos acrescentar as sérias elucidações sobre a música de Olivier Messiaen e sua influência na filosofia moderna apresentadas por Catherine Pickstock via Deleuze. Da mesma maneira, o argumento de John Milbank pode ser totalmente ampliado pelo maravilhoso estudo de Graham Ward sobre anjos e a igreja como uma comunidade erótica, o qual pode ser interpretado como o comentário pós-moderno mais requintado sobre o *Cidade de Deus*, de Agostinho. É por isso que não surpreende a afirmação de Milbank de que o cristianismo descobriu a verdadeira música e o modo como funciona sua harmonia. O cristianismo se diferencia sem dissonâncias, e a música que se escuta dessa forma apoia e legitima a reflexão ontológica sobre a diferenciação. Esse entendimento do cristianismo como música não é suficiente para legitimar a ortodoxia radical como esforço emocionante, romântico e criativo, que descrevi como um chamado ao exercício espiritual? Trata-se de uma tecnologia romântica de si e de uma iniciação à cooperação com Deus entendido em termos litúrgicos simbólicos. A tecnologia de si, compreendida dessa maneira, possibilita uma autotranscendência interna e uma transmissão da força da caridade, à luz do conhecimento divino, para aqueles que se iniciaram nas práticas eclesiásticas que não são apenas emocionantes e românticas, mas também perigosas, como diz Chesterton. É dessa maneira que entendo a ortodoxia radical e o que ela faz. Deus não me abençoou com o dom da profecia, portanto não posso ler o futuro da ortodoxia radical; no entanto, posso dizer com certeza que a trilogia assistemática "coligida" por Milbank (*Teologia e teoria social*), Pickstock (*After Writing*) e Ward (*Cities of God*) apresenta a ortodoxia radical de uma maneira muito inspiradora como exercício espiritual.

---

[33] MILBANK. "Postmodern Critical Augustinianism": A Short Summa in Forty-two Responses to Unasked Questions, p. 52.

ized alt="" />
7. O olhar animal do Outro
Žižek

Levinas situou a lacuna que separa o judaísmo do cristianismo na maneira como estão conectadas a salvação espiritual e a justiça terrena: em contraste à admissão judaica da vida terrena como o próprio terreno de nossa atividade ética, o cristianismo, ao mesmo tempo, vai longe demais, mas não longe o suficiente – ele acredita que é possível superar esse horizonte da finitude, entrar coletivamente num estado abençoado, "mover montanhas pela fé" e realizar uma utopia, *e* imediatamente transpõe o lugar desse estado abençoado para um Além, que por isso o obriga a declarar que nossa vida terrena, em última instância, é de importância secundária e a chegar a um acordo com os mestres deste mundo, dando a César o que pertence a César. O elo entre salvação espiritual e justiça terrena é quebrado.

Seguindo esse raciocínio levinasiano, Jean-Claude Milner[1] explicou recentemente que a noção dos "judeus" no imaginário ideológico europeu é um obstáculo que impede uma unificação pacífica e que por isso precisa ser aniquilada para que a Europa se una. Por esse motivo, os judeus são sempre um "problema" ou uma "questão" que requer uma "solução" – sendo Hitler nada mais que o ponto mais radical dessa tradição. Para Milner, o sonho europeu é o da *parousia* (grega e cristã), da plena *jouissance* além da Lei, livre de quaisquer obstáculos ou proibições.

---

[1] Ver MILNER, Jean-Claude. *Les penchants criminels de l'Europe démocratique*. Paris: Editions Verdier, 2003.

A própria modernidade é movida pelo desejo de ir além das Leis, de atingir um corpo social transparente e autorregulado; último capítulo dessa saga, o gnosticismo neopagão pós-moderno da atualidade percebe a realidade como totalmente maleável, permitindo que nós, seres humanos, nos transformemos numa entidade migratória que flutua entre uma multiplicidade de realidades, sustentados apenas pelo Amor infinito. Contra essa tradição, os judeus, de uma maneira radicalmente antimilenarista, insistem em se manter fiéis à Lei, persistindo na finitude insuperável dos seres humanos e, consequentemente, na necessidade de um mínimo de "alienação", e por isso são percebidos como obstáculo por todos aqueles empenhados numa "solução final".

Essa abordagem é baseada numa linha precisa de distinção entre o messianismo judaico e a teologia cristã: para os cristãos, a história é um processo que visa a uma meta, a redenção da humanidade, enquanto para os judeus, a história é um processo aberto e indeterminado no qual vagamos sem nenhuma garantia do resultado final. Mas e se essa abordagem, não obstante, evita (como os próprios cristãos fazem) deduzir as plenas consequências da passagem básica do judaísmo ao cristianismo com respeito ao Acontecimento, mais bem representado com respeito à condição do Messias? Em contraste à expectativa judaico-messiânica (em que a chegada do Messias é sempre adiada, sempre por vir, como a Justiça ou a democracia para Derrida), a posição cristã básica é que *o Messias esperado já chegou*, isto é, já fomos redimidos: o tempo da espera angustiante, de se lançar precipitadamente à Chegada esperada, já passou; *vivemos na esteira do Acontecimento; tudo – a Grande Coisa – já aconteceu*. Paradoxalmente, é claro, o resultado desse Acontecimento não é o atavismo ("Ele já aconteceu, estamos redimidos, então vamos simplesmente descansar e esperar"), mas, ao contrário, uma extrema urgência para agir: aconteceu, *agora temos de suportar o fardo quase insuportável de viver à altura dele, de sofrer todas as consequências do Ato...* "O homem propõe, Deus dispõe" – o homem é incessantemente ativo, interveniente, mas é o ato divino que decide o resultado. Com o cristianismo, é o anverso – não "Deus propõe, o homem dispõe", mas sim "Deus (primeiro) dispõe, (depois) o homem propõe". Isso significa que embora o Acontecimento já tenha ocorrido, seu sentido não é decidido de antemão, mas continua radicalmente aberto. Karl Barth deduziu as consequências desse fato quando enfatizou como a revelação final de Deus será totalmente incomensurável em relação a nossas expectativas:

Deus não está oculto de nós; Ele está revelado. Mas o que e como deveríamos ser em Cristo, e o que e como o mundo será em Cristo no fim do caminho de Deus, na irrupção da redenção e da conclusão, é que não nos é revelado; isso, sim, está oculto. Sejamos honestos: não sabemos o que dizemos quando falamos da volta de Cristo no julgamento e da ressurreição dos mortos, da vida e da morte eternas. Que tudo isso estará associado a uma revelação pungente – uma visão comparada à qual toda a nossa visão presente terá sido cegueira – é demasiado atestado nas Escrituras para que sintamos o dever de nos preparar. Pois não sabemos o que será revelado quando a última venda for retirada de nossos olhos, de todos os olhos: como contemplaremos uns aos outros e o que seremos uns para os outros – a humanidade de hoje e a humanidade de séculos e milênios atrás, ancestrais e descendentes, maridos e esposas, sábios e tolos, opressores e oprimidos, traidores e traídos, assassinos e vítimas, Ocidente e Oriente, alemães e outros, cristãos, judeus e pagãos, ortodoxos e hereges, católicos e protestantes, luteranos e reformados; sob que divisões e uniões, que confrontos e conexões cruzados os lacres de todos os livros serão abertos; quanta coisa nos parecerá pequena e sem importância; quanta coisa só então parecerá grande e importante; para que surpresas de todos os tipos devemos nos preparar. Também não sabemos o que a Natureza, como cosmos em que vivemos e continuamos a viver aqui e agora, será para nós; o que as constelações, o mar, os amplos vales e colinas que hoje vemos e conhecemos dirão e significarão.[2]

Com essa observação, torna-se claro como é falso, como é "demasiado humano", o medo de que os culpados não sejam devidamente punidos – aqui, em particular, temos de abandonar nossas expectativas: "Estranho cristianismo, cuja ânsia mais urgente parece ser que a graça de Deus um dia se mostre demasiadamente irrestrita entre os vivos, que o inferno, em vez de povoado por tantas pessoas, mostre-se vazio!".[3] E a mesma incerteza vale para a própria Igreja – ela não possui um conhecimento superior, é como um carteiro que entrega a correspondência sem ter ideia do que ela diz: "A Igreja transmite da mesma maneira que um carteiro transmite a correspondência; não se pergunta à Igreja o que ela pensa desencadear com isso, ou o que faz com a mensagem. Quanto menos

---

[2] BARTH, Karl. *God Here and Now*. New York: Routledge, 2003. p. 45–6.
[3] BARTH. *God Here and Now*, p. 42.

manipulá-la e quanto menos marcas dos próprios dedos nela deixar, mais a estará passando simplesmente como a recebeu – e tanto melhor!".[4] Só existe uma certeza incondicional nisso tudo – a certeza de Jesus Cristo como nosso salvador, o que é um "rígido designador" que continua sendo o mesmo em todos os mundos possíveis:

> Sabemos apenas uma coisa: Jesus Cristo é também o mesmo na eternidade, Sua graça é toda e completa, preservada ao longo do tempo até a eternidade, até o novo mundo de Deus que existirá e será reconhecido de maneira totalmente diferente, é incondicional e por isso certamente não tem nenhuma ligação com purgatórios, sessões de tortura ou reformatórios após a morte.[5]

A outra consequência crucial dessa abertura radical é que devemos ir além de Levinas no que se refere à própria fundação da ética: o passo ético primordial é aquele *além* do rosto do outro, o passo que *suspende* o domínio do rosto do outro, isto é, a escolha *contra* o rosto que tenho diante de mim, em nome de um *terceiro* ausente. Essa frieza *é* a justiça em sua forma mais elementar. Todo predomínio do Outro na forma de seu rosto relega o Terceiro a um fundo sem rosto. E o gesto elementar da justiça não é mostrar respeito pelo rosto que tenho diante de mim, não é estar aberto a sua profundidade, mas sim abstrair-se dele e concentrar-se nos Terceiros sem rosto do fundo. É somente essa mudança de enfoque que efetivamente *desarraiga* a justiça, libertando-a da ligação umbilical contingente que a "incorpora" a uma situação particular. Em outras palavras, é somente essa passagem para o Terceiro que fundamentará a justiça na dimensão da *universalidade* propriamente dita. Quando Levinas tenta fundamentar a ética no rosto do Outro, ele não está se agarrando à raiz suprema do comprometimento ético, com medo de aceitar o abismo da Lei sem raízes como a única fundação da ética? O fato de a justiça ser cega, desse modo, significa precisamente que ela não pode ser fundamentada na relação com o rosto do Outro. Em outras palavras, Levinas, ao enfatizar o rosto do Outro, não está desconsiderando (com desdém) justamente a parte mais preciosa do legado judaico, o intento de afirmar uma nova *coletividade* fundamentada na "letra morta" de uma Lei desarraigada, o legado que encontrou sua grande expressão no movimento (e na instituição) do *kibutz* nos primeiros anos do Estado de Israel?

---

[4] BARTH. *God Here and Now*, p. 49.

[5] BARTH. *God Here and Now*, p. 46.

Essa primazia do Terceiro tem uma consequência crucial: se aceitamos que o Terceiro está – não só em termos empíricos, mas também no nível conceitual da constituição transcendental – *sempre-já aqui*, que ele não chega em segundo lugar, como uma complicação da relação primordial para com o Rosto do Outro, então o que para, Levinas, é a experiência ética mais elementar, a experiência de se fixar no Rosto do Outro, é efetivamente (a aparição de) seu exato oposto: um Mal primordial, de nível zero, que perturba o equilíbrio do coletivo mediante uma preferência egoísta de um rosto a todos os outros. Isso significa que deveríamos apoiar uma ética coletiva, uma ética que dá primazia aos valores da comunidade e vê os indivíduos como integrantes dela?

A rejeição crítica de Hegel por parte de Levinas tem sua melhor expressão no título de sua primeira grande obra: *Totalidade e infinito*. Para Levinas, a "totalidade" hegeliana representa a Ordem harmoniosa e organicamente hierárquica das Coisas, tendo cada coisa seu devido lugar, ao passo que o encontro com o Rosto do Outro representa a intrusão de uma alteridade infinita totalmente heterogênea que descarrilha essa ordem imanente equilibrada. No entanto, a totalidade hegeliana é mesmo esse Todo oniabrangente que "medeia" e assim incorpora toda alteridade, toda transcendência? Não estaria faltando algo na alternativa da totalidade como Todo orgânico e do infinito como intrusão singular da Alteridade radical – a saber, o espaço da coletividade igualitária que é ainda mais destrutivo do Todo orgânico-hierárquico do que qualquer Alteridade singular? Em outras palavras, a oposição levinasiana entre totalidade e infinito, entre Mesmidade e Alteridade, deixa de fora a *universalidade singular*, o acesso de um singular à universalidade que ignora a ordem hierárquica da particularidade. E, ao contrário de muitas interpretações, o ponto central da totalidade hegeliana é que ela não é um Todo orgânico, mas sim um não-Todo autorreferencial, inconsistente e fraturado, da interação incessante entre o Todo orgânico e a universalidade singular que o solapa.

Essa universalidade singular não tem absolutamente nada a ver com a universalidade da posição superior da neutralidade, elevada acima das paixões partidárias dos combatentes (recordemos o papel dos observadores internacionais no conflito bosniano no início da década de 1990, que se ativeram de modo fanático à "neutralidade" diante de um claro conflito entre o agressor e sua vítima): esse tipo de posição é a posição das formas exemplares da traição ética, em que a universalidade aparece como seu oposto, como alto posicionamento moral. Aqui, a diferença é entre universalidade "abstrata" e "concreta": a neutralidade assume a posição "abstrata-universal" elevada acima do conflito, enquanto a "universalidade singular" atinge a universalidade tomando partidos e identificando-se plenamente com uma posição partidária singular – a única que, dentro do espaço do conflito, representa a dimensão universal. Isso nos traz de volta a Levinas: levar o Terceiro em consideração não nos traz de volta (como pensa Levinas) à posição da consideração pragmática, de comparar diferentes Outros; antes, a tarefa é aprender a distinguir entre conflitos "falsos" e o conflito "verdadeiro". Por exemplo, o conflito atual entre o liberalismo ocidental e o fundamentalismo religioso é um conflito "falso", uma vez que se baseia na exclusão do terceiro termo, que é sua "verdade": a posição emancipatória esquerdista.

No nível mais radical, esse Terceiro não é apenas um terceiro ser humano que está de fora da dualidade entre mim e o rosto que me confronta, mas sim o terceiro rosto, o rosto animal inumano excluído por Levinas como fato ético (e podemos acrescentar, não sem ironia, que o verdadeiro argumento contra o rosto levinasiano é o rosto ele mesmo, o rosto negligenciado, excluído, por ele). Derrida elaborou essa questão em *O animal que logo sou*.[6] Embora a intenção do título fosse ironizar Descartes, talvez devêssemos tomá-lo com uma ingenuidade mais literal: o *cogito* cartesiano não é uma substância diferente e separada do corpo (como o próprio Descartes interpretou mal o *cogito* na ilegítima passagem do *cogito* para *res cogitans*) – no nível do conteúdo substancial, não sou nada mais que o animal que sou. O que me torna humano é a própria forma, a declaração formal, de mim *como* um animal.

O ponto de partida de Derrida é que cada diferenciação clara e geral entre humanos e "o animal" na história da filosofia (de Aristóteles a Heidegger, Lacan e Levinas) deve ser desconstruída: o que de fato nos autoriza a dizer que só os humanos falam, ao passo que os animais apenas emitem sinais; que só os humanos respondem, ao passo que os animais simplesmente reagem; que só os humanos experimentam as coisas "como tais", ao passo que os animais são apenas cativados por seu mundo vivido; que só os humanos podem fingir que fingem, ao passo que os animais apenas fingem; que só os humanos são mortais e experimentam a morte, ao passo que os animais apenas morrem; ou que os animais simplesmente gozam de uma harmoniosa relação sexual de cópula instintiva, ao passo que para os seres humanos *il n'ya pas de rapport sexuel* [não existe relação

---

[6] DERRIDA, Jacques. *O animal que logo sou*. Tradução de Fábio Landa. São Paulo: Editora UNESP, 2002.

sexual], e assim por diante? Derrida expõe o melhor do que só podemos chamar de "senso comum da desconstrução", fazendo perguntas ingênuas que solapam proposições filosóficas assumidas tacitamente durante séculos. Por exemplo, o que leva Lacan a afirmar com tanta segurança, sem apresentar dados ou argumentos, que os animais não conseguem fingir que fingem? O que permite a Heidegger alegar como fato autoevidente que os animais não se relacionam com a própria morte? Como enfatiza Derrida repetidas vezes, o propósito desse questionamento não é anular a lacuna que separa o homem dos (outros) animais e atribuir também aos (outros) animais propriedades propriamente "espirituais" – caminho tomado por alguns ecomísticos que afirmam que não só os animais, mas também as plantas e as árvores comunicam-se numa linguagem própria, para a qual nós, humanos, somos surdos. A questão é que todas essas diferenças deveriam ser repensadas e concebidas de uma maneira diferente, multiplicada, "intensificada" – e o primeiro passo nessa trajetória é censurar a categoria oniabrangente de "animal".

Tais caracterizações negativas dos animais (como desprovidos de fala, de mundo, etc.) dão uma aparência de determinações positivas falsas: os animais estão sendo capturados dentro de seu ambiente, etc. Não encontramos o mesmo fenômeno na antropologia eurocêntrica tradicional? Olhando pelas lentes do pensamento "racional" moderno ocidental, tomado como padrão de maturidade, seus Outros só podem parecer "primitivos", presos no pensamento mágico, "acreditando realmente" que sua tribo se originou do animal totêmico, que uma mulher grávida foi fecundada por um espírito e não pelo homem, etc. O pensamento racional, desse modo, engendra a figura do pensamento mítico "irracional" – o que temos aqui é (mais uma vez) um processo de violenta simplificação (redução, obliteração) que ocorre com o advento do Novo: para afirmar algo radicalmente Novo, o passado inteiro, com todas as suas inconsistências, tem de ser reduzido a uma característica definidora básica ("metafísica", "pensamento mítico", "ideologia"...). O próprio Derrida sucumbe a essa mesma simplificação em seu modo desconstrutivo: o passado como um todo é totalizado como "falogocentrismo" ou "metafísica da presença", o que – pode-se argumentar – é secretamente baseado em Husserl. (Aqui, Derrida difere de Deleuze e Lacan, que tratam os filósofos um a um, sem totalizá-los.) O mesmo não ocorre quando o legado grego-judaico ocidental é contraposto à posição "oriental", obliterando-se dessa maneira a incrível riqueza de posições cobertas pelo termo "pensamento oriental"? Podemos realmente colocar na mesma categoria, digamos, os upanixades, com sua metafísica "corpórea" de castas, e o confucionismo, com sua posição agnóstica-pragmática?

Mas esse nivelamento violento não seria uma característica necessária de toda atitude crítica, de todo advento do Novo? Então, em vez de descartar de vez essa "lógica binária", será que deveríamos afirmá-la não só como passo necessário de simplificação, mas também como inerentemente verdadeira nessa mesma simplificação? Em hegelês, não é só, por exemplo, que a totalização realizada sob o título de "animal" envolva a obliteração violenta de uma multiplicidade complexa; acontece que também a redução violenta de tal multiplicidade a uma diferença mínima é o momento da verdade. Ou seja, e se a multiplicidade das formas animais tiver de ser concebida como uma série de tentativas para resolver um antagonismo básico ou uma tensão que define a animalidade como tal, uma tensão que só pode ser formulada a uma distância mínima, uma vez que os seres humanos estão envolvidos? Recordemos aqui a conhecida passagem sobre o equivalente geral, retirada da primeira edição de *O capital*, Livro 1, em que Marx escreve:

> É como se, junto de e externo a leões, tigres, coelhos e outros animais reais que quando agrupados formam vários tipos, espécies, subespécies, famílias etc. do reino animal, existisse também *o animal*, a encarnação individual de todo o reino animal.[7]

(Marx excluiu essa frase da segunda edição de *O capital*, rearranjando o primeiro capítulo.) Essa imagem do dinheiro como "o animal" correndo ao lado de todas as instâncias heterogêneas de tipos particulares de animalidades que existem a seu redor não capta o que Derrida descreve como a lacuna que separa o Animal da multiplicidade da vida animal efetiva? De novo em hegelês, o que o homem encontra *no* Animal é ele mesmo na determinação opositiva: visto como animal, o homem é *o* animal espectral que existe junto das espécies animais realmente existentes. Isso também não nos permite dar uma virada perversa no jovem Marx e em sua determinação de homem como *Gattungswesen*, um ser-genérico? – é como se, junto das subespécies particulares, a espécie como tal passasse a existir. Talvez seja assim que os animais veem os seres humanos, e seja essa a razão de sua perplexidade.

---

[7] MARX, Karl. *O capital*. Disponível on-line em: <http://www.marxists.org/archive/marx/works/1867-c1/commodity.htm>.

A questão-chave aqui é: não basta dizer que, se a determinação dos animais como emudecidos, etc. está errada, a determinação dos humanos como racionais, dotados de fala, etc. está correta, de modo que só temos de apresentar uma definição mais adequada de animalidade – e o campo inteiro é falso. Essa falsidade pode ser concebida nos termos do par kierkegaardiano de ser e devir: a oposição-padrão entre animal e humano é formulada da perspectiva do humano como ser, como algo já constituído; ela não considera o humano em seu devir. Ela considera os animais do ponto de vista humano, não considera o humano do ponto de vista animal. Em outras palavras, essa diferença entre humano e animal não esconde apenas o modo como os animais realmente são, independentemente dos seres humanos, mas a própria diferença que efetivamente marca a ruptura do humano dentro do universo animal. É aqui que entra a psicanálise: a "pulsão de morte" como termo freudiano para representar a dimensão estranha do homem-no-devir. Encontramos uma primeira indicação dessa dimensão – que não é a natureza, tampouco a cultura – em Kant, para quem disciplina e educação não atuam diretamente em nossa natureza animal, moldando-a numa individualidade humana; como afirma Kant, os animais não podem ser propriamente educados, porque seu comportamento já é predestinado por seus instintos. Isso significa que, paradoxalmente, para ser educado na liberdade (como autonomia moral e responsabilidade por si mesmo), *eu já tenho de ser livre* em um sentido muito mais radical, "numenal" e até monstruoso. A expressão freudiana para essa liberdade monstruosa é, obviamente, pulsão de morte. É interessante notar que as narrativas filosóficas do "nascimento do homem" são sempre obrigadas a pressupor um momento na (pré-)história humana em que o homem (ou aquilo que se tornará um homem) não é mais um mero animal, mas também não é ainda um "ser de linguagem", prisioneiro da Lei simbólica; um momento da natureza totalmente "pervertida", "desnaturalizada", "descarrilhada", que ainda não é cultura. Em seus escritos antropológicos, Kant destacou que o animal humano precisa de pressão disciplinar para domar essa "insubordinação" estranha que parece ser inerente à natureza humana – uma propensão selvagem e irrestrita para insistir obstinadamente na própria vontade, custe o que custar. É por isso que o animal humano precisa de um Senhor para discipliná-lo: a disciplina tem essa "insubordinação" como alvo, não a natureza animal do homem. Em *Lectures on Philosophy of History*, de Hegel, papel semelhante é desempenhado pela referência aos negros africanos: significativamente, Hegel trata dos negros antes da história propriamente dita (que começa com a China Antiga), na seção intitulada "The Natural Context or the Geographical Basis of World History" [O contexto natural ou o fundamento geográfico da história universal]. Embora tenhamos plena ciência das implicações profundamente racistas dessas linhas, é preciso notar que "negros" representam aqui o espírito humano em seu "estado de natureza", eles são descritos como crianças monstruosas e pervertidas, simultaneamente ingênuas e corruptas, que vivem num estado pré-lapsário de inocência e, precisamente como tais, são os bárbaros mais cruéis; fazem parte da natureza e, contudo, são totalmente desnaturalizados; manipulam a natureza de maneira implacável, por meio da magia primitiva, mas ao mesmo tempo são atemorizados pela fúria das forças naturais; são covardes negligentemente corajosos... Esse intermédio é o "reprimido" da forma narrativa (nesse caso, da "grande narrativa" hegeliana da sucessão histórico-mundial das formas espirituais): não a natureza como tal, mas a própria ruptura com a natureza que (posteriormente) é suplementada pelo universo virtual das narrativas. Portanto, a resposta para a afirmação de Derrida de que toda característica atribuída exclusivamente ao "homem" é uma ficção poderia ser esta: tais ficções têm uma realidade própria, organizam efetivamente as práticas humanas – desse modo, e se os seres humanos forem exatamente os animais que se comprometeram com suas ficções, atendo-se totalmente a elas (uma versão da afirmação de Nietzsche segundo a qual o homem é o animal capaz de fazer promessas)?

Derrida começa a exploração dessa "zona obscura" com o relato de um tipo de cena primordial: depois de acordar, ele vai nu até o banheiro, seguido pelo gato; então ocorre um momento delicado: ele fica de frente para o gato, que observa seu corpo nu. Incapaz de suportar essa situação, enrola uma toalha na cintura, enxota o gato e entra debaixo do chuveiro... O olhar do gato representa o olhar do Outro – um olhar inumano, mas, por essa razão, um olhar que é ainda mais o olhar do Outro em toda sua impenetrabilidade abissal. Ver-se sendo visto por um animal é um encontro abissal com o olhar do Outro, uma vez que – exatamente porque não deveríamos simplesmente projetar sobre o animal nossa experiência interior – algo devolve o olhar que é radicalmente Outro. Toda a história da filosofia baseia-se na renegação desse encontro – até Badiou, que caracteriza com extrema facilidade um ser humano ainda não convertido em sujeito (para o Acontecimento) como um "animal humano". Algumas vezes, pelo menos, o enigma é admitido – por Heidegger, entre outros, que insiste em dizer que ainda não somos capazes de determinar a essência de um ser que é "vivente". E, esporadicamente, podemos ainda encontrar reversões diretas dessa renegação: além de ser reconhecido, o olhar do animal também é diretamente elevado à preocupação fundamental da filosofia, como na surpreendente declaração de Adorno: "A filosofia existe para remir o que vemos no olhar de um animal".[8]

Lembro-me de ver a fotografia de um gato depois de o animal ter sido submetido a uma experiência de laboratório em uma centrífuga, com os ossos meio quebrados, a pele despelada em alguns pontos, os olhos indefesos voltados para a câmera – eis o olhar do Outro renegado não só pelos filósofos, mas também pelos seres humanos "como tais". Até mesmo Levinas, que tanto escreveu sobre o rosto do outro indefeso como lugar original da responsabilidade ética, negou explicitamente que a cara de um animal pudesse funcionar dessa maneira. Nesse aspecto, uma das poucas exceções é Bentham, que fez uma sugestão simples: em vez de perguntar se os animais podem raciocinar e pensar, se podem falar, etc., deveríamos perguntar se eles podem sofrer. Só a indústria humana provoca continuamente um sofrimento imenso aos animais, o que é sistematicamente renegado – não só experimentos em laboratório, mas dietas especiais para produzir ovos e leite (ligando e desligando luzes artificiais para encurtar o dia, usando hormônios, etc.), porcos que são quase cegos e mal conseguem andar, engordados rapidamente para serem abatidos, e assim por diante. Grande parte das pessoas que visitam uma granja para de comer carne de frango, e, por mais que todos nós saibamos o que acontece nesses lugares, o conhecimento precisa ser neutralizado para podermos agir como se não soubéssemos. Uma das maneiras de promover essa ignorância é pela noção cartesiana de *animal-máquina*. Os cartesianos nos incitam a não ter compaixão pelos animais: quando ouvimos um animal emitindo sons de dor, deveríamos nos lembrar de que esses sons não expressam um verdadeiro sentimento interior – como os animais não têm alma, os sons são produzidos simplesmente por um mecanismo complexo de músculos, ossos, fluidos, etc., que podemos observar pela dissecação. O problema é que a noção de *animal-máquina* se desdobrou no *Homem-máquina*, de La Mettrie: para os neurobiólogos totalmente comprometidos com sua teoria, o mesmo pode ser dito sobre os sons e gestos emitidos pelos seres humanos quando sentem dor; não há um domínio separado e interior da alma onde a dor é "realmente sentida", os sons e gestos são simplesmente produzidos por mecanismos neurobiológicos complexos do organismo humano.

---

[8] ADORNO, Theodor; HORKHEIMER, Max. Towards a New Manifesto? *New Left Review*, n. 65, set.-out. 2010, p. 51.

Para revelar o contexto ontológico mais amplo desse sofrimento animal, Derrida ressuscita o velho tema de Schelling e do romantismo alemão, tomado emprestado por Heidegger e Benjamin, da "profunda tristeza da natureza": "É na perspectiva do resgate [da tristeza], pela redenção desse sofrimento, que vivem e falam os homens da natureza".[9] Derrida rejeita esse tema schellinguiano-benjaminiano-heideggeriano da tristeza da natureza, a ideia de que a mudez e o entorpecimento da natureza são sinais de uma dor infinita, como algo teleologicamente logocêntrico: a linguagem torna-se um *télos* da natureza, a natureza se esforça para chegar à Palavra e ser libertada de sua tristeza, alcançar a redenção. Não obstante, esse *tópos* místico suscita a questão correta ao reverter mais uma vez a perspectiva usual: não "O que é a natureza para a linguagem? Podemos apreender a natureza de maneira adequada na linguagem ou por meio dela?", mas sim "o que é a linguagem para a natureza? Como seu surgimento afeta a natureza?". Longe de pertencer ao logocentrismo, essa reversão é a mais forte suspensão do logocentrismo e da teleologia, da mesma forma que a tese de Marx, segundo a qual a anatomia do homem é a chave para a anatomia do macaco, subverte qualquer evolucionismo teleológico. Derrida está ciente dessa complexidade e descreve como a tristeza animal

> não se refere apenas, e isso já é mais interessante, à privação de linguagem (*Sprachlosigkeit*) e ao mutismo, à privação afásica ou embrutecida das palavras. Se essa suposta tristeza cria também uma queixa, se a natureza se queixa, de uma queixa muda mas audível por meio dos suspiros sensíveis e até do sussurro das plantas, é que talvez seja preciso inverter os termos. Benjamin o sugere. É preciso uma inversão, um *Umkehrung* na essência da natureza. [...] a natureza (e a animalidade nela) não é triste porque muda (*weil sie stumm ist*). É pelo contrário a tristeza, o luto da natureza que a torna muda e afásica, que a deixa sem palavras.[10]

Tendo Benjamin como referência, Derrida interpreta essa reversão como uma revelação de que o que torna a natureza triste não é "um mutismo e a experiência de um não-poder, de um absolutamente-não-nomear, é sobretudo *receber o nome*".[11] Nossa inserção na linguagem, o fato de

---

[9] DERRIDA. *O animal que logo sou*, p. 41.

[10] DERRIDA. *O animal que logo sou*, p. 42.

[11] DERRIDA. *O animal que logo sou*, p. 42.

recebermos um nome, funciona como um *memento mori* – na linguagem, morremos antecipadamente, relacionamo-nos conosco como já mortos. Nesse sentido, a linguagem é uma forma de melancolia, não de luto; nela, tratamos um objeto ainda vivo como morto ou perdido, de modo que, quando Benjamin fala de um *"pressentimento de luto"*, devemos interpretá-lo como a própria fórmula da melancolia.

No entanto, as afirmações de Derrida têm uma ambiguidade mal escondida: se a tristeza é anterior ao mutismo (falta de linguagem), se causa o mutismo, então a função primordial da linguagem é libertar/abolir essa tristeza? Mas se esse é o caso, como essa tristeza pode ser originalmente a tristeza de receber o próprio nome? Fico eu sem palavras diante da violência sem precedentes de alguém que me nomeia, impondo uma identidade simbólica a mim sem pedir meu consentimento? E como a tristeza causada por essa redução à passividade de ser nomeado pode ser vivenciada pela própria natureza? Essa experiência não pressupõe que o sujeito já habite a dimensão do nomear, a dimensão da linguagem? Não deveríamos limitar tal afirmação aos chamados animais domésticos? Lacan observou em algum lugar que, embora os animais não falem, os animais domésticos já moram na dimensão da linguagem (reagem a seus nomes, correm para o dono quando o ouvem chamar, obedecem a ordens, etc.), e é por isso que, embora não tenham acesso à subjetividade "normal", eles podem ser afetados pela patologia (humana): um cachorro pode ser "histericizado", etc. Assim, voltando ao olhar triste e perplexo do gato de laboratório, podemos dizer que ele talvez expresse o horror do gato por ter encontrado O Animal, ou seja, nós mesmos, seres humanos: o que o gato vê somos nós em toda nossa monstruosidade, e o que vemos em seu olhar torturado é nossa própria monstruosidade. Nesse sentido, o grande Outro (a ordem simbólica) já está aqui para o pobre gato: assim como o prisioneiro na colônia penal de Kafka, o gato sofreu as consequências materiais de estar preso num beco sem saída simbólico. Ele sofreu de fato as consequências de ser nomeado, incluído na rede simbólica.

Para resolver esse problema, não deveríamos distinguir entre *duas* tristezas: a tristeza da vida natural, anterior à linguagem e independente dela, e a tristeza de ser nomeado, subjugado à linguagem? Primeiro, há a "infinita melancolia dos vivos", uma tensão ou dor que é resolvida quando uma Palavra é dita; depois, porém, a pronúncia da própria Palavra gera uma tristeza toda sua (a que se refere Derrida). Mas essa percepção de um elo íntimo entre linguagem e dor não nos aproxima da definição dos seres humanos dada por Richard Rorty de que os humanos são seres que sofrem e são capazes de narrar seu sofrimento – ou, como afirma Derrida, de que o homem é um animal autobiográfico? O que Rorty não leva em conta é a dor adicional (a mais-dor) gerada pela própria linguagem.

Talvez Hegel possa nos apontar uma saída quando interpreta a gravidade como indício de que a matéria (natureza) tem seu centro fora de si e está condenada a lutar infinitamente para encontrá-lo; o espírito, ao contrário, tem seu centro em si mesmo – com o advento do espírito, a realidade retorna a si mesma a partir de sua autoexteriorização. O espírito, no entanto, só é efetivo no pensamento humano, cujo meio é a linguagem, e a linguagem envolve uma exteriorização cada vez mais radical – assim, a natureza retorna a si mesma por uma repetida exteriorização (ou, como teria dito Schelling, na linguagem o sujeito contrai-se fora de si).

Há uma necessidade subjacente em jogo aqui: todo falante – todo nomeador – *tem* de ser nomeado, tem de ser incluído na própria cadeia de nomeações, ou, em referência a uma piada citada algumas vezes por Lacan: "Tenho três irmãos, Paulo, Ernesto e eu". Não admira que, em muitas religiões, o nome de Deus seja secreto, que sejamos proibidos de pronunciá-lo. O sujeito falante persiste nesse intermédio: não há sujeito antes da nomeação, mas, uma vez nomeado, ele já desaparece em seu significante – o sujeito nunca é, sempre *terá sido*.

Mas e se o que caracteriza os seres humanos for essa mesma abertura para o abismo do Outro radical, essa perplexidade gerada pela pergunta "O que o Outro realmente quer de mim?"? Em outras palavras, e se mudarmos a perspectiva? E se a perplexidade que o ser humano vê no olhar do gato for a perplexidade despertada pela monstruosidade do próprio ser humano? E se for meu próprio abismo o que vejo refletido no abismo do olhar do Outro – como diz Racine em *Fedra*, "*dans ses yeux, je vois ma perte écrite*" ["em teus olhos, vejo minha perda escrita"]? Ou, em hegelês, em vez de perguntar o que é a Substância para o Sujeito, como o Sujeito pode apreender a Substância, deveríamos perguntar o oposto: o que é o (advento do) Sujeito para a Substância (pré-subjetiva)? Chesterton propôs tal reversão hegeliana justamente a respeito do homem e dos animais: em vez de perguntar o que os animais são para os homens, para sua experiência, deveríamos perguntar o que o homem é para os animais – em seu pouco conhecido *O homem eterno*, Chesterton conduz um maravilhoso experimento mental nessa mesma linha, imaginando o monstro que o homem teria parecido à primeira vista para os animais meramente naturais a sua volta:

> A verdade mais simples acerca do homem é que ele é um ser muito estranho: quase no sentido de ser um estranho sobre a terra. Sem nenhum exagero, ele tem muito mais da aparência exterior de alguém que surge com hábitos alienígenas de outro mundo do que da aparência de um mero desenvolvimento deste mundo. Ele tem uma vantagem injusta e uma injusta desvantagem. Ele não consegue dormir na própria pele; não pode confiar nos próprios instintos. Ele é ao mesmo tempo um criador movendo mãos e dedos miraculosos e uma espécie de deficiente. Anda envolto em faixas artificiais chamadas roupas; escora-se em muletas artificiais chamadas móveis. Sua mente tem as mesmas liberdades duvidosas e as mesmas violentas limitações. Ele é o único entre os animais que se sacode com a bela loucura chamada riso: como se houvesse vislumbrado na própria forma do universo algum segredo que o próprio universo desconhece. Ele é o único entre os animais que sente a necessidade de desviar seus pensamentos das realidades radicais do seu próprio ser físico; de escondê-las como se estivesse na presença de alguma possibilidade superior que origina o mistério da vergonha. Quer louvemos essas coisas como naturais ao homem, quer as insultemos como artificiais na natureza, elas mesmo assim continuam únicas.[12]

Isso é o que Chesterton chamou de "pensamento para trás": temos de nos colocar no passado, antes de as decisões fatídicas terem sido tomadas, ou antes de ocorrerem os acontecimentos fortuitos que geraram o estado de coisas que hoje nos parece normal, e a maneira nobre de fazê-lo, de tornar palpável esse momento aberto de decisão, é imaginar como, naquela época, a história poderia ter tomado um rumo diferente. Com respeito ao cristianismo, em vez de perder tempo indagando como ele se relaciona com o judaísmo ou como entende mal o Velho Testamento quando o interpreta como o anúncio da chegada de Cristo – e depois tenta reconstruir o que eram os judeus antes deles, não afetados pela perspectiva cristã retroativa –, deveríamos mudar a perspectiva e provocar a "extrusão" do próprio cristianismo, tratá-lo como cristianismo-no-devir e nos concentrarmos na estranha besta, na monstruosidade escandalosa, que Cristo pareceu ser aos olhos do *establishment* ideológico judeu.

---

[12] CHESTERTON, G. K. *O homem eterno*. Tradução de Almiro Pisetta. São Paulo: Mundo Cristão, 2010. p. 37.

8. Rezai e observai:
a subversão messiânica
Gunjević

Da filosofia só cabe esperar, na presença do desespero, a tentativa de ver todas as coisas tal como se apresentam do ponto de vista da redenção. Não tem luz o conhecimento senão aquela que se irradia sobre o mundo a partir da redenção: tudo mais se esgota na reprodução e se limita a peça da técnica. Caberia construir perspectivas nas quais o mundo se ponha, alheado, com suas fendas e fissuras à mostra tal como alguma vez se exporá indigente e desfigurado à luz messiânica.[1]

O texto do *Evangelho segundo São Marcos* é um exemplo do gênero socioliterário da primeira Igreja. O autor desse texto subversivo, escondido atrás de um nome helenizado, é membro da multidão marginalizada. O protagonista de Marcos, Jesus de Nazaré, também às margens da Galileia e uma figura aparentemente trágica, é um sujeito do qual os leitores sabem muito pouco. O texto foi escrito para uma comunidade politicamente marginal que se esquivava nas fronteiras do Império Romano. Em termos de narrativa, o texto de Marcos descreve três mundos: o de Jesus, o de Marcos e o terceiro mundo do leitor a quem Marcos se dirige. Nas sociedades da Antiguidade, quase 80% dos habitantes moravam em vilarejos, e poucos sabiam ler. A capacidade de leitura era privilégio da elite urbana, que vivia protegida e levava uma vida confortável em cidades bem-organizadas. Nesse contexto, a tradição

---

[1] ADORNO, Theodor. *Minima moralia: reflexões a partir da vida lesada.* Tradução de Gabriel Cohn. Rio de Janeiro: Beco do Azougue, 2008. Aforismo 153.

oral é considerada o modo relevante de transmitir o conhecimento social. A história que Marcos conta de Jesus – uma história que, a princípio, só se tinha de memória – foi o primeiro texto da Antiguidade escrito por alguém das margens sobre alguém das margens e para um público marginalizado. O estilo de escrita do texto e o período que o origina aludem à natureza teopolítica e subversiva da narrativa, e a questão do "segredo messiânico" atravessa o subtexto. "Que o leitor entenda", diz Marcos de maneira críptica no Capítulo 13. O texto de Marcos não é uma tragédia grega, uma biografia de Jesus, uma historiografia de como funcionam os milagres ou uma hagiografia antiga; tampouco é uma apologia para a destruição do Templo de Jerusalém. A narrativa de Marcos é um texto que desafia a interpretação usando uma teologia bíblica acadêmica estéril e objetiva, uma teologia da diversidade burguesa. *O Evangelho de Marcos* faz troça da exegese da época e mais lembra um manifesto ou um manual de guerrilha para militantes do que faz um paradigma para uma crítica histórica listando o número de verbos irregulares no texto.

A primeira questão é como o Jesus apresentado por Marcos resiste a qualquer identificação política, distanciando-se de todos os movimentos judaicos políticos e teológicos, e ainda dos partidos e seguidores, enquanto ao mesmo tempo aceitava a perda de poder em nome da multidão marginalizada. É criado um espaço "teopolítico" esvaziado por meio desse distanciamento público e da perda voluntária de poder, um espaço que Marcos preenche com um novo significado e uma nova interpretação da ideia de "Messias" quando Jesus, na condição de Messias, proíbe todos de falarem ou darem testemunho de quem ele é. Em outras palavras, Marcos "desconstrói" totalmente o cenário messiânico. A escrita de Marcos é caracterizada pela ironia, pela repetição e por subentendidos. Marcos deixa muita coisa em aberto para o juízo do leitor, porque não trata seus leitores como tolos, como disse Michel de Certeau em um contexto diferente. Da mesma maneira, as palavras de Marcos para a comunidade de leitores e seguidores do Messias são um convite à prática singular que requer uma reflexão profunda, como quando Jesus caminha sobre as águas. Ele se aproximou de um grupo de pessoas assustadas que pescavam durante a noite. Nessa passagem, Marcos diz: "Ele queria passar adiante deles". Por que ele iria *até* eles querendo passar por eles? Está claro que Marcos tinha algo em mente. O texto de Marcos é cheio desse tipo de nota de irônica dissonância:

- O leitor, desde o princípio, sabe que Jesus Cristo é o Filho de Deus, embora esse dado seja desconhecido de quem o rodeia (exceto dos demônios que estão proibidos de falar e revelar a identidade de Jesus). Vale destacar que no texto de Marcos os demônios obedecem vontade de Jesus, enquanto as pessoas têm a chance de escolher. O único personagem que reconhece, atesta e professa a identidade de Jesus é ninguém menos que seu "inimigo ideológico", o centurião romano sob a cruz, que simboliza o poder imperial romano. Esses paradoxos perpassam todos os Evangelhos. Os "paradoxos dos discípulos" são os únicos sinais claros que indicam a prática messiânica, e graças a ela atinge-se o Reino de Deus (*Marcos* 4, 25, 8, 35, 9, 35, 9, 42, 9, 43, 9, 47, 10, 15, 10, 43-5). As práticas messiânicas são realizadas pela tensão do paradoxo.

- O texto de Marcos traz "boas notícias", mas apenas mediante o anúncio de que um homem inocente foi crucificado (o trágico protagonista de Marcos); e o fim da estória não fica claro: mal conseguimos entender o acontecimento da ressurreição. Esse fim indica a natureza cíclica do texto em que os discípulos, para se reunir com seu professor ressuscitado, devem voltar para onde começou a história dos discípulos, na Galileia (*Marcos* 16, 7).

- Os amigos e familiares de Jesus pensam que ele está fora de si (*Marcos* 3, 21). Eles querem acalmá-lo e levá-lo para um lugar seguro. Mandam pessoas para buscá-lo. Jesus declara que não tem família e que seus familiares são aqueles sentados em círculo ao seu redor, cumprindo a vontade de Deus. Ele chama essas pessoas de irmãos e irmãs por serem aqueles que pertencem à comunidade dos radicalmente iguais, o coletivo emancipatório messiânico. Além disso, algumas das pessoas ao seu redor o insultam indiretamente da pior maneira possível, dado que pertencem a uma sociedade patriarcal: "Eis que tua mãe, teus irmãos e tuas irmãs estão lá fora e te procuram" – dando a entender que o pai não procura por ele (*Marcos* 3, 32). Seus adversários, em outras palavras, querem desacreditá-lo (*Marcos* 6, 3) sugerindo que ele é bastardo. Como uma pessoa assim poderia ser o Messias?

- Desde o princípio do relato, Marcos comprime muitos acontecimentos num breve intervalo, pois "Cumpriu-se o tempo e o Reino de Deus está próximo". A urgência e a pressa já no primeiro capítulo são descritas pela palavra grega *euthys*, que significa "imediatamente, rapidamente, no momento exato". A palavra *euthys* aparece 11 vezes no Capítulo 1. Marcos parece estar com pressa para apresentar seu protagonista e o relato sobre ele, tanto que salta as partes sobre seu nascimento. Não há espaço para o sentimentalismo natalino. Igualmente, Marcos não conta sobre o Sermão da Montanha de Jesus, sugerindo indiretamente que o leitor, com sua própria vida, escreva um sermão da montanha, como fica claro no discurso apocalíptico de Jesus no Capítulo 13.

- Os momentos-chave para entender o texto de Marcos não são as perguntas feitas a Jesus, tampouco as respostas dadas por ele ou suas ações simbólicas (cura, exorcismos, milagres alimentando os famintos), muito menos suas palavras, mas sim as perguntas que faz aos discípulos, aos adversários e, na verdade, aos leitores, como estas: "É permitido, no sábado, fazer o bem ou fazer o mal?", "Quem são minha mãe e meus irmãos?", "Por que tendes medo? Ainda não tendes fé?", "Então, nem vós tendes inteligência?", "Quem dizem os homens que eu sou?", "E vós, quem dizeis que eu sou?", "Sobre o que discutíeis no caminho?", "Podeis beber o cálice que eu vou beber e ser batizado com o batismo com que serei batizado?", "De quem é esta imagem e a inscrição?", "Deus meu, Deus meu, por que me abandonaste?". Essas perguntas são primeiro voltadas para nós, leitores, hoje, e não para os personagens da história. Jesus não responde explicitamente nenhuma pergunta, mas usa parábolas e histórias.

- Usando a ironia de forma abundante (o cego Bartimeu é o único que vê quem é Jesus, e, ao curá-lo, Jesus mostra que todos ao redor de Bartimeu são cegos), Marcos não retrata Jesus como um errante milagreiro e carismático, mas principalmente como um Messias pacífico e como Filho apocalíptico do Homem que radicalmente redefine e subverte a estrutura hierárquica social e cultural do poder, que, como sabemos, está sempre codificada simbolicamente. Essa taxonomia simbólica é fundada no discurso religioso da elite judaica e legitimada pela prática política e econômica da violência perpetrada pelo Império Romano.

- Desde o princípio do relato, o Jesus de Marcos questiona a "ortodoxia social" que legitima o construto da realidade patriarcal. Jesus, na Galileia, cura a mãe da esposa de Pedro, "e ela se pôs a servi-los" (*Marcos* 1, 31). Isso não significa que ela lhes preparou um delicioso jantar, mas sim que ela os serviu (*diakonia*) da maneira característica de quem responde ao chamado messiânico e vê sua efetivação em Jesus. O termo *diakonia* é mencionado apenas duas vezes no texto inteiro. A segunda menção desse mesmo verbo está na frase mais importante: "Pois o Filho do Homem não veio para ser servido, mas para ..." (*Marcos* 10, 45). As mulheres, no texto de Marcos, são apresentadas como modelos paradigmáticos da prática messiânica. Ao círculo interno de discípulos privilegiados formado por Pedro, Tiago e João, o escritor justapõe três mulheres: Maria Madalena, Maria, mãe de Tiago, e Salomé (*Marcos* 15, 40-1). Uma desconhecida o unge e o reconhece como Messias, enquanto um discípulo o trai. As mulheres dão testemunho de sua agonia na cruz. Elas o seguem e o servem desde o início da missão na Galileia. Muitas outras mulheres de Jerusalém se juntam a elas. Elas são as primeiras a se dirigirem ao sepulcro, fazendo a pergunta: "Quem rolará a pedra da entrada do túmulo para nós?" (*Marcos* 16, 3), pois o sepulcro de Cristo estava fechado por uma rocha. As mulheres querem corroborar a verdade das palavras de Jesus. Em seus discursos, ele prometeu ressuscitar. As mulheres, encarnando o modelo dos discípulos, vão ao sepulcro do Messias e demonstram a necessidade de uma visão bilateral da realidade: "E erguendo os olhos, viram que a pedra já fora removida" (*Marcos* 16, 4).

- O único modo relevante para participar do Reino de Deus é o paradoxo da cruz, para o qual todos são evocados, e a única teologia apropriada desse Reino, se é que podemos ainda falar de uma teologia, são as práticas messiânicas representadas pela metáfora do "caminho". Paradoxalmente, os discípulos não são apenas aqueles que seguem "literalmente" Jesus, embora não o compreendam, mas também aqueles que não o seguem (ou que estão sentados "no caminho"), embora o compreendam, como o faz um dos chefes da sinagoga, Jairo, ou o cego Bartimeu, ou a siro-fenícia cuja filha está possuída (ou seja, mentalmente doente).

Quase metade do relato de Marcos fala do sofrimento e da morte de Jesus, portanto não admira que ele fale do sofrimento de Jesus depois de uma longa introdução. Os leitores de Marcos precisam ser convencidos de que Jesus é o apocalíptico Filho de Deus, e não um curandeiro misericordioso, carismático e apolítico. Com sua taumaturgia, os curandeiros da Antiguidade legitimavam o *status quo* político e social e, ao fazê-lo, garantiam para si mesmos privilégios econômicos e sociais. Isso é totalmente o oposto da prática messiânica na qual insiste o carpinteiro de Nazaré. Se Jesus tiver sido um carismático apolítico, um curandeiro errante, como muitos outros no Oriente Médio da Antiguidade, não haverá motivo nenhum para a coalizão inescrupulosa entre herodianos e fariseus ter conspirado contra ele, como relatado nos primeiros capítulos do *Evangelho* (*Marcos* 3, 6). Nestes, Jesus exorciza um homem possuído por um espírito impuro em Cafarnaum, cura a doença de diversas pessoas e reúne alguns poucos discípulos, violando abertamente certos tabus e colocando em questão a estratificação social na purificação ritual. Logo depois da conspiração, Jesus consolida sua comunidade de iguais radicais, declarando uma guerra ideológica à elite política e religiosa que se opunha a sua missão (*Marcos* 3, 20-35). Rodeado por uma multidão de seguidores, o Jesus relatado por Marcos sabe do impacto de sua própria missão, que deve ir além das margens da sociedade (o deserto e os vilarejos da Galileia) até o centro (Jerusalém), onde o confronto final acontecerá com os representantes corruptos do Templo e a elite urbana, que, junto às forças que ocupam Roma, será responsável por sua morte. A guerra ideológica é declarada por uma simples parábola e por exemplos da vida de quem cultiva o solo (*Marcos* 4, 1-34), que o público de Jesus entendia prontamente. Os comentários sobre as parábolas de Jesus são inspiradores, porque são voltados para a comunidade de leitores, ou seja, nós atualmente.

A multidão segue Jesus, e o fato de Marcos usar a palavra *achlos* (multidão) duas vezes numa única frase tem o propósito de chamar nossa atenção. A palavra "multidão", em contraste à palavra "povo" (*laos*), aparece inacreditavelmente no texto de Marcos 38 vezes. Ensinar a multidão é uma das práticas para as quais os discípulos são convocados. A metodologia do ensino emancipatório coletivo é fundamentada em parábolas simples retiradas da experiência bruta e da análise da vida quotidiana dos camponeses. A complexidade do Reino de Deus da qual fala Jesus reside no fato de que as relações multiformes dentro desse reino contradizem todos os conceitos de governo e poder aos quais a multidão estava acostumada. Trata-se, é claro, do Império Romano, mas também do Estado teocrático judeu, que continua vivendo nas histórias e nos escritos do povo judeu, que celebra um passado idealmente mitologizado. Estando sujeita às práticas repressivas horrendas do Império Romano, é difícil para a multidão imaginar a prática do Reino de Deus, porque o impacto dessa representação na vida psicológica é tão grande que, como afirmou o antipsiquiatra R. D. Laing, destrói a experiência, por isso seu comportamento é destrutivo.[2] Marcos descreve essa "experiência destruída" e esse "comportamento destrutivo" vivamente no terrível caso de um homem possuído no país dos gadarenos, mencionado por Hardt e Negri como a representação do "lado escuro" da multidão.[3]

No texto de Marcos, a multidão como objeto de práticas repressoras do Império diz respeito basicamente às pessoas socialmente excluídas e dependentes, aos marginalizados pela fé, aos deficientes físicos, aos doentes mentais e aos de espírito manso. Marcos argumenta que é justamente entre essas pessoas que a nova ordem social é semeada. Isso inclui leprosos, pessoas com necessidades especiais, prostitutas, viúvas, órfãos, coletores de impostos – em outras palavras, as pessoas que vivem às margens da sociedade. Jesus recorre à tática do discurso específico em suas parábolas. Com isso, descreve e recria a realidade do Reino de Deus, além de renovar o poder de imaginação e a percepção destruída da multidão oprimida, de modo que ela possa participar das práticas messiânicas inauguradas por Jesus. As parábolas de Jesus não são apenas *histórias terrenas com um significado divino*, elas também são descrições concretas de uma prática acessível à multidão privada de direitos. Parábolas desse tipo costumam conter reviravoltas imprevisíveis e surpreendentes, que questionam as suposições já arraigadas da multidão. A parábola sobre o semeador subversivo descreve com uma clareza cristalina a realidade da pobreza e do trabalho agrícola, cheia de dificuldades bem conhecidas de todos os residentes da Judeia. Essa é a realidade determinada pelo solo árido e não irrigado da Judeia ocupada.

O camponês espalha a semente e a esperança pelo melhor. Esse método de semeadura era típico em toda a Palestina. Primeiro a semente é plantada, depois o campo é arado para que as sementes se assentem o mais profundo possível no solo, cultivado durante muitas gerações. Não há lugar para o otimismo nesse processo. O melhor que se pode esperar é um bom ano, apesar das ervas daninhas e do solo pobre. Essa imagem do semeador é a imagem da pobreza agrária e sua crítica. O camponês não deve apenas alimentar sua família e pagar os impostos territoriais, ele também deve pagar impostos sobre os ganhos do que vende de sua colheita. Se tiver poucas ferramentas, ele precisa alugá-las com diversos locatários, o que só aumenta

---

[2] LAING, R. D. *The Politics of Experience*. New York: Pantheon Books, 1967. [Ed. bras.: *A política da experiência e a ave-do-paraíso*. Tradução de Áurea B. Weissenberg. Petrópolis: Vozes, 1974.]

[3] HARDT, Michael; NEGRI, Antonio. *Multidão: guerra e democracia na era do Império*. Tradução de Clóvis Marques. Rio de Janeiro: Record, 2005. p. 187.

os custos. Para dificultar ainda mais as coisas, ele precisa guardar sementes para que tenha o suficiente para o replantio no ano seguinte. Esse tipo de política agrária de reprimir a multidão explica o fato de 75% do plantio de sementes ser perdido porque as sementes não brotam nunca. Se no final do ano a colheita não tiver sido satisfatória, o camponês precisa recorrer a empréstimos dos grandes proprietários de terras a juros exorbitantes, o que o força a hipotecar o pouco de terra que tem e incorrer na servidão do devedor. Por fim, ele chega a uma situação em que precisa vender suas terras por um preço muito inferior ao valor de mercado. Desse modo, ele se torna uma mão de obra barata ou, nos casos mais extremos, vende-se à escravidão durante algum tempo para conseguir liquidar o valor do empréstimo. Os grandes proprietários de terras tornam-se cada vez mais ricos, enquanto os pobres tornam-se cada vez mais pobres e desesperados.

Nesse momento, Jesus fala de uma boa semente que brota além da crença e traz uma colheita abundante, algo que confunde a multidão. Era algo realista esperar uma colheita de 30 vezes mais do que foi semeado, mas 100 vezes mais parecia um exagero. Na verdade, não seria nada excessivo para um camponês com família para alimentar, impostos a pagar, sementes a estocar para o plantio do ano seguinte e a necessidade de um excedente para dividir com as pessoas que não têm nada. Talvez pareça que Jesus investiu perigosamente na racionalidade dos pobres e devastados em termos materiais e psicológicos. Mas Jesus, ao falar das práticas messiânicas, tem algo mais em mente e o transmite apenas enigmaticamente. Quem quiser ouvir a parábola da semente, do semeador e do solo fértil deve ter ouvidos para ouvir. Nada pareceria mais fácil. Examinemos com mais detalhes a parábola do semeador, que, para Marcos, era a mais importante de todas e, como veremos depois, fornece a chave hermenêutica para a compreensão de todas as parábolas de Jesus.[4]

Podemos imaginar um fundo musical simples para a parábola de Jesus, como a canção gravada pela banda rastafári Bad Brains (em minha opinião, uma das bandas mais importantes atualmente nos Estados Unidos) que fala de como os humildes herdarão a terra. A teologia da Bad Brains, nesse caso, é de grande ajuda em uma exegese moderna historicamente crítica, porque HR, o vocalista, assim como Marcos, incorpora de maneira intertextual diversas tradições teológicas na canção, com o intuito de descrever mais uma vez a realidade política clamando por uma mudança. É óbvio que os humildes jamais herdaram a terra

---

[4] Além dessa, só há mais duas parábolas no texto de Marcos: sobre o crime na vinha (*Marcos* 12, 1-12) e sobre a teologia da observação revolucionária (*Marcos* 13, 1-36).

nem nunca herdarão. Mas HR muda amplamente o sentido da canção, interpolando o primeiro salmo na letra:

> Bem-aventurado o homem
> que não anda segundo o conselho dos ímpios
> nem se detém no caminho dos pecadores
> nem se assenta na roda dos escarnecedores,
> mas cujo prazer está na lei do Senhor,
> e na sua lei medita de dia e de noite.
> Este homem é como a árvore plantada junto a ribeiros de águas,
> a qual dá o seu fruto no seu tempo
> e cujas folhas não fenecem –
> e tudo quanto fizer prosperará.
>
> Não são assim os ímpios!
> Estes são como a moinha
> que o vento espalha.
> Por isso os ímpios não subsistirão no juízo,
> nem os pecadores na congregação dos justos.
> Porque o Senhor conhece o caminho dos justos,
> porém o caminho dos ímpios leva à destruição.

Se interpretamos a canção de HR através do prisma do primeiro salmo, abre-se diante de nós uma visão totalmente nova da realidade. É exatamente isso que Marcos faz quando conta a parábola do semeador, de Jesus.

> Filhos de Jah, filhos de Jah,
> Os humildes herdarão a terra.
> Filhos de Jah, filhos de Jah,
> Os humildes herdarão a terra.
> Quando chegar a hora, todos pagarão
> de acordo com as ações
> que realizaram na terra.
> Por isso eu e eu viveremos na verdade.
> Sua Majestade, Sua Majestade
> nos mostrou um dia melhor.[5]

---

[5] Bad Brains, "The Meek Shall Inherit the Earth", do álbum *Rock for Light* (Caroline Records, 1991). "Blessed is the one/who does not walk in step with the wicked/or stand in the way that sinners take/or sit in the company of mockers,/but whose delight is in the law of the LORD,/and who meditates on his law day and night./That person is like a tree planted by streams of water,/which yields its fruit in season/and whose leaf does not wither—/whatever they do prospers.//Not so the wicked!/They

Vejamos o que ocorre com a semente e de qual semente fala Jesus:

- A primeira parte das sementes lançadas cai junto à margem do caminho; essas sementes são comidas por aves que chegam voando. Essa é uma metáfora da falibilidade e se refere em grande parte à multidão que segue Jesus, uma multidão que o adorou desde que entrara em Jerusalém, a mesmíssima multidão que testemunhou seus milagres e depois, aos brados, aclamou sua condenação pública e sua morte violenta.

- A segunda parte das sementes cai em solo pedregoso e é ressecada pelo sol. Essa é uma metáfora da superficialidade e da instabilidade. Essas sementes se referem à *elite religiosa de Jerusalém*, que não reconhece Jesus e não responde a seu chamado, com exceção de José de Arimateia (*Marcos* 15, 43).

- A terceira parte das sementes cai em terreno espinhoso e logo é sufocada por sarça e ervas daninhas. Aqui, a semente serve como metáfora para a obsessão avarenta e ansiosa por riquezas. A sarça e as ervas daninhas, nesse caso, são a elite política doméstica e o governo imperial romano, com exceção do centurião sob a cruz que profere a mais precisa confissão de fé: "Verdadeiramente este homem era Filho de Deus".

- Por fim, apenas a quarta parte das sementes cai em solo bom. O solo bom é uma metáfora para o cultivo dos frutos abundantes no campo. Os frutos são tão abundantes que provocam o poder da imaginação. A última parte da parábola se refere a *todos que desejam participar das práticas messiânicas*, independentemente da posição que ocupam na sociedade. Marcos nos diz que uma variedade de pessoas respondeu ao chamado de Jesus e seguiu seu exemplo.

Se os discípulos não entendem essa parábola, como os outros a entenderão, uma vez que ela é a chave para a compreensão de todo o resto? Segundo Fernando Belo, essa parábola é fundamental, porque se trata *do paradigma*

---

are like chaff/that the wind blows away./Therefore the wicked will not stand in the judgment,/nor sinners in the assembly of the righteous./For the LORD watches over the way of the righteous,/but the way of the wicked leads to destruction./Jah children, jah children, yeah/The meek shall inherit the earth./Jah children, jah children, yeah/The meek shall inherit the earth./In due season, each will pay/according to the works that/they have done on Earth today./So I and I, we shall live in truth./His Majesty, His Majesty/has shown us a better day".

da missão messiânica de Jesus. Além de Jesus ser aquele que semeia o amor em *nosso coração*, aqui nos é mostrado o sucesso ou fracasso da missão messiânica, que é a essência de todo o relato de Marcos. Além disso, Jesus diz que o Reino de Deus é como um grão de mostarda, uma planta que os judeus não cultivavam por considerá-la uma peste que devia ser controlada para não destruir a colheita. Tendo em vista a ordem corrente das coisas, o Reino de Deus não seria nada mais que uma erva daninha. Desse modo, não admira que os discípulos precisem de uma explicação para a parábola do semeador e da semente incomum. Nessas parábolas, Jesus apresenta publicamente a doutrina do Reino e ao mesmo tempo, em particular, explica seus discípulos os pontos que eles não entenderam. Quando dizia suas parábolas, é claro, sua intenção não era turvar as coisas ou escondê-las, mas sim revelar o que estava oculto: com a medida com que medis sereis medidos. Jesus não está sendo cínico quando nos diz que quem tem muitas posses receberá muitas outras. Essa era, afinal de contas, uma prática muito conhecida por seus ouvintes. Era a realidade quotidiana das relações agrícolas, em que os ricos proprietários de terra tornavam-se ainda mais poderosos enquanto os pobres viam o pouco que tinham sendo tirado deles.

Jesus não é nenhum demagogo sem coração quando confirma o que a multidão já sabe muito bem: as coisas são o que são, não podemos mudar nada, o mundo é assim. Contudo, com sua organização narrativa, Marcos nos diz algo totalmente diferente. Marcos está alertando o leitor: *escutai* e *observai* (*Marcos* 4, 3; 4, 24). Essas são práticas messiânicas. Ver e ouvir. Na verdade, pede-se aos discípulos que abracem uma paciência revolucionária. Depois, Jesus pede para que *rezem* e *vigiem*. O Anúncio da Palavra é o espalhamento da semente. A semente da nova ordem social passa inadvertida enquanto brota, e aos discípulos é pedido que escutem, observem, orem e vigiem. O Jesus de Marcos volta a falar sobre isso no que é conhecido como discurso apocalíptico no Capítulo 13, onde ele pede por perseverança, descrita pelo imperativo "Vigiai" (*Marcos* 13, 37). Não seria essa a forma mais radical da prática messiânica?

Retornamos ao fato de que o texto de Marcos é um relato circular de duas partes, dois fios narrativos que poderiam ser tratados como dois livros separados. O primeiro vai de *Marcos* 1, 1 a 8, 7.

O segundo fio é o restante do *Evangelho* (*Marcos* 8, 8 a 16, 8). O texto muda na passagem de 8, 22-29, em que se relata o acontecimento crucial na história de Marcos sobre Jesus. Ao conversar com os discípulos, Jesus se dirige a eles primeiro se apresentando (*Marcos* 8, 27) e depois fazendo a pergunta crucial: "E vós, quem dizeis que Eu sou?" (*Marcos* 8, 29). A questão é dirigida a nós, leitores. Quem pensamos que é Jesus? Cada resposta que oferecemos nos compromete, mas não podemos deixar de responder. Se não tivermos nada para responder, continuamos no caminho dos discípulos até chegarmos a uma resposta, pois o relato se dá em um círculo.

François Laruelle, "criador" da não-filosofia, me ajudou literalmente a entender o *Evangelho Segundo São Marcos*. Laruelle sugere um modelo conhecido como fita de Möbius.

No texto de Marcos, a fita de Möbius é duplicada, ou seja, não conecta apenas duas partes de seu relato sobre Jesus, mas, acima de tudo, ajuda a responder a questão feita aos leitores. A forma retorcida da fita leva o leitor e o praticante (discípulo) da parte externa para a parte interna, e vice-versa. A circularidade da fita de dois lados, como proposta por Laruelle, explica, da maneira mais simples possível, a mensagem que o *Evangelho de Marcos* transmite ao leitor.

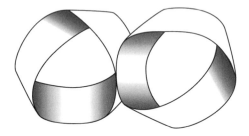

Chamando a multidão [*ochlos*], juntamente com seus discípulos, disse-lhes: "Se alguém quiser vir após mim, negue-se a si mesmo, tome a sua cruz e siga-me. Pois aquele que quiser salvar a sua vida, irá perdê-la; mas, o que perder a sua vida por causa de mim e do Evangelho, irá salvá-la. Com efeito, que aproveita o homem ao ganhar o mundo inteiro e arruinar a sua vida? Pois o que o homem poderá dar em troca da sua vida? De fato, aquele que, nesta geração adúltera e pecadora, se envergonhar de mim e de minhas palavras, também O Filho do Homem se envergonhará dele quando vier na glória do seu Pai com os santos anjos" (*Marcos* 8, 34-8).

A entrada "antitriunfal" de Jesus em Jerusalém acontece dentro desse contexto narrativo. Das margens da sociedade, a periferia da Judeia, Marcos descreve a chegada de Jesus à sede do poder de uma maneira incomum e imaginativa. O caminho do discipulado radical começa no deserto, que não é controlado por ninguém, passa pelos topônimos pagãos até chegar à sede do poder em Jerusalém, onde predomina uma elite urbana de diferentes procedências. Sem esconder a ironia, Marcos está empenhado em nos mostrar que não encontraremos a presença de Deus no Templo de Jerusalém (o que para todo judeu é a garantia da presença de Deus entre seu povo), mas que Deus, em vez disso, é encontrado no deserto. Com efeito, o deserto poderia ser considerado um lugar privilegiado do discipulado radical onde, de modo apocalíptico, o próprio texto começa.

Marcos nos dá o topônimo específico, embora ambivalente, do deserto. O deserto é o lugar da coerção, da angústia, do exílio e principalmente da provação, daí termos tão poucas declarações positivas sobre ele. É um lugar difícil, um parque de diversões de demônios e espíritos malignos, e quando estamos no deserto, devemos responder apenas uma questão: como sobreviver? Mas o deserto é um espaço de silêncio e paz, longe do barulho da cidade e da civilização. No deserto não há disputa de espaço, não há subterfúgios como há na cidade, e, vale ressaltar, o deserto oferece um tipo de abrigo, porque todos os elos sociais são rompidos, e todas as necessidades físicas são reduzidas ao mínimo. Vamos para o "deserto" quando queremos nos distanciar da cidade e de seu estilo de vida "complexo e urbano". Marcos alerta que devemos adotar a prática messiânica primordial da confissão dos pecados, que começa, paradoxalmente, no deserto, uma vez que se trata do único lugar privilegiado para encontrar Deus. Mas, ao mesmo tempo, o deserto é um lugar que deve ser abandonado para se enfrentar, em termos de ideologia, a elite nas sedes do poder que oprimem os pobres às margens da sociedade. Marcos descreve essa jornada até a sede do poder de uma maneira lúcida e "moderadamente" desconstrutivista.

No caso de Marcos, a desconstrução deveria ser entendida como uma estratégia específica de leitura que coloca em dúvida cada taxonomia estrutural privilegiada ao introduzir uma nova diferença, um novo traço e um novo suplemento à leitura. A desconstrução insiste no resto marginal irredutível que gera a heterogeneidade, insistindo em transgressões, citações, comentários, paródias. Por fim, a desconstrução nesse exemplo deveria ser vista como uma ferramenta que coloca em questão uma leitura que alega ser privilegiada. Vista dessa maneira, a desconstrução no caso de Marcos pode ser uma forma de estratégia política.

Sustentarei que, ao escrever seu próprio texto, Marcos está desconstruindo o cenário messiânico, recusando-se a defender qualquer versão do messianismo judaico, enquanto, ao mesmo tempo, nunca descarta por completo o discurso messiânico – com efeito, ele o está defendendo indiretamente. Ched Myers observa que Marcos descreve todos os adversários do Reino de Deus com ironia e amargura, na verdade ele os *caricatura*, oferecendo uma "caricatura política que, para ser eficaz, deve ser ao mesmo tempo exagerada e inconfundivelmente reconhecida".[6] Da mesma maneira, Marcos retrata os discípulos como estupefatos, apreensivos e amedrontados. Os discípulos são aqueles que não sabem, não podem saber e não saberão. Eles não têm fé e não reconhecem o caminho do discipulado radical (*Marcos* 10, 32). A grotesca entrada de Jesus em Jerusalém tem, de uma maneira específica, uma função pedagógica terapêutica destinada aos discípulos. É sabido que os momentos de nervosismo e incerteza são mais bem "curados" por um repentino ataque de riso por causa de um trocadilho ou de uma piada. Uma piada bem-humorada dita publicamente pode desencadear uma repentina mudança de perspectiva que nos elucide de uma maneira totalmente nova determinada situação. É exatamente desse tipo de mudança que os discípulos precisam na situação em que foram colocados. De Certeau diz que a reviravolta paródica do teatro de rua de Jesus é uma prática quotidiana de resistência, enquanto Sloterdijk a descreve como cinismo.

Uma incisão clínica surpreendente pode provocar uma visão totalmente nova de nós mesmos, da qual não havíamos nos dado conta até então, obcecados como estávamos com nossas fobias e fixações. É isso que Jesus faz com sua entrada "carnavalesca" na cidade, adentrando em Jerusalém montado em um jumento. Essa é sua maneira de parodiar o título de Messias, que representa, em nível simbólico, uma complexa estrutura de poder. Ao mesmo tempo, é uma maneia instrucional de

---

[6] MYERS, Ched. *Binding the Strong Man: A Political Reading of Mark's Story of Jesus.* New York: Orbis Books, 1989. p. 107.

aliviar o peso da tensão de seus discípulos. Para todos aqueles que querem seguir Jesus, Marcos não oferece soluções instantâneas, pois no caos político do "estado de emergência" em que se encontra a comunidade interpretativa de Marcos, entre 66 e 70 d.C., tal solução não teria sido possível. Marcos quer nos confundir, apesar de tudo, com sua estratégia intertextual, que lembra em grande medida o que Mikhail Bakhtin chama de construto das formas literárias parcialmente folclóricas de uma natureza paródica e satírica conhecida como carnavalização. No caso de Marcos, entendemos a intertextualidade como uma análise textual que coloca a questão da gama de interligações entre vários textos, correspondente a uma "produção material de significado" específica dentro das várias comunidades interpretativas que existem "por trás" do próprio texto.

Jesus, junto a seus discípulos, chega aos subúrbios de Jerusalém e marcha até Betânia, no Monte das Oliveiras, topônimo messiânico e heterotopia da futura batalha apocalíptica entre o povo do Senhor e as nações inimigas.[7] Marcos naturalmente quer ressimbolizar essa escatologia e colocá-la no contexto da guerra civil que ele testemunha enquanto escreve. Jesus manda dois de seus discípulos para preparar sua entrada em Jerusalém – tática de solidariedade prática com vistas a uma ação arriscada e subversiva. Marcos quer mostrar que os sicários, os zelotes e outros movimentos políticos e revolucionários não eram os únicos que tinham uma rede ampla de apoiadores e cúmplices. Ele está mostrando que o grupo de Jesus também era bem organizado dentro de Jerusalém, a sede do poder. Marcos nos relata a entrada de Jesus em Jerusalém com a dose mais alta possível de ironia, reduzindo ao absurdo qualquer forma de triunfalismo messiânico que poderia ser esperada por um povo escravizado que desejava a liberdade.

O cego Bartimeu é o primeiro a ver que Jesus é "Filho de Davi" (*Marcos* 10, 46-52). "Filho de Davi" é um título real e um símbolo

---

[7] "Eis que vem o dia de Iahweh, quando em teu seio serão repartidos os teus despojos. Reunirei todas as nações contra Jerusalém para o combate; a cidade será tomada, as casas serão saqueadas, as mulheres violentadas; a metade da cidade sairá para o exílio, mas o resto do povo não será eliminado da cidade. Então Iahweh sairá e combaterá essas nações, como quando combate no dia da batalha. Naquele dia, estarão os seus pés sobre o monte das Oliveiras, que está diante de Jerusalém, na parte oriental. O monte das Oliveiras se rachará pela metade, e surgirá do oriente para o ocidente um enorme vale. Metade do monte se desviará para o norte, e a outra para o sul. O vale dos Montes será enchido, sim, ele será obstruído até Jasol, ele será enchido como por ocasião do terremoto nos dias de Ozias, rei de Judá. E Iahweh, meu Deus, virá, todos os santos com ele" (Zacarias 14, 1-5).

teológico complexo que todo judeu daquela época entenderia de imediato. Se Jesus fosse um "pretendente real", ele provavelmente chegaria em Jerusalém com grande pompa imperial, cavalos, carruagens, um forte exército armado, uma guarda pessoal e outros paramentos da realeza. Ele se comporta exatamente da maneira oposta. Ao entrar na metrópole palestina montado em um jumento – uma forma de "teatro político de rua" –, ele ridiculariza, parodia, trivializa e leva ao absurdo os símbolos políticos do "reino terrestre", que, no caso de Marcos, era representado, pelo Império Romano. Dessa maneira excêntrica, dentro de um "carnaval litúrgico", o carpinteiro de Nazaré não está apenas fazendo troça do título de imperador, mas também colocando em questão a própria noção do messianismo, e ao mesmo tempo rindo da multidão, particularmente de seus discípulos.

Marcos constrói esse evento com muito cuidado, em termos intertextuais, como um paradigma socioliterário separado que servirá para legitimar o confronto de Jesus com a elite religiosa e política em Jerusalém (*Marcos* 11, 14 - 12, 40). Marcos está claramente fazendo referência a eventos do glorioso passado judaico, que ele entrelaça cuidadosamente com o presente para colocar em questão:

- o messianismo ideológico populista e um apocalipsismo fatalista popular;
- a mitologia nacionalista (legitimada pela prática banal da violência);
- o folclore de guerrilha de grupos de camponeses que, com a mesma intensidade, odeiam os ricos, a conspiradora elite judaica e as forças de ocupação romanas.

Como Marcos dá seguimento e interpreta as profecias do Antigo Testamento? A resposta é: como um modelo subversivo de resistência à ideologia dominante do messianismo nacionalista. O paradigma textual de Marcos é o profeta apocalíptico Zacarias, praticamente incompreensível ou inegociável:

> Exulta muito, filha de Sião! Grita de alegria, filha de Jerusalém! Eis que o teu rei vem a ti: ele é justo e vitorioso, humilde, montado sobre um jumento, sobre um jumentinho, filho da jumenta (*Zacarias* 9, 9).

Basta usar palavras como "justo", "vitorioso" e "humilde", ou ainda "montado sobre um jumento", para destacar a entrada triunfante e a vitória militar de Simão Macabeu da qual fala o *Livro dos Macabeus*:

> Finalmente [os judeus] nela entraram no vigésimo terceiro dia do segundo mês do ano cento e setenta e um, entre aclamações e palmas, ao som de cítaras, címbalos e harpas, e entoando hinos e cânticos, porque um grande inimigo havia sido esmagado e expelido fora de Israel (*I Macabeus* 13, 51).

Nesses dois textos, Marcos situa a entrada de Jesus em Jerusalém, dando a ela um significado totalmente diferente. Mas esses dois textos se misturam a diversos outros textos do Antigo Testamento e a alusões a esses textos (*Gênesis* 49, 11, *I Samuel* 6, 7, *II Reis* 9, 13, *Salmos* 118, 25), que ele organiza habilmente e com grande precisão em uma colagem que, como um palimpsesto, mostra diferentes imagens sob diversas refrações de luz. Marcos não só interpreta os eventos políticos existentes por trás do texto da "história da salvação", como também interpreta e inscreve esses eventos nas relações culturais, econômicas e sociais da época, relações das quais ele, provavelmente de maneira indireta, participava. De modo específico, o relato de Marcos é uma interpretação histórica voltada para a atualidade. A entrada de Jesus em Jerusalém não se parece nem um pouco com a entrada de Menahem, que se tornou um dos líderes da rebelião, juntando-se com outros "rebeldes" menos organizados contra Roma em 66 d.C. A entrada de Jesus em Jerusalém também não é similar à entrada de outro pretendente real messiânico, Simão bar Giora, ou à do radical João de Giscala. Todos esses três pretendiam o título real messiânico e brigaram entre si, enfraquecendo, desse modo, a defesa bem organizada de Jerusalém em uma época de "estado de emergência", que durou quatro anos.

Vejamos os estudos sociológicos de Horsley e Hanson sobre aquela época para apresentarmos um resumo da realidade política "por trás" do texto de Marcos, descrevendo o estado de emergência dentro do qual ele critica esses pretendentes reais messiânicos. A entrada humilde e não violenta de Jesus em Jerusalém não é, como dissemos, nem de longe parecida com a entrada do líder dos sicários e do rebelde Menahem (alguns argumentam que ele era filho ou neto de Judas da Galileia), que atacou o arsenal de Herodes em 66 d.C. com diversos outros rebeldes e "ladrões" na fortaleza de Masada. Menahem armou os homens que reuniu na Galileia rural e, junto a outros insurgentes, deu início a uma revolta sangrenta, capturando rapidamente Jerusalém. Ele não merece crédito pela revolta de Jerusalém, mas afirmou-se como líder de vários grupos zelotes na cidade. Com essas notáveis habilidades de organização (e apesar de seus seguidores serem minoria), ele reuniu o que chamamos de coalizão zelote, na qual ele tinha seu próprio corpo de guarda-costas, e rapidamente se proclamou "rei".

Os seguidores de Menahem (um grupo heterogêneo de sicários) foram os responsáveis pelo assassinato do sumo sacerdote Anás e de seu irmão Ezequiel logo no início da revolta. O escritor português Fernando Belo, intérprete esquerdista mais radical do relato de Jesus dado por Marcos, atribui essa afirmação a Josefo.[8] Vale mencionar aqui um fato interessante: logo depois de entrar no lugar dedicado ao tesouro e aos arquivos do Templo, o líder rebelde ordenou que todos os livros do Templo e todas as listas de dívidas fossem queimados. Aparentemente ele pensou que, ao fazer isso, acabaria com o controle da elite religiosa e do governo, que oprimia o povo usando várias formas de empréstimo e cobrança de juros, mantendo as pessoas sob o domínio das dívidas e da escravidão.

Como Marcos nos mostra, Jesus não é nada parecido com outro pretendente messiânico, Simão bar Giora, que participou da revolta contra os romanos como comandante da defesa de Jerusalém. Só podemos imaginar como deve ter sido o conflito entre o pretendente real Menahem e o pretendente messiânico Simão bar Giora quando o radical João de Giscala entrou na disputa política. Além de João, Eleazar ben Ya'ir, capitão da guarda do Templo, também teve um papel fundamental na história e assassinou Menahem porque este havia matado seu pai, o sumo sacerdote Anás. Não podemos nos esquecer de que, na época do cerco, havia negociações em andamento com os romanos que só agravaram a disputa interna dos zelotes pelo poder em Jerusalém. João de Giscala foi outro pretendente messiânico que não era totalmente inofensivo, poia reunira no norte da Galileia um grupo considerável de camponeses insatisfeitos e os conformou em uma respeitável unidade militar.

Simão bar Giora, enquanto isso, tornou-se um renegado, ladrão e déspota e não teve sucesso político, porque não conseguiu conquistar o apoio das guerrilhas dos sicários, bem organizados e cujo ponto de controle ficava nas montanhas próximas. No entanto, isso não o dissuadiu de sua violenta tentativa de conquistar e formar um governo provisório. Dando um passo de intriga política, ele proclamou o fim da escravidão e do endividamento, e com isso conseguiu reunir um exército poderoso e começou a se comportar de maneira real. Ele consolidou seus soldados

---

[8] BELO, Fernando. *A Materialistic Reading of the Gospel of Mark*. New York: Orbis Books, 1981. p. 84.

e, com um exército relativamente amplo e bem equipado, conquistou Edom e Judeia sem lutar (cidades que o serviram como um robusto suporte logístico de comida, armas e tropas), mas perdeu o controle de Jerusalém. Decorreu-se uma luta interna pela cidade (que enfraqueceu as defesas bem organizadas) entre Simão bar Giora e João de Giscala, a quem os "padres da cidade" haviam começado a apoiar. Esses padres consistiam basicamente de sacerdotes não aristocratas, e, de maneira inesperada, João de Giscala recebeu um apoio ferrenho dos zelotes, que controlavam o Templo. Simão bar Giora matou diversas figuras proeminentes do Sinédrio, até mesmo Mateus, de uma das famílias de sumos sacerdotes, filho de Boetos (que preparou a entrada de Simão em Jerusalém no início da revolta), acusando-o de alta traição e de conspirar com os romanos.[9]

Quatro anos depois da "revolução" judaica, Jerusalém estava nas mãos de Vespasiano, apesar da corajosa luta realizada por seus defensores durante um cerco de cinco meses. Em setembro de 70 d.C., o Templo foi tomado pelos romanos, e os zelotes desistiram destemidamente de suas vidas. Simão tentou fugir com alguns de seus defensores mais fanáticos, mas foi capturado. De túnica branca e barrete púrpura, enrolado em um manto real, Simão bar Giora apareceu nas ruínas do Templo e ofereceu sua vida quase simbolicamente como sacrifício a Deus no altar do Templo demolido. No entanto, diferentemente de João de Giscala, que foi preso e condenado à morte como criminoso e rebelde dos mais ordinários, Simão foi escoltado até Roma em uma cerimônia quase solene como prova do triunfo de Vespasiano na Judeia. Lá ele foi morto como rei dos judeus.

Com essa extensa digressão histórica, meu intuito era elucidar a narrativa de Marcos sobre a entrada de Jesus em Jerusalém, que começa sob uma égide marcante e sugestiva voltada para os protagonistas do

---

[9] Fernando Belo Descreve essa situação caótica, quase balcânica, da seguinte maneira: "os zelotes escolheram um novo sumo sacerdote por sorteio entre as antigas famílias de sumo sacerdotes legítimas que foram efetivamente excluídas do ofício desde 172 a.C.; a escolha recaiu sobre um único homem que realizava trabalhos manuais. Por fim, os zelotes providenciaram uma defesa desesperada do Templo durante toda a guerra, principalmente em sua fase final. Tudo isso mostra que os zelotes não estava procurando uma 'revolução' que acabaria com o modo subasiático de produção, mas sim uma 'rebelião' que a recolocaria em sua forma pura. Em muitos aspectos o movimento dos zelotes nos lembra o movimento deuteronômico (sendo a notável exceção, é claro, que a monarquia não era mais um problema)" (BELO. *A Materialistic Reading of the Gospel of Mark*, p. 85).

relato: "Por que fazei isso?". Em outras palavras, por que esses preparativos para que Jesus entre em Jerusalém como o fez Menahem, ou Simão bar Giora, como o fizeram aqueles que proclamaram a si mesmo reis e Messias? Essas alternativas desagradáveis eram inconcebíveis para Marcos. Para o Messias de Marcos, de quem falara o *Livro dos Macabeus* e o profeta Zacarias, a entrada em Jerusalém não envolveria um cerco militar, uma revolta, uma "revolução" ou o incêndio dos arquivos do Templo.

Jesus entra no Templo de Jerusalém tarde da noite, discretamente, talvez até modestamente, olha em volta e depois volta para Betânia. No dia seguinte, volta ao Templo e começa seu confronto público com a elite política e religiosa, com sumos sacerdotes, escribas, anciãos, fariseus, herodianos, saduceus e zelotes. Trata-se de algo bastante inesperado para alguém que aspira ao título de Messias. Claramente, o Jesus relatado por Marcos tinha algo totalmente diferente em mente. Quem sabe o quê? Embora tenha sido recebido com saudações messiânicas e se apresentado com ornamentos messiânicos (ramos de palmeira e mantos) que sugeriam um pretendente real, o Jesus de Marcos rejeita qualquer vestígio de identificação messiânica. Sua conduta no Templo e o conflito que ele provoca com a elite religiosa e política sugerem uma nova noção de messianismo. Nessa nova noção, o homem de Nazaré se identifica com os desamparados, com os impotentes e a multidão, "materializada" por uma pobre viúva que faz uma doação a um Templo corrupto que logo seria destruído. "Não ficará pedra sobre pedra que não seja demolida" (*Marcos* 13, 2). As práticas messiânicas são a antecipação dessa destruição, bem como um modelo de como viver quando as antigas estruturas estiverem em ruínas e não houver nada de novo no horizonte.

Marcos oferece uma interpretação radicalmente diferente do messianismo de Jesus, na qual o significado mais óbvio continua oculto. Marcos parece sugerir que só podemos conhecer o Messias participando das práticas messiânicas – escutar, observar, rezar e vigiar. Apesar de o modelo da comunidade de Marcos ser bem específico, ela recebe como aliados aqueles que não pertencem formalmente a ela, embora expulse "espíritos ideológicos malignos" em nome de Jesus. Jesus confirma isso aos discípulos com uma fórmula inclusiva simples: "quem é por nós não é contra nós". Esse é mais um motivo para adotar a prática messiânica que pertence ao corpo nomádico da comunidade a caminho de Jerusalém.

> E se tua mão te escandalizar, corta-a: melhor é entrares mutilado para a Vida do que, tendo as duas mãos, ires para a geena, para o

fogo inextinguível. E se o seu pé o fizer tropeçar, corta-o: melhor é entrares mutilado para a Vida do que, tendo os dois pés, ser lançado na geena. E se teu olho te escandalizar, arranca-o: melhor é entrardes com um só olho no Reino de Deus do que, tendo os dois olhos, seres atirado na geena, onde o verme não morre e onde o fogo não se extingue. Pois todos serão salgados com fogo. O sal é bom. Mas se o sal se tornar insípido, como retemperá-lo? Tende sal em vós mesmos e vivei em paz uns com os outros (*Marcos* 9, 43-50).

Mão, pé e olho são metáforas para virtudes que representam, ao mesmo tempo, partes de uma comunidade fundada pela virtude. As práticas messiânicas daquela virtude colocam, em uma sequência paradoxalmente inversa, a caridade, a esperança e a fé. A mão é a metáfora da caridade, membro com o qual nos alimentamos. É o símbolo do trabalho e o membro que usamos para nos defender, para cumprimentar o outro e tocar a comunidade. Apontar o dedo e cerrar o punho são a expressão autoritária do poder concentrado em uma única pessoa, enquanto braços e mãos estendidos representam o poder da participação e da solidariedade fundadas na caridade. A perna e o pé são a metáfora da esperança, com a qual caminhamos para o futuro. Os pés nos colocam em movimento, conquistam espaço e permitem que caminhemos juntos. Se tivermos de ajudar alguém e estender a mão para essa pessoa, precisamos primeiro desejar vê-la com o olho da fé. Os olhos nos ajudam a realizar os primeiros contatos, os momentos de uma relação futura, e a nos abrir para aqueles que gostaríamos de conhecer. Se quisermos conhecê-los, nós os olhamos nos olhos; se não, evitamos o olhar. Não se trata apenas de uma questão de concupiscência, que nos atrai pelos olhos, mas sim do desejo de deliberadamente não ver o óbvio, ou de ver apenas o que se quer ver. Essa é uma forma de cegueira. Escandalizamos os outros quando não temos coragem de olhá-los nos olhos, pois os olhos representam a fé. Não é coincidência que Marcos nos convoque para as práticas messiânicas de escutar, observar, rezar e vigiar. Os discípulos, é claro, fracassam nessas práticas no momento mais difícil da aflição mortal de Jesus no Gêtsemani (*Marcos* 14, 30). O que é mais fácil parece ser indescritivelmente difícil. As práticas messiânicas não são baratas, ainda que sejam gratuitas. Embora pareçam notavelmente inofensivas e ingênuas, para Marcos elas são profundamente subversivas e perigosas. Como muito bem coloca Ched Myers:

o *novum* literário chamado *Evangelho de São Marcos* foi produzido como resposta a uma crise histórica e ideológica engendrada pela guerra judaica. Nesse movimento apocalíptico, uma comunidade lutou para manter sua resistência não violenta contra os exércitos romanos, a classe governante judaica e os recrutadores rebeldes, enquanto plantava as sementes de uma nova ordem revolucionária pela prática e pelo proselitismo. Para ser exato, o ano de 69 d.C. não foi a melhor época para um experimento social radical. Talvez isso explique a urgência do relato, sua expectativa de sofrimento e sua ideologia de fracassar e começar de novo.[10]

---

[10] MYERS. *Binding the Strong Man: A Political Reading of Mark's Story of Jesus*, p. 443-444.

Referências de
"A mistagogia da revolução"
e dos capítulos 2, 4, 6 e 8

ADORNO, Theodor. *Minima moralia: reflexões a partir da vida lesada*. Tradução de Gabriel Cohn. Rio de Janeiro: Beco do Azougue, 2008. Aforismo 153.

ADORNO, Theodor; HORKHEIMER, Max. Towards a New Manifesto? *New Left Review*, n. 65, set.-out. 2010, p. 51.

AGAMBEN, Giorgio. *Homo sacer: o poder soberano e a vida nua*. Tradução de Henrique Burigo. Belo Horizonte: Editora UFMG, 2002.

AGOSTINHO, Santo. *Cidade de Deus*. Tradução de Oscar Paes Leme. Petrópolis: Vozes, 2012. 2 v. (Vozes de Bolso).

AGOSTINHO, Santo. *Confissões*. Tradução de J. Oliveira Santos e A. Ambrosio de Pina. 2. ed. São Paulo: Abril Cultural, 1980. (Os Pensadores).

AGOSTINHO, Santo. *Sermão da montanha*. São Paulo: Paulus, 1992. 2:9:32.

AICHELE, George; PHILLIPS, Gary. Introduction: Exegesis, Eisegesis, Intergesis. *Semeia*, n. 69-70, p. 7-18, 1996.

ALIGHIERI, Dante. *A divina comédia*. 6. ed. Tradução de Cristiano Martins. Rio de Janeiro: Villa Rica, 1991.

ALTHUSSER, Louis; BALIBAR, Étienne. *Reading Capital*. Translated by Ben Brewster. New York: Verso, 2009.

AYRES, Ed. *God's Last Offer*. New York: Four Walls Eight Windows, 1999.

BADIOU, Alain. *Infinite Thought: Truth and the Return to Philosophy*. Translated by Justin Clemens and Oliver Teltham. London: Continuum, 2003.

BADIOU, Alain. *Polemics*. Translated by Justin Barbara P. Fulks. London: Verso, 2006.

BADIOU, Alain. *São Paulo: a fundação do universalismo*. Tradução de Wanda Caldeira Brant. São Paulo: Boitempo, 2009.

BARTHES, Roland. *O prazer do texto*. Tradução de Jaco Guinsburg. São Paulo: Perspectiva, 2008.

BELO, Fernando. *A Materialistic Reading of the Gospel of Mark*. New York: Orbis Books, 1981.

BELL, Daniel M. *Liberation Theology After the End of History: The Refusal to Cease Suffering*. London: Routledge, 2001.

BENCIVENGA, Ermanno. *Hegel's Dialectical Logic*. Oxford: Oxford University Press, 2000.

BENJAMIN, Walter. *Illuminations*. New York: Schocken Books, 1969.

BENSLAMA, Fethi. *La psychanalyse a l'epreuve de l'Islam*. Paris: Aubier, 2002.

BIENENSTOCK, Myriam. Qu'est-ce que "l'esprit objectif" selon Hegel? In: TINLAND, Olivier (Ed.). *Lectures de Hegel*. Paris: Livre de Poche, 2005. p. 223-267.

BOCCACCIO, Giovanni. *The Life of Dante*. Translated by Philip Henry Wicksteed. Cambridge, MA: Riverside Press, 1904.

BORGES, Jorge Luis. O atroz redentor Lazarus Morell: a causa remota. Tradução de Alexandre Eulálio. In: *Obras completas*. São Paulo: Globo, 1999. v. 1, p. 319-325.

CARNEGY, Patrick. *Wagner and the Art of Theatre*. New Haven: Yale University Press, 2006.

CARY, Phillip. *Augustine's Invention of the Inner Self: the Legacy of a Christian Platonist*. Londres: Oxford University Press, 2000.

CAVANAUGH, William T. The City: Beyond Secular Parodies. In: MILBANK, John; PICKSTOCK, Catherine.

CAVANAUGH, William T. *Torture and Eucharist: Theology, Politics, and the Body of Christ*. Oxford: Blackwell, 1998.

CERTEAU, Michel de. *The Capture of Speech & Other Political Writing*. Translated by Tom Conley. Minneapolis: University of Minnesota Press, 1997.

CERTEAU, Michel de. *The Mystic Fable*. Translated by Michael B. Smith. Chicago: University of Chicago Press, 1995.

CERTEAU, Michel de. The *Practice of Everyday Life*. Berkeley: University of California Press, 2002.

CHESTERTON, G. K. *Ortodoxia*. Tradução de Almiro Pisetta. São Paulo: Mundo Cristão, 2008.

CHESTERTON, G. K. *O homem eterno*. Tradução de Almiro Pisetta. São Paulo: Mundo Cristão, 2010.

CHESTERTON, G. K. *O homem que foi quinta-feira*. Tradução de José Laurênio de Mello. 3. ed. Rio de Janeiro: Agir, 1967.

CHESTERTON, G. K. The Slavery of the Mind. In: *Collected Works*. San Francisco: Ignatius Press, 1990. p. 289-291.

CHESTERTON, G. K. *Vjec ni c ovjek*. Split: Verbum, 2005.

CICERO. *On the Commonwealth and On the Laws*. Tradução de James E. G. Zetzel. Cambridge: Cambridge University Press, 1999. p. 18.

CROCKETT, Clayton. *A Theology of the Sublime*. London: Routledge, 2001.

CUNNINGHAM, Conor. *A Genealogy of Nihilism: Philosophies of Nothing and the Difference of Theology*. London: Routledge, 2002.

DIDEROT, Denis. Observations sur Hemsterhuis. In: *Œuvres complètes*. Paris: Hermann, 2004. v. 24, p. 215-419.

DUPUY, Jean-Pierre. *Petite métaphysique des tsunamis*. Paris: Seuil, 2005.

ESS, Josef van. Muhammad and the Qur'an: Prophecy and Revelation. In: KÜNG, Hans et al. (Ed.). *Christianity and the World Religions: Paths to Dialogue*. Translated by Peter Heinegg. Garden City, NY: Doubleday, 1986.

FAWCETT, Bill (Ed.). *How to Lose a Battle: Foolish Plans and Great Military Blunders*. New York: Harper, 2006.

GUNJEVIĆ, Boris; MATVEJEVIĆ, Predrag. *Tko je tu, odavde je: Povijest milosti*. Zagreb: Naklada Ljevak, 2010.

HABERMAS, Jürgen. *The Future of Human Nature*. Cambridge, UK: Polity Press, 2003.

HADOT, Pierre. *Plotinus, or, the Simplicity of Vision*. Chicago: Chicago University Press, 1993.

HARDT, Michael; NEGRI, Antonio. *Império*. Tradução de Berilo Vargas. 2. ed. Rio de Janeiro: Record, 2001.

HARDT, Michael; NEGRI, Antonio. *Multidão: guerra e democracia na era do Império*. Tradução de Clóvis Marques. Rio de Janeiro: Record, 2005.

HART, David Bentley. *The Beauty of the Infinite: The Aesthetics of Christian Truth*. Grand Rapids: Eerdmans, 2003.

HAUERWAS, Stanley. *Wilderness Wanderings: Probing Twentieth-Century Theology and Philosophy*. Boulder: Westview, 1997.

HAYS, Richard B. *The Moral Vision of the New Testament: Community, Cross, New Creation: a Contemporary Introduction to New Testament Ethics*. San Francisco: Harper Collins, 1996.

HEGEL, Georg Wilhelm Friedrich. *Enciclopédia das ciências filosóficas em compêndio: a filosofia do espírito*. Tradução de Paulo Meneses. 2. ed. São Paulo: Loyola, 2011.

HEGEL, Georg Wilhelm Friedrich. *Fenomenologia do espírito*. Tradução de Paulo Meneses. 2. ed. Petrópolis: Vozes, 1993.

HEGEL, Georg Wilhelm Friedrich. *Lectures on the History of Philosophy*. New York: Dover, 1956.

HEGEL, Georg Wilhelm Friedrich. *Lectures on the Philosophy of Religion*. Translated by R. F. Brown. Berkeley: University of California Press, 1988.

HEGEL, Georg Wilhelm Friedrich. *Lectures on the Philosophy of World History: Introduction, Reason in History*. Translated by H. B. Nisbet. Cambridge, UK: Cambridge University Press, 1975.

HEGEL, Georg Wilhelm Friedrich. *Philosophy of History*. Translated by J. Sibree. Kitchener: Batoche Books, 1900.

HEGEL, Georg Wilhelm Friedrich. *Vorlesungen ueber die Geschichte der Philosophie*. Leipzig: Verlag Philip Reclam, 1971. v. 3.

HEGEL, Georg Wilhelm Friedrich. *Werke*. Frankfurt: Suhrkamp Verlag, 1969. v. 17.

HEIDEGGER, Martin. Only a God Can Save Us. In: WOLIN, Richard (Ed.). *The Heidegger Controversy: A Critical Reader*. Cambridge, MA: MIT Press, 1993.

HODGSON, Peter C. (Ed.). *G. W. F. Hegel: Theologian of the Spirit*. Minneapolis: Augsburg Fortress, 1997.

HOELZL, Michael; WARD, Graham (Ed.). *The New Visibility of Religion: Studies in Religion and Political Culture*. London: Continuum, 2008.

HORGAN, John. *The End of Science: Facing the Limits of Knowledge in the Twilight of the Scientific Age*. Reading, MA: Addison-Wesley, 1996.

HORSLEY, Richard A.; HANSON, John S. *Bandits, Prophets & Messiahs: Popular Movements in the Time of Jesus*. Minneapolis: Winston Press, 1985.

HYMAN, Gavin. *The Predicament of Postmodern Theology: Radical Orthodoxy or Nihilist Textualism?* Louisville: John Knox, 2001;

INSOLE, Christopher J. *The Politics of Human Frailty: A Theological Defense of Political Liberalism*. London: SCM Press, 2009.

KARIĆ, Enes. *Hermeneutika Kur'ana*. Zagreb: Hrvatsko filozofsko društvo, 1990.

KHAIR, Muhammed. Hegel and Islam. In: *The Philosopher*, v. 90, n. 2, 2002. Disponível em: <http://www.the-philosopher.co.uk/hegel&islam.htm>. Acesso em: 10 set. 2014.

KIERKEGAARD, Søren. Concluding Unscientific Postscript. Princeton: Princeton University Press, 1941.

KIERKEGAARD, Søren. *Either/or: A Fragment of Life*. Translated by David F. Swenson and Lillian Marvin Swenson. New York: Doubleday, 1959. v. 1.

KOCBEK, Edvard. *Svedočanstvo: dnevnički zapisi od 3. maja do 2. Decembra 1943.* Tradução para o croata de Marija Mitrović. Belgrade: Narodna Knjiga, 1988.

KURZWEIL, Ray. *The Age of Spiritual Machines: When Computers Exceed Human Intelligence.* London: Phoenix, 1999.

LACAN, Jacques. *Escritos.* Tradução de Vera Ribeiro. Rio de Janeiro: Jorge Zahar, 1998.

LACAN, Jacques. *O seminário, livro 2: o Eu na teoria de Freud e na técnica da psicanálise.* Tradução de Marie Christine Lasnik Penot e Antonio Luiz Quinet de Andrade. Rio de Janeiro: Jorge Zahar, 1985.

LACAN, Jacques. *O seminário, livro 11: os quatro conceitos fundamentais da psicanálise.* Tradução de M. D. Magno. 2. ed. Rio de Janeiro: Jorge Zahar, 1996.

LACAN, Jacques. *O triunfo da religião, precedido de Discurso aos católicos.* Tradução de André Telles. Rio de Janeiro: Jorge Zahar, 2005.

LEADER, Darian. *Stealing the Mona Lisa: What Art Stops Us from Seeing.* London: Faber & Faber, 2002.

LÉVI-STRAUSS, Claude. *Tristes tópicos.* Tradução de Rosa Freire D'Aguiar. São Paulo: Companhia das Letras, 1996.

LUBAC, Henri de. *Medieval Exegesis: The Four Senses of Scripture.* Translated by Mark Sebanc. Grand Rapids: Wm. B. Eerdmans, 1998. v. 1.

LUKÁCS, György. *Political Writings, 1919-1929: The Question of Parliamentarianism and Other Essays.* Translated by Michael McColgan. London: NLB, 1972.

MALABOU, Catherine. *The Future of Hegel: Plasticity, Temporality, and Dialectic.* London: Routledge, 2004.

MARX, Karl. *O capital.* Tradução de Regis Barbosa e Flávio R. Kothe. São Paulo: Nova Cultural, 1996.

MATVEJEVIĆ, Predrag. *Between Exile and Asylum: An Eastern Epistolary.* Translated by Russell Scott Valentino. Budapest: Central European University Press, 2004.

MATVEJEVIĆ, Predrag. *Mediterranean: A Cultural Landscape.* Translated by Michael Henry Heim. Berkeley: University of California Press, 1999.

MATVEJEVIĆ, Predrag. *The Other Venice: Secrets of the City.* Translated by Russell Scott Valentino. London: Reaktion Books, 2007.

MEYEROVITCH, Eva de. *Anthologie du soufisme.* Paris: Sindbad, 1998.

MILBANK, John. *Being Reconciled: Ontology and Pardon.* London: Routledge, 2003.

MILBANK, John. "Postmodern Critical Augustinianism": a Short Summa in Forty-two Responses to Unasked Questions. In: MILBANK, John; OLIVER, Simon (Ed.). *The Radical Orthodoxy Reader.* London: Routledge, 2009.

MILBANK, John. *Teologia e teoria social: para além da razão secular*. Tradução de Adail Sobral e Maria Stela Gonçalves. São Paulo: Loyola, 1995.

MILBANK, John. The Programme of Radical Orthodoxy. In: HEMMING, Laurence (Ed.). *Radical Orthodoxy? A Catholic Enquiry*. Aldershot: Ashgate, 2000. p. 33-45.

MILBANK, John. The Theological Critique of Philosophy in Hamann and Jacobi. In: MILBANK, John; PICKSTOCK, Catherine; WARD, Graham (Ed.). *Radical Orthodoxy: A New Theology*. London: Routledge, 1998. p. 21-37.

MILBANK, John. Without Heaven There is Only Hell on Earth: 15 Verdicts on Žižek's Response. *Political Theology*, v. 11, n. 1, p. 126-135, 2010.

MILBANK, John; DAVIS, Creston; ŽIŽEK, Slavoj. *Paul's New Moment: Contintental Philosophy and the Future of Christian Theology*. Grand Rapids: Brazos, 2010.

MILBANK, John; DAVIS, Creston; ŽIŽEK, Slavoj (Ed.). *Theology and the Political: The New Debate*. Durham: Duke University Press, 2005.

MILBANK, John; PICKSTOCK, Catherine; WARD, Graham. Suspending the Material: The Turn of Radical Orthodoxy. In: MILBANK, John; PICKSTOCK, Catherine; WARD, Graham (Ed.). *Radical Orthodoxy: A New Theology*. London: Routledge, 1998. p. 1-20.

MILBANK, John; WARD, Graham; WYSCHOGROD, Edith. *Theological Perspectives on God and Beauty*. London: Continuum Press, 2003.

MIRANDA, José. *Communism and the Bible*. New York: Orbis Books, 1982.

MYERS, Ched. *Binding the Strong Man: A Political Reading of Mark's Story of Jesus*. New York: Orbis Books, 2000.

MYERS, Ched. *Who Will Roll Away the Stone? Discipleship Queries for the First World Christians*. New York: Orbis Books, 1999.

NANCY, Jean-Luc. *Noli me tangere: On the Raising of the Body*. New York: Fordham University Press, 2008.

NEGRI, Antonio. *Negri on Negri: Antonio Negri in Conversation with Anne Dufourmantelle*. London: Routledge, 2004.

NIKOLAIDIS, Andrej. *Mimesis*. Zagreb: Durieux, 2003.

O'DONNELL, James. Commentary on Books 8-13. In: AUGUSTINE. *Confessions*. Oxford: Clarendon Press, 1992. v. 3.

ODEN, Thomas. C. (Ed.). *The Humor of Kierkegaard: An Anthology*. Princeton: Princeton University Press, 2004.

PABST, Adrian; SCHNEIDER, Christoph (Ed.). *Encounter Between Radical Orthodoxy and Eastern Orthodoxy*. Aldershot: Ashgate, 2009.

PAGE, Andrew. *The Mark Experiment: How Mark's Gospel Can Help You to Know Jesus Better*. Nüremberg: VTR, 2005.

PEAT, David F. *Synchronicity: The Bridge between Nature and Mind*. New York: Bantam, 1987.

PINCHBECK, Daniel. *Toward 2012: Perspectives on the Next Age*. New York: Tarcher Penguin, 2007.

PICKSTOCK, Catherine. *After Writing: On Liturgical Consummation of Philosophy*. Oxford: Blackwell, 1998.

PICKSTOCK, Catherine. Radical Orthodoxy and Meditations of Time. In: HEMMING, Laurence (Ed.). *Radical Orthodoxy? A Catholic Enquiry*. Aldershot: Ashgate, 2000. p. 63-76.

PICKSTOCK, Catherine. Reply to David Ford and Guy Collins. *Scottish Journal of Theology*, v. 54, n. 3, p. 405-422, 2001.

PICKSTOCK, Catherine. Thomas Aquinas and the Quest for the Eucharist. *Modern Theology*, v. 15, n. 2, p. 159-180, Apr. 1999.

PLATÃO. *A república*. Tradução de Carlos Alberto Nunes. 3. ed. Belém: EDUFPA, 2000.

RAZAC, Olivier. *Barbed Wire: A Political History*. Translated by Jonathan Kneight. New York: The New Press, 2002.

RODINSON, Maxime. *Muhamed*. Zagreb: Hlad i Sinovi, 1998.

ROGERSON, Barnaby. *The Prophet Muhammad: A Biography*. Mahwah, NJ: Hidden Spring, 2003.

SAID, Edward W. *Culture and Imperialism*. New York: Knopf, 1994.

SAID, Edward W. *Krivotvorenje islama*. Zagreb: V.B.Z., 2003.

SAMPLE, Ian. Frankenstein's Mycoplasma. *The Guardian*, 8 jun. 2007.

SANTNER, Eric. Freud's Moses and the Ethics of Nomotropic Desire. In: SALECL, Renata (Ed.). *Sexuation*. Durham: Duke University Press, 2000. p. 57-105.

SCHELLING, Friedrich Wilhelm Joseph von. Philosophical Investigations into the Essence of Human Freedom. In: BEHLER, Ernst (Ed.). *Philosophy of German Idealism*. New York: Continuum, 1987.

SCHWARTZ, Stephen. *The Two Faces of Islam*. New York: Doubleday, 2002.

SHAKESPEARE, William. *Júlio César*. Tradução de Beatriz Viégas-Faria. Porto Alegre: L&PM, 2009.

SHAKESPEARE, Steven. *Radical Orthodoxy: A Critical Introduction*. London: SCPK, 2007.

SHARLET, Jeff. Theologians Seek to Reclaim the World with God and Postmodernism. *Chronicle of Higher Education*, 23 jun. 2000.

SHAW, Gregory. *Theurgy and the Soul: The Neoplatonism of Iamblichus*. Philadelphia: Pennsylvania State University Press, 1995.

SHERMAN, Franklin. Speaking of God after Auschwitz. In: MORGAN, Michael L. (Ed.). *A Holocaust Reader*. Oxford: Oxford University Press, 2001.

SMART, Christopher. *The Religious Poetry*. Manchester, UK: Carcanet, 1980.

SMITH, James; OLTHUIS, James (Ed.). *Radical Orthodoxy and the Reformed Tradition: Creation, Covenant, and Participation*. Grand Rapids: Brazos, 2005.

STOCK, Brian. *Augustine the Reader: Meditation, Self-Knowledge, and the Ethics of Interpretation*. Cambridge, MA: Harvard University Press, 1996.

TAYLOR, Richard; CHRISTIE, Ian (Ed.). *The Film Factory*. London: Routledge, 1988.

WARD, Graham. *Barth, Derrida and the Language of Theology*. Cambridge, UK: Cambridge University Press, 1995.

WARD, Graham. *Blackwell Companion to Postmodern Theology*. Oxford: Blackwell, 2004.

WARD, Graham. *Christ and Culture*. Oxford: Blackwell, 2005.

WARD, Graham. *Cultural Transformation and Religious Practice*. Cambridge, UK: Cambridge University Press, 2005.

WARD, Graham. John Milbank's Divina Commedia. *New Blackfriars*, n. 73, p. 311-318, 1992.

WARD, Graham. Radical Orthodoxy and/as Cultural Politics. In: HEMMING, Laurence (Ed.). *Radical Orthodoxy? A Catholic Enquiry*. Aldershot: Ashgate, 2000. p. 97-111.

WARD, Graham. *Theology and Contemporary Critical Theory: Creating Transcedent Worship Today*. New York: St. Martin's Press, 1999.

WARD, Graham (Ed.). *The De Certeau Reader*. Oxford: Blackwell, 2000.

WARD, Graham (Ed.). *The Postmodern God: A Theological Reader*. Oxford: Blackwell, 1997.

WARD, Graham; MILBANK, John. Return of Metaphysics. In: HOELZL, Michael; WARD, Graham (Ed.). *The New Visibility of Religion: Studies in Religion and Political Culture*. London: Continuum, 2008. p. 160.

WARD, Graham; HOELZL, Michael (Ed.). *Religion and Political Thought*. London: Continuum, 2006.

ŽIŽEK, Slavoj. *O vjerovanju: Nemilosrdna ljubav*. Zagreb: Algoritam, 2005.

ŽIŽEK, Slavoj. *Sublimni objekt ideologije*. Zagreb: Arkzin, 2002.

ŽIŽEK, Slavoj. The Atheist Wager. *Political Theology*, v. 11, n. 1, p. 136-140, 2010.

ŽIŽEK, Slavoj. *The Fragile Absolute: Or, Why is the Christian Legacy Worth Fighting For?* London: Verso, 2000.

ŽIŽEK, Slavoj. *The Pervert's Guide to Cinema*, 30. Disponível em: <http://www.thepervertsguide.com/clips.html>. Acesso em: 10 set. 2014.

ŽIŽEK, Slavoj; MILBANK, John. *A monstruosidade de Cristo: paradoxo ou dialética?* Tradução de Rogério Bettoni. São Paulo: Três Estrelas, 2014.

ZUPANČIČ, Alenka. The "Concrete Universal", and What Comedy Can Tell Us About It. In: ŽIŽEK, Slavoj (Ed.). *Lacan: The Silent Partners*. London: Verso Books, 2005. p. 171-197.

Este livro foi composto com tipografia Bembo Std e impresso em papel Off-White 70 g/m² na Formato Artes Gráficas.